ハヤカワ・ミステリ

ROBERT VAN GULIK

水底の妖

THE CHINESE LAKE MURDERS

ロバート・ファン・ヒューリック
和爾桃子訳

TOKYO
HAYAKAWA
BOOKS

A HAYAKAWA
POCKET MYSTERY BOOK

THE CHINESE LAKE MURDERS
by
ROBERT VAN GULIK

Translated by
MOMOKO WANI
Published 2009 in Japan by
HAYAKAWA PUBLISHING, INC.
This book is published in Japan by
direct arrangement with
SETSUKO VAN GULIK.

まえがき

本書『水底の妖』では西暦六六六年、狄《ディー》判事が漢源《ハンユアン》県知事になって早々に手がけた難事件三件を語る。

漢源《ハンユアン》は古い小さなまちで、都の乾（北西）ほんの九十六里にある。とは申せ、古来より十重二十重に山がとりまき、よそ者はおいそれと寄りつけない土地柄だ。すぐ郊外には妖異で名高い山間の湖があり、地元にはさまざまな怪異譚が伝わる。なんでも、溺死体は絶対にあがらないが、公然と現世をうろつく幽鬼が人目に触れることもあるという。それとは別にこの湖は画舫《がぼう》つまり水上娼家でも知られ、妓楼のきれいどころをあげて宴を張り、しっぽりと一夜の歓を尽くせる。

風変わりな由緒あるこの地で狄《ディー》判事は無惨な殺しに遭遇、捜査に着手するや別件で二つも難題がもちあがり、あれよあれよという間に政《まつりごと》がらみの陰謀や、あさましい欲や、どす黒い禁断の愛が迷宮さながらもつれ絡みあう中に分け入る次第となる。

本書巻頭に漢源全景を、文中四十一頁に画舫《がぼう》を図示した。その画舫《がぼう》図と、元インド・デリー遺跡考古学局長の友人ヒラリー・ワディントン氏のご厚意による船内見取図をあわせてごらんいただきたい。

ロバート・ファン・ヒューリック

図版目次

7 劉飛泊別荘《リウフエイボ》
8 柳街
9 魚市場

3
1
6
2
9
漢源全景《ハンユアン》
1 政庁
2 孔子廟
3 仏寺
4 梁孟広《リヤンモンクワン》邸
5 韓永漢《ハンユンハン》邸
6 蔣《チヤン》進士邸
RH

西暦七世紀も半ばをすぎ、日本では聖徳太子の没後四十一年。唐の天下統一から早くも半世紀、戦乱の記憶もうすれ民心ようやく定まり、白村江《はくすきのえ》では倭《やまと》・韓《から》の連合軍を打ち破って内外に大帝国の貫禄を見せつけ、ひとつの偉大な時代がいま、まさに花開こうとしていた。ちょうどそのころ、はじめての任地に赴く県知事がいた。名は狄仁傑《ディーレンチエ》。またの名を「狄《ディー》判事」と呼ばれる。

本篇は第二の任地、漢源《ハンユアン》で起きた事件である。

水底の妖

装幀　勝呂　忠

登場人物

狄仁傑《ディーレンチエ》……漢源《ハンユアン》県知事
洪亮《ホンリヤン》……政庁警部
馬栄《マーロン》
喬泰《チヤオタイ》　……狄《ディー》判事の副官たち
陶侃《タオガン》
韓永漢《ハンユンハン》……漢源《ハンユアン》きっての大地主
柳絮《りゅうじょ》……韓《ハン》のひとり娘
杏花
銀蓮　……妓女
桃花
萬《ワン》親方……金工同業組合長
彭《ポン》親方……銀工同業組合長
蘇《スー》親方……玉匠同業組合長
康伯《カンポー》……裕福な絹商人
康仲《カンチユン》……その弟
蒋 文 昌《チヤンウエンチヤン》……官を退いた進士
蒋 虎 彪《チヤンフーピアオ》……蒋《チヤン》の息子
劉飛泊《リウフエイポ》……都生まれの豪商
素娥《そが》……劉《リウ》のひとり娘
毛源《マオユアン》……工匠
毛禄《マオルー》……毛《マオ》の従弟
梁 孟 広《リヤンモンクワン》……隠居
梁　奮《リヤンフエン》……梁《リヤン》の甥
王一凡《ワンイーフアン》……周旋屋

1

苦衷の官人は手記を遺し
狄《ディー》判事は湖上にて宴する

そも命数を知るは上天の下す符令のみ
始まりと、終わりありせばそれを記す
定命ある者の目には触れるさえ能わず
内容はおろか書式用箋すら思い及ばず

ひとたび赤き座席に登壇したる判事は
天に代りて生死を決すが責務とは申せ
自他くれぐれも心せよ人知に限りあり

さもなくば裁きし者にこそ応報は巡る

大明朝に二十年仕えたわが経歴を不足とする者はよもおるまい。先考《ちち》などは五十年もご奉公して国老の位に登りつめ、任期のさなかに古稀を祝ってほどなくみまかった。かくいうこの身もあと三日で不惑を迎えるが——はたして、その日まで天がこの世にとどめてくれるだろうか。

悩み苦しみぬいて朦朧としたこの頭さえ晴れれば、昔に立ち返る折とてまれにはある。今となっては、追憶にしか安らぎはない。監察御史に抜擢されたのは今を去る四年前だった。たかだか三十五歳に破格の処遇、末頼もしい出世株よと言いそやされたものだ。豪壮な官邸をあてがわれて我が世の春を謳い、有頂天で愛娘と手をつないで、美しい庭をそぞろ歩いたものだ！　また、あの子ときたらあどけなさに似合わぬ利発ぶりで、目につく花を指さしてみせれば、かたっぱしから雅名をそらんじてのけたものだ。あれから四年——だが、こうしてみると前世もかくやの遠い昔だ。

こうしているうちに、またもあの闇めがひたひたと迫りくる。こちらとしては恐れおののいてひれ伏すよりほかに手がない。なのに闇よ、おまえはこんな片時の安らぎさえ渋るのか？　言われたことは何でもしたではないか？　あの不祥の湖畔にたたずむ幽鬼の古巣漢源《ハンユァン》から先月戻るが早いか、あの子の縁談をまとめて婚礼の吉日を選んだろうが？　さらに先週には嫁がせたではないか？　なんだと？よく聞こえんぞ、こっちはさんざんな目に遭ってもう五感がしびれてるんだ。なになに……どうでもあの子に真相を知らせろ？　なんたることを、惻隠の情というものはないのか？　知れば、あの子の心はひとたまりもない……頼むからそれだけはやめてくれ。なんでも聞く、どうか、どうかそれだけは……よかろう、書いてやろう。

おお、書いてやるとも。眠れぬ夜々のつれづれに、首斬り人さながら血も涙もないおまえに横から口出しされて書いたのと寸分たがわぬものをな。その姿は私だけに見えるのだとぬかすが、死神に憑かれた者には傍目にも兆候があらわれるというではないか？　さびれた自邸の通廊で妻妾どもに行き会えば、判で押したようにそっぽを向かれ、役所仕事の合間にふと眼をやれば、それまで穴のあくほど見ていた書記どもがそろいもそろって顔を伏せ、このところ持ち歩くようになった邪気払いのお守りを書類の陰で握りしめる。そんな仕打ちにも、もはや慣れっこになってしまった。それもこれも、漢源《ハンユァン》このかたの異状が病気でないと勘づかれたからに決まっている。病ならまだしも同情されもしよう。が、妖《あやかし》憑きはひたすら忌避される。

あんな連中にわかるものか、しょせんは対岸の火事だ。地獄の獄卒に強いられて、われとわが身に凌遅の刑を加え、わが手でひときれずつ肉を刻みとれと酷刑をくだされた者に憐憫を寄せるのは人情というもの。こうして最期を控えてしたためる手紙、送り出した暗号文書は、どれひとつとっても生きながら刻みとったわが肉にひとしい。かくて歳月をかけて営々孜々と全土に張り巡らした緻密な網の目を、わが手で雲散霧消させた。網の目ひとつひとつを断ち切るたびに、希望がみじんに砕け、はかない幻と消え、夢は踏みにじられた。あらゆる手がかりはもはや影も形もなく、どうまちがっても発覚はありえない。官報に、長らく病魔に侵された若手有望株の死を惜しむ訃報が載るさえ目に浮かぶようだ。いみじくも言い当てたものだ、長らく病魔に侵されたとは。今日までしぶとく長らえたあげく、なにもかもなくした。残ったのは、生きながら死人にひとしい満身創痍のこの身ひとつだ。

これが刑場なら、苦悶をなめつくした罪人の心臓めがけて首斬り役人が慈悲のとどめをさしてやる頃合いだ。なのに恐ろしい闇よ、おまえはどうしてこの上まだ苦しませようとするか？　かりにも、みやびな花の名を自称する女ともあろうものが、どういうわけでわが愛娘の心をむりやり砕かせて父の心までずたずたにしようとする？　あの子には何の落度もなく、なにひとつ知らない……ああ、聞こえているぞ。女だてらになんと身の毛のよだつことを言うやつだな。ことの次第を細大漏らさず書き記し、あの子に読ませよというのか。それなら安らかな自裁をあくまで許さず、惨いおまえの手でじわじわともがき死ぬようにと命じた天のやりくちもあわせて語るがいい。しかも、ほんの一時なりと垣間見させた上での仕打ちだからな……行きつく先がことによるとどうなったかを。

おお、娘には知らせてやろう。おまえとあの湖畔で出会い、その口から聞かされた古い伝説をすべて。ただしはっきり言っておくが、いまだ天道すたれねば娘は許してくれるはず。あの子のことだ、謀反人であろうと人殺しであろうと、もとよりこの父を許してくれるに決まっている。だが、おまえのことは断じて許さぬ！　ひたすら憎悪に凝り固まった憎しみの権化など許すものか。道連れにしてやろう、私もろとも永劫に滅びるがいい。いやいや、この期に及んでいまさら手を振りほどかせるものか。「書け！」と命じたな、では書いてやる。天よ、そこばくの憐みを垂れたまえ、私にも……それに、おまえにも。もはや――取り返しがつかぬにせよ――私にはわかっているのだ。その正体も、こちらが招かなければ断じてひとに憑かなかったことも。ほかならぬ自分の行ないで生じた闇がおまえを呼び、こうして取り憑かれて責めさいなまれ、あげくに死ぬというわけだ。

ことの次第は、こうだ。

そもそも、漢源《ハンユアン》行きは大理寺の意向だった。ことは国金横領を巡る難事件で、地方官ぐるみの犯行ではないかという疑惑があったのだ。知っての通り今年は春が早く、水ぬるむ大気がゆらゆらと春の萌しをはらんでいた。当時の私はひそかな意馬心猿をおさえかね、いっそあの子を漢源《ハンユアン》に連れて行こうかとまで思いつめたが、力ずくでわが胸中をねじふせて、妾のうちで一番若い菊花を同道させた。それで心がまた落ち着けばいうことはない。菊花は掌中の珠だった――前は。だが、いざ漢源《ハンユアン》に着いてみれば無駄な悪あがきだと痛感させられた。置いてきたあの子の挙措がいつにもましてなまなましく蘇り、菊花との間に立ちはだかって、きゃしゃな肩に触れる気さえ起こらない。

忘れようとして、全身全霊をあげて熱病じみた勢いで案件に没頭し、一週間以内に片づけた。下手人は都から赴任した書記だと発覚、自白をとった。そして都へ戻る前夜、地方官一同が感謝のしるしに盛大な宴をはって名残りを惜しんでくれた。会場は名だたる柳街《りゅうがい》、当地で百年以上の格式を誇る色街である。あんな厄介な事件をこうも早く解決なさるとは、と、席上これでもかと謝辞や賛辞が寄せられ、みなみな口をそろえて、この機会に杏花の舞をお目にかけられなくてただもう心残りですという。なんでも、美貌と芸事では柳街でも右に出るもののない売れっ妓で、その名もいにしえの芸達者にあやかって襲名したらしい。あいにくとその朝に姿をくらまし、理由は不明という。そして、一同揃ってこう不平をかこつ。たとえ数日なりと日延べかないましたら、そちらの謎もまちがいなくあなたさまに解いていただけましたものを！ 私はといえば、さんざんごまをすられてすっかりいい気分になり、柄にもなく酒を過ごし、心おきなく過ごした贅沢な官旅に意気揚々と戻ったころには深更になっていた。おれは何をやってもうまくいくんだ。あんな呪縛、とっとと破ってやる！

菊花は起きて私を待っていた。ほんのり朱鷺色のひとえが、若い肌やからだつきをいやが上にも艶めかしくみせている。可憐な目にじっと見入られ、抱きしめようとした。

なのに、いきなり禁断のもうひとりの気配があらわれて立ちはだかり、とうとう抱けずじまいに終わってしまった。

おこりのように全身震え、やんぬるかななどと口走りつつ、脱兎のごとくひとりで庭へ出た。息ができない、空気がほしい。だが、庭でも暑苦しくて息がつまる。それでやむなく敷地を抜け出して湖に向かう。居眠り中の門番をやりすごし、無人の路上へ忍び出た。深い絶望を抱えて湖のほとりに立ちつくし、静かな水面をずっと眺めていた。これまで細心に進めてきた策など、いったい何の役に立つ？

人倫を踏み外した人でなしの自分が人の上に立っていいものか？　とつおいつするうち、とるべき道はひとつしかないと悟ったのだった。

覚悟ができると、かえって気が落ち着いた。紫の衣をくつろげ、汗だくの額にかぶった高い黒帽をあみだにずらし、よさそうな岸辺の目星をつけようとのんびり一巡にかかる。鼻歌さえまじえてそぞろ歩いた。目もあやな広間のひきあげどきは、宴たけなわで赤蠟燭がまだ明るく、金杯の酒がまださめぬうちに限るではないか？　こうなると付近の風景をめでるゆとりも生まれた。向かって左手は杏林が白い花ざかりで、春のぬくもりを帯びて濃密にしっとりと香る。右手は月を受けた湖水が銀にひろがる。

うねる道筋の角をどこかで折れ、あの女に出会った。湖ぎりぎりの岸辺にたたずんでいた。白絹の衣をひいて緑の帯をしめ、髪には白水蓮を飾る。こちらに向いた拍子に月光に照らされた顔は美しかった。やっと見つけたぞ、この女こそ私の呪縛を解き、人でなしの邪念を振りほどくべく天から遣わされた無二の伴侶なのだ、と、そこで直感した。

女もわかっていたとみえ、そばへ寄っても通りいっぺんの挨拶やお作法などは抜きにして、こう言うにとどめた。

「ことしの春は、杏の花がずいぶん早いんですのね！」

私が述べる。

「望外ですな、これほど嬉しいことはない！」

「まあ、いつもそうかしら？」からかい半分に笑ってたずねる。「こちらへどうぞ、今しがたまで腰をおろして休んでいた場所を教えてさしあげますわ」

杏林を抜ける女のあとについて、道路からすぐの小さな空き地に出た。たがいに寄り添って、小高い草むらに腰をおろす。頭上にたわわな花の枝が天蓋となって垂れていた。「ふしぎだな！」冷えきった小さな手を取り、浮き浮きと口にした。「まるで、別世界にふたりきりでいるみたいだ」

　女のかすかな笑みに媚態がまじる。その腰を抱きかかえ、濡れ濡れとした朱唇をむさぼった。

　こうして人倫を外れた呪縛は破れた。女の抱擁に癒され、心の傷にできた空洞を情欲の炎が焼きつくした。まだ大丈夫だ、なにもかも。昂揚感につきあげられるままにそう思った。

　きめこまかな極上の白玉を彫ったような肢体に、花枝が翳を落とす。けだるさのなかで、その影絵を指でなぞりながら、ふと気づけば、たったいま解けたばかりの呪縛のことを語るともなく語っていた。すると、女は美しい乳房にはらはら落ちた花びらをおもむろに払い、半身を起こして重い口を開いた。

「いつだったか、ずいぶん前にそんな話を聞いたことがあるわ」やや遠慮がちに、「ねえ、あなた、もしかして判事さまじゃない？」

　さっき低い枝にかけておいた帽子で、官職を示す金の徽章が月に光る。それを指さして、ふっと笑った。

「もっとましだな、監察御史だよ」

　思案のおももちでうなずき、仰向けになってかたちのいい頭にまろやかな腕を組んで枕にし、草むらに寝そべった。

「古い話だから」考えこみながら述べる。「きっと面白いんじゃないかしら。もう何百年にもなるけど、この漢源《ハンユアン》にさる名判事が来られて知事をなさったことがあったの。それで……」

　どれほどの間、そのひそやかな抗いがたい声に耳を傾けたことか。だが、女が語り終えて口をとざすころには、こちらは冷たい恐怖の手で心臓をわしづかみにされていた。やおら立って衣を身につけ、長い帯をしめ、帽子をかぶりながら語気荒く詰め寄る。

「作り話でからかうには及ばん！　吐け、女、どうやって

湖の女

私の秘事をつかんだ?」

だが、女は誘うような唇にひくひくと笑いの兆しをふくんで、見上げるばかりだ。

その美貌に怒りも萎える。私はそのわきに膝をついてかきくどいた。

「知ったいきさつなどはどうでもいい! おまえの過去も今の境遇もどうだってかまわない。おれの策はおまえの話より巧妙だし、おれが膝を屈するのは誓っておまえだけだ!」情のこもった目を向け、女の脱ぎ捨てた服を手にして言葉をかける。

「湖風《うみかぜ》が出てきた。そんななりでは冷えるぞ!」

相手がものうくいやいやする。それでも私は立って裸身に白絹の服をふわりとかけてやった。そこへ、すぐ近くでいきなり大声がした。

男が数名、どやどやと踏みこんでくる。私の方はうろたえて、草むらに寝ている女を後ろにかばった。すると年輩のひとり、みれば漢源《ハンユアン》の知事だったが、その場をひと目見たとたんに低頭し、さもさも感じ入ったようにこう述べる。

「では、この女を探し当てておられたので! 今夜、柳街の自室を調べましたら遺書が出てまいりましたので、こちらへ捜索に出張った次第です。水流に運ばれて湖のこの辺にあがるはずなので。いやはやさすがですな、見事に先を越されてしまいました。ですが、お手ずからわざわざここまで引き上げていただかずともよろしゅうございましたのに」

そして背後の部下どもに命じた。

「担架をもってこい!」

そう言われてあらためて女の方に振り向けば、白衣はずぶぬれで、喪服のごとく肌に貼りついている。みどりの黒髪に青みどろの藻がからみ、じっと動かぬ死顔にへばりついていた。

黄昏迫る政庁の二階では、風通しのいい露台で狄《ディー》判事が茶を飲んでいた。低い彫り飾りの大理石欄干に肘掛を寄せ、端座して眼下の風景に見入っている。

はるか下ではまちの屋根なみがすきまなく灯を連ね、さらに下へいくと、黒っぽい水面をたたえる大きな湖が広がる。湖面をへだててかなたの山地は、山裾に霧がかかっている。

油照りの日中がすぎ、蒸し蒸しする夜がくる。下の街路並木はそよぎもしない。

堅い錦の官服が窮屈でかなわんとでも言わんばかりに、判事が肩を動かす。そばに控える老人が無言でそのさまを気づかった。その夜は湖に画舫をしたて、漢源《ハンユァン》の名士一同による狄《ディー》判事歓迎の宴が予定されている。涼しくなれば話は別だが、どうも楽しめそうにないなというのが判事の本音だ。

長い黒ひげをおもむろになでつつ、見るともなしにはるか遠くの点と化した舟影を追う。おそくまで湖に残った漁師が舟着場に向かっているところだ。舟影が見えなくなると、ふと顔を上げた。

「どうも、城壁のないまちの生活にはまだ慣れないな、警部。どういうものかな、何かこう……頼りなくて落ち着かないんだ」

「漢源《ハンユァン》から都まではわずか三十里ほどでございますから、閣下」老人が述べる。「何かあれば、禁軍がおっとり刀ですぐ来られます。おまけに州軍の駐屯地も……」

「むろんだ、なにも軍備をどうこう言ってるんじゃない」

判事がもどかしがる。「気になるのは当地の中のことだ。まちの中のできごとを当局が把握しきれていないという気がしてならん。これが城壁に囲まれていれば、日の入りとともに城門が夕暮には閉じられる。それならば、いわば自家薬籠中にあるのだから、取り締まりも苦労がない。だが、そこへいくと当地は山麓までだらだら広がり、郊外は湖に接しているとくる……どんな手合いだろうと、大手を振って出入りし放題ではないか！」

老人はかける言葉も見つからず、まばらなあごひげをたぐっていた。名を洪亮《ホンリャン》といい、狄《ディー》判事の忠実な副官だ。もとは判事の家に仕える家僕で、判事の小さい頃はおつきのじいやだった。そして三年前に初任地の平来《ポンライ》県知事を拝命したさい、洪《ホン》は高齢をおして同行を志願した。それで、それ相応の立場を与えようという判事のはからいで政庁警部に任じられ、もっぱら判事腹心の相談役をつとめてきたのだ。判事の方でも、どんな問題であれ洪《ホン》にならば腹蔵なく話ができた。

「着任して二カ月以上になるな、洪《ホン》」狄《ディー》判事がふたたび話しかける。「なのに、政庁に持ち込まれた重大事件はただのひとつもない」

「ひとえに、漢源《ハンユアン》の民が法を守っているからでございますよ、閣下！」

判事がかぶりを振る。

「そうではないぞ、洪《ホン》」と述べる。「内輪の事情を当局にさらすまいとしているだけだ。さっきおまえに言われたように、漢源《ハンユアン》は都から近い。だが、こんなふうに山地にとりまかれて湖の岸辺にあるせいで、大なり小なりずっと他の土地から切り離されて過ごし、よそ者はほとんど居つかない。そんな密な人間関係でよしんば何かあったにせよ、どんな場合でも知事にはひた隠すのが関の山だよ。ここの民からすれば、知事はよそ者だ。くりかえすが、洪《ホン》、ここでは見かけ以上のことがある。おまけに当地の湖には薄気味悪い話がいろいろと――」

最後までは言わなかった。

「閣下、そんな怪談を信じておいでで？」警部がすかさず尋ねる。

「信じているか？　いや、そこまでは。だが、ここ一年で四人も溺死者が出たのに、いずれも死体があがらないという話だから――」

おりしも、そこへ質素な茶の衣に黒の小帽を合わせた大男ふたりが露台へでてきた。やはり狄《ディー》判事の副官で、馬栄《マーロン》と喬泰《チャオタイ》という。いずれも六尺を越す大男、首から肩の筋肉をみれば、拳法の達人だとすぐわかる。そろって鄭重に挨拶すると、馬栄《マーロン》がこう述べた。

「そろそろ宴会へお出ましの時刻です、閣下！　輿はとうに下に出ております！」

腰を上げた判事がしばし二人を眺める。馬栄《マーロン》と喬泰《チャオタイ》の前身は「緑林の兄弟」――追剝を体裁よく表現すればこうなる。三年前に、人通りのない街道でふたりに襲われたのだが、あべこべに豪胆さを発揮してふたりを恐れ入らせ、すっぱり足を洗って判事の配下に加えていただきたいと願い出る仕儀になった。判事の方もふたりの熱意に打たれて願いをいれ、そうしておいてよかったとおいおい実感した。この非凡な二人は陰日向なくお役目に励み、腕の立つ罪人の捕縛はじめ危ない任務にとりわけ有能ぶりを発揮したからだ。

「いま、警部にも話していたんだが」と、狄《ディー》判事。「このまちには、当局に隠れて水面下でいろいろありそうだ。だから画舫の宴会中はふたりとも画舫の下男や船頭どもと一杯やって、少し世間話でもさせてみたらよかろう」

馬栄《マーロン》と喬泰《チャオタイ》がえびす顔になった。ふたりともいける口だし、にぎやかなのは大好きだ。

四人で連れだって、中央院子へくだる石造りの大階段をたどる。そちらに公用輿が出ており、狄《ディー》判事が洪《ホン》警部をしたがえて乗りこむと、輿丁《こしかつぎ》十二名がいっせいに肩の担ぎだこを長柄にあてる。「漢源《ハンユアン》政庁」と書いた大ちょうちんをかかげた二名が先に立ち、馬栄《マーロン》と喬泰《チャオタイ》は徒歩で輿のすぐ後を行く。さらに、鉄かぶとと革上衣に赤帯をしめた巡査六名がしんがりに続いた。

門衛が鉄鋲飾りの重い政庁正門を開け、おもての路上へと通す。輿丁たちはまちへの急な石段をゆるぎなくおりていった。ほどなく孔子廟門前の市場にさしかかる。夜店の灯にむらがる人出はずいぶん多い。露払いが銅鑼を鳴らし、声を張り上げる。

「道をあけろ、道をあけろ！　知事閣下のお通りだ！」

人垣がつつしんで道を開け、老若問わず恐れの目で知事様のお通りを眺めた。

またもやくだり坂にかかってうらぶれた界隈を抜け、湖沿いの大街道にきた。半里ほど先で横丁に折れる。道の両脇を柳並木が風雅にふちどる。この柳にちなんで柳街と呼ばれる、芸妓や歌妓の住まう一郭だ。娼家の軒先はどこも色絹の小ちょうちんでにぎやかに飾られ、糸竹や歌のさんざめきが夜闇をすかして漏れ聞こえてくる。はでに着飾ったきれいどころが二階にしつらえた朱漆の露台に鈴なりにぶらさがり、朋輩同士できゃあきゃあ騒ぎながら行列見物としゃれこんでいる。

酒と女にはうるさい馬栄《マーロン》が、沿道に鈴なりの妓どもを意気込んで品定めする。そして、ひときわ大店の欄干にもたれた感じのいい丸顔の娘とうまく目が合い、工夫をこらして目くばせすると、あちらからも脈のありそうな笑顔が返ってきた。

　桟橋に輿がつくと、きらびやかな錦衣をゆったり着こなしたお歴々が出迎えのために勢揃いしていた。華紋を織りだした紫金襴をまとった大男が進み出て、ねんごろに頭を下げる。富裕な大地主の韓永漢《ハンユンハン》、漢源《ハンユァン》を代表する旧家だ。何百年も前から政庁と同じ高さの山腹に広壮な屋敷を構えて、代々住み続けている。

　韓《ハン》の案内で、桟橋に横づけされたりっぱな画舫に乗り込む。前甲板は桟橋とほとんど違わないほど高い。主船室の軒に無数の色ちょうちんをかけつらね、その光がへさきから船尾まで照らす。韓《ハン》とつれだって立派な戸口をくぐって宴席に入ると、戸口脇にいた楽団がにぎにぎしく歓迎曲にかかった。

　韓《ハン》は厚い絨毯を渡って奥へと向かい、ひときわ高い主卓の貴賓席を判事にすすめ、自分はごめんをこうむって中央の主人座を占めた。ほかの客たちは主卓の左右端に直角につけた脇卓へと二手に分かれ、向かい合わせに居流れた。

　狄《ディー》判事が興味の目でひとわたり見渡した。名高い漢源《ハンユァン》画舫のことはかねてよく耳にしている。妓連れで湖上の酒食を堪能したあと、しっぽり一夜を過ごせる水上娼家のようなものだ。予想以上に金に糸目をつけない贅沢さで、奥行き三丈（約十メートル）に及ぶ室内は、赤漆の天井に大きな色とりどりの絹ちょうちんが四つさがり、きゃしゃな柱は凝った彫り飾りの木材に豪奢な金箔押しだ。

　船出を告げるかすかな揺れがきて、音楽がとだえた。下の船倉で拍子をそろえた櫂音がひびく。

　韓永漢《ハンユンハン》が他の客たちをざっと紹介した。右卓の一の座は、背のかがんだ痩せっぽちの老人だ。手広く絹を扱う豪商で、康伯《カンポー》という。立って判事に三拝の礼をとるさい、口もとが不安げにぴくつき、横目で左右をうかがうさまが目をひいた。うぬぼれ顔で次席におさまった太めの男はその弟の康《カン》仲《チュン》だ。容姿といい、人柄といい、似ても似つかぬ兄弟だと思うともなく狄《ディー》判事は思った。三席はさらに上を行くでぶが、やたらともったいをつけている。金工組合の萬《ワン》親方だそうだ。

向かい合う左卓の上席は押し出しのいい男で、茶金襴の衣に四角い紗帽を合わせている。日焼けした荘重な顔はなかなかの風格だ。ごわつく漆黒のあごひげと長い頬ひげとあいまって官人めいた外見だが、韓《ハン》の口上によると、都の豪商劉飛泊《リウフェイボ》だそうだ。韓《ハン》家の隣に豪奢な別荘をかまえており、毎夏そちらで過ごすのだという。ほかの客ふたりは彭《ポン》と蘇《スー》、それぞれ銀工と玉工組合の親方をしている。いかにも異彩をはなつ対照的な組み合わせだった。彭《ポン》は肩幅が狭く、白髯たなびく痩せっぽちのご老体だ。蘇《スー》は逆に力士もどきの太い首と肩を持つ屈強な若者で、いささかがさつな顔が露骨に不機嫌そうだ。

韓永漢《ハンユンハン》が手を叩き、楽団がまたにぎやかに音楽にかかるのを合図に、主卓の右手から下男四人が冷菜盤と燗酒をみたした錫の酒器を盆にのせてきた。韓《ハン》が乾杯の音頭をとり、宴が始まった。

よく冷えた鴨肉と鶏肉の盛り合わせをつまみながら、韓《ハン》が行儀よく会話のお相手をつとめる。趣味もいいし、教養もあるが、礼儀正しくとも言動がどことなくおざなりで、誠意がないように見受けられる。よそ者が苦手らしく、すこぶる他人行儀でよそよそしい。それでも大杯でかけつけ何杯かあおったあとはやや打ち解けて、にこやかに述べた。

「てまえなど、閣下が一杯あがる間に五杯はいただいておりますぞ!」

「上等の酒を、ゆっくり味わって飲むたちなのでね」狄《ディー》判事が応じる。「といっても、飲む機会はこんな楽しい席に限るが。実にどうも結構な宴だ」

韓《ハン》がおじぎする。

「てまえどもは当地にて閣下がご機嫌よくお過ごしいただけるよう願い、また信じて疑いません。ただ、遺憾ながらなにぶん鄙育ちぞろいで人物がおらず、分不相応なお付き合いは荷がかちすぎるかと。ですからご退屈遊ばされるのではと気遣われてなりません。なにしろ当地はいたって事件のない土地柄でございますし」

「お説の通り、政庁書類を見た限りでは漢源《ハンユアン》の民は勤勉で法を守っており、知事には万事願ったり叶ったりの土地柄だ。だが、人物がないとは卑下にもほどがあろう。あなた自身の品格はさておくとしてもだ、かの梁孟広《リャンモンクワン》様は聖上《おかみ》の相談役をつとめられたのち、官を退かれて漢源《ハンユアン》を終《つい》のすみかにされたのではなかったかな？」

韓《ハン》があらためて判事のために乾杯する。

「梁《リャン》大官は当地の誉れでございます！　ただ、ここ六カ月ほどはご健康がはかばかしくなく、謦咳に接する栄を得られぬままです。土地の者一同、ご容態が気がかりでなりません」

そういってぐいぐい杯を干す。まったくよく飲む男だ。

「二週間前に表敬訪問にうかがいたいと打診したのだが、ご不例ということで固辞された。深刻でなければよいのだが？」

韓《ハン》が判事を探り見る。

「かれこれ九十歳にはおなりでしょう。とは申せ、たまにひどい関節痛と、お目がちょっとご不自由なくらいで、常日頃はかくしゃくとしておられます。ですが、ここ半年ばかりはお頭《つむり》のほうがちょっと……ま、そちらは劉飛泊《リウフェイポ》にお尋ねになりましたほうが。あちらさまとは庭続きのお隣同士な関係で、てまえなどよりよほど昵懇にしていただいておりますので」

「いささか驚いたな」と判事。「劉飛泊《リウフェイポ》さんが商人とは。どこからどこまで、代々の官人のような風采なのに」

「はばかりながら、大体そんなようなものです」韓《ハン》が声をひそめる。「劉《リウ》は都の旧家に生まれ、官途をめざして教育を受けて参りました。ですが貢試に挫折しまして筆を折り、商人に鞍替えいたしまして、今度はたいそうな成功をおさめました。今ではこの州指折りの豪商にのしあがり、全国で手広く商い致しており、しじゅう旅にでかけております。ただし、私の口から今の件をお話したことは、どうぞ本人にはくれぐれもご内聞に。なにしろ、あの人は過去の挫折をいまだにひきずっておりますので」

狄《ディー》判事はうなずき、痛飲中の韓《ハン》を好きなだけ飲ませておいて、脇卓のやりとりにさりげなく聞き耳を立てた。一杯機嫌の康仲《カンチユン》が劉飛泊《リウフェイポ》に酒杯をかかげ、こう声をかける。

「さて、若夫婦に乾杯といきましょうや！　ともに偕老同穴の契りを結ばれますように！」

一同拍手したが、劉飛泊《リウフェイポ》は頭をさげただけだ。韓永漢《ハンユンハン》があわてて判事に説明する。前日に、官を退いた蔣《チャン》進士の一人息子と劉《リウ》の娘の素娥《そが》が、反対側のまちはずれにある蔣《チャン》進士邸で盛大な婚礼をあげたのだそうだ。そこでことさら声を高め、「今宵は博覧強記の進士どのがおられんので、座が一向に盛り上がりませんなあ！　出席するとあれだけ約束しておきながら、どたんばでやっぱり欠席ですと。おおかた、祝い酒をたんまりきこしめしたんでしょうて」

そのひとことで座がわいたが、劉飛泊《リウフェイポ》は面白くもなさそうに肩をすくめた。かくいう劉《リウ》も婚礼のせいで二日酔いかもしれんなと狄《ディー》判事は思った。そこで劉《リウ》に祝いを述べ、さらに、「この機会に進士にお会いできず残念だ。さだめし、ためになるご高話だったろうに」

「一介の商人ごとき」劉飛泊《リウフェイポ》がにべもなくあしらう。「古典を解するなどというふりは致しません。ですが仄聞しましたところでは、読書人すなわち人格者とは必ずしも言い切れぬふしがあるとか」

その語気にのまれて座が白ける。あわてた韓《ハン》の合図で、竹簾がするすると上がった。

みな、箸を置いて景色をめでる。月はすっかり湖上高く昇り、見渡す限りひらけた水面のかなたに、無数の灯をともした漢源《ハンユアン》がきらびやかにまたたく。水夫たちは食事休憩中とあって、画舫はさざ波に揺られながらひっそりと湖上にとどまっている。

そこへいきなり左手で水晶簾が涼やかな音をたて、芸妓六名が入ってきて賓客に低頭した。

韓永漢《ハンユンハン》が主卓に侍る二人を選び、あとは脇卓へやる。そして、狄《ディー》判事の脇に侍らせた妓を引き合わせた。杏花といい、名だたる舞の名手だという。しとやかに目を伏せていたが、整いすぎるほど整った冷たい美貌は見てとれる。いっぽう、もう一人の銀蓮なる妓は引き合わされたとたんに物怖じせず愛嬌をふりまいた。どうやら明るくておきゃんなたちらしい。

お酌する杏花に歳を尋ねてみた。上品な声で、じき十九歳になりますという。その言葉つきに狄《ディー》判事と同郷のなまりがある。なんと、こんなところで、と思いがけずうれしくなって問いかけた。

「もしや山西《シャンシー》人か？」

真顔でうなずき、つぶらな瞳を輝かせる。こうしてみるととびきりの美人だ。その一方で、若い美人に不釣り合いなほどの暗い鬱屈をたたえた目だなという感想も頭をかすめた。

「私は太原《タイユアン》の狄《ディー》だが、どこの産だね？」

「平陽《ピンヤン》でございます」控えめに答えた。

狄《ディー》判事が相手にお流れをすすめる。道理で、そんな風変りな眼をしているわけだ。平陽《ピンヤン》県は太原《タイユアン》の南に数里行ったあたりだ。あそこの女たちは昔から蠱術や媚術を得意とするのであまねく知れ渡っている。まじないや祈禱で病気を治し、外道や左道を行なうとされる手合いまでいる。あきらかに良家の子女しかもこれだけの美人が山西《シャンシー》省からはるばる漢源《ハンユアン》のような片田舎に流れてきて、こんな泥水稼業に身を落とすとは、いったいどんな事情あってのことやら。

その妓と平陽《ピンヤン》の名勝旧跡談義にしばし花を咲かせる。

韓永漢《ハンヨンハン》のほうは銀蓮を相手に酒令の最中だ。一つの詩から交互に詩句を引用し、続きを即座に言い当てられなければ負け、罰杯を科される。どうやら韓《ハン》は負けがこんでいるらしく、ろれつがあやしくなり、もはや椅子に背をあずけるように沈みこみ、大きな顔にけだるい笑みを浮べて座を見渡している。重いまぶたがほとんどさがり、舟を漕ぎそうになっているらしい。銀蓮はというと卓の手前に回り、目を開けようと悪戦苦闘する韓《ハン》をおもしろそうに見守り、だしぬけにくすりと笑った。

「熱燗のほうがいいわよね、とってきてあげよっと！」卓をへだてて、韓《ハン》と判事にはさまれて立つ杏花に声をかける。そしてすたすた康《カン》兄弟の卓へ近づき、ちょうど運ばれてきた大きな酒注ぎで韓《ハン》の杯になみなみとお酌する。

狄《ディー》判事は自分の酒杯を手にした。韓《ハン》はいびきをかいて天下泰平に酔いつぶれている。判事はへそを曲げ、あらためて宴の首尾をふりかえる。この宴会はたとえ無礼講とはいえ煩わしいし、なんともいえぬ緊迫感が漂っている。ぜがひでもさっさと引き上げないことには。そして、ちびりとやった瞬間に、横の杏花がいきなり小声ながらはっきりと話しかけてきた。

「のちほど、大官さまにはぜひともお目にかかりとうございます。目下、剣呑な陰謀がこのまちで進行中ですので、その件で」

2

雲上仙女の艶姿に見入り
時ならぬ姿に驚かされる

思わず杯を置いたが、杏花のほうは視線を避けて、いびきのやんだ韓《ハン》の肩口にかがみこむ。そこへ銀蓮がなみなみと注いだ杯を捧げ持つようにして戻ろうとする。あいかわらず視線をあらぬ方へ向けた杏花がせかせかと続けた。

「大官さまが囲碁をたしなんでおられれば好都合かと存……」銀蓮が主卓に戻ってきたので、その話を途中で切り上げて身をのりだし、銀蓮から杯をもらって韓《ハン》の口もとへさしだす。韓《ハン》のほうはせっかちに干して、あとは笑いにまぎらした。

「やれやれ、大きなお世話にもほどがあるぞ！　ろくに杯も持てん酔いどれ扱いか？」杏花の腰を抱きかかえて、「どうだね。ここらで、あの十八番《おはこ》の妙技を閣下にご披露しては？」

杏花のほうは愛想よくうなずいて巧みに韓《ハン》の手を逃れ、あらためて低頭すると、水晶簾の戸口を出ていった。

そこで韓《ハン》が、漢源《ハンユアン》芸妓に伝わる古舞の一般論らしきものをごちゃごちゃ解説しだす。狄《ディー》判事のほうはさっきの杏花の言葉にすっかり気を取られ、上の空で相槌を打っていた。退屈するどころではない、当地にはなにやらよからぬふしがあるという勘は当たっていたのだ。杏花が踊り終わったら、さしで話す機会をすぐにも設けなくては。察しのいい妓なら、宴に呼ばれた先で客同士のやりとりからいろいろ隠れた事実をかぎとるものだ。

めりはりのきいた軽快な曲に変わり、芸妓二名が中央に出てきて剣舞をはじめる。軍楽に合わせてどちらも長剣をふるい、にぎやかに打ち鳴らして胸のすくような型を披露した。

たいそう好評を博し、終盤の太鼓はやんやの拍手喝采で消こえないほどだ。狄《ディー》判事も褒めたが、韓《ハン》だけは小ばかにする。

「あんなのは小手先というだけでございますよ、閣下、ほんものの芸とは似て非なるしろものです。まあひとつ、杏花の出番までお待ちを。そら、出て参りました！」

中央の絨毯に出てきたのを見れば、床につくほど長い広袖をひき、素肌に白絹のうすものをまとって緑の帯を垂らしている。肩口から緑紗の長い披帛《スカーフ》を裾長く垂らし、高髻に結って白睡蓮を飾っているのがなんとも斬新だ。袖をひらりと振るのを合図に、横笛がこの世ならぬもののようにひょろひょろと鳴りだした。

杏花がおもむろに両腕をいっぱいにかざし、脚は動かさずに、笛につれて腰だけそよがせる。薄物をすかして若い肌が輝くようだ。かくも完璧な姿態は、判事でもそうそう見たことがない。

「雲上仙女の舞です」韓《ハン》が耳打ちする。

拍板が鳴ると両腕が肩まで降りてきて、すんなりした指が披帛《スカーフ》の両端をつまんで腕をそよがせ、上半身を前後にゆすって薄紗の渦を身辺に舞わせる。拍板に琴と琵琶が加わって旋律を奏でだすと、両膝が揺れだした。今では全身をさざなみのように震わせつつも、その立ち位置は少しも動かない。

見たこともないほど人の心をかきたてる舞だった。無表情に目を伏せ、高慢ささえ漂わせた顔と、情欲のほむらが肉身をとったような姿態のそよぎがみごとな対照をなしている。白絹の衣がはだけ、しみひとつない乳房を人目にさらけだした。

女の発散する強烈な色気にからめとられまいとして、判事はいったん目を客席に移した。老康伯《カンボー》は舞妓を見もせず、杯をにらんで物思いに沈んでいる。だが、弟の目は女に釘づけで、逐一その動きを追っている。その姿勢で横の萬《ワン》親方に何やら耳打ちし、二人して忍び笑っている。

「あの二人の話題は舞じゃなさそうですな」韓永漢《ハンユンハン》がにべもなく片づける。したたかに酔っていても、そこまでつぶれているわけではなさそうだ。

彭《ポン》と蘇《スー》はひたすら魂を奪われている。ことさら目をひくのは、妙にはりつめた劉飛泊《リウフェイポ》だ。座席で石像のように固まり、尊大な顔はこわばって、漆黒の口ひげに隠れた口がきつく結ばれている。だが、らんらんと燃えるその目に浮かんだ表情が場にそぐわない。判事のみるところ、荒れ狂う憎しみと深い絶望にも似たいろがないまぜに浮かんでいるようなのだ。

曲が一転して和らぎ、穏やかなささやきに落ち着いた。舞妓は白い長袖と緑紗の披帛《スカーフ》の先をひらひらなびかせ、つまさき立ちで際限なく大きく輪を描いて回りつづける。拍子が加速するにつれて旋回もどんどんめまぐるしくなり、とうとう足が地についていないのではないかと思わせるほどになった。緑の披帛《スカーフ》と白い袖の渦がつくる雲のうちで、ひらひらと舞う仙女のようだ。

そこへいきなり銅鑼が力いっぱい鼓膜を打ち、唐突に曲が終わった。踊り手は可能な限り爪先立って静止し、両腕を頭上にかざして石像のように停止している。むきだしの乳房だけがはげしく上下しており、部屋は寂として音もない。

雲上仙女の舞

その後に腕をおろした女が披帛《スカーフ》をかきあわせ、主卓の狄《ディー》判事に一礼した。そして割れんばかりの喝采をあびてそそくさと退場し、水晶簾をくぐって出て行った。

「いやあ、実に見事だった！」判事が韓《ハン》に述べる。「あれなら、聖上の御前に出しても恥ずかしくない！」

「いつぞや、劉《リウ》の知己で都からおいでの大官さまもまったく同じことを申しておられましたよ。柳街であれの舞をごらんに入れましたら、さっそく後宮の女官長に口をきいてやろうと妓楼主にお声がかかりまして。ところが、杏花が固辞いたしました。どうしても漢源《ハンユアン》を離れたくないと申しまして。それで当地の者はみなみな、あの女の心意気を多としております」

狄《ディー》判事は立って主卓の前に出た。そして杯をかかげ、漢《ハン》源《ユアン》名物の美妓に乾杯しようと誘う。みないそいそと同意した。そのあとで康伯《カンポー》の卓に寄っていき、鄭重に世間話などする。韓永漢《ハンユンハン》も席を立って楽師がしらをねぎらいに行った。

老康伯《カンポー》はどうみても飲みすぎだった。やせさらばえた両頬を赤くし、ひたいは汗みずくだ。だが漢源《ハンユアン》での景気はどうかと狄《ディー》判事が問うと、いちおう筋道だった答えを返してきた。ややあって、わきから弟がにこやかに口添えする。

「おりよく、今は兄の機嫌がいささかよろしいので。この数日というもの、大船に乗ったような間違いのない取引のことでくよくよし、のべつ癇を立てておりましたのですよ」

「間違いがないだと？」兄が怒る。「あの王一凡《ワンイーファン》などという手合いにもとでを貸しつけて、大船に乗った気になれとでも言うのか？」

「まあまあ、虎穴に入らずんばと言うしな」狄《ディー》判事がなだめにかかる。

「王一凡《ワンイーファン》はごろつきですよ」康伯《カンポー》がなおも不平をとなえる。「ちまたの風聞を真に受けるなんて、おつむの程度が知れるぞ！」康仲《カンチュン》がきつくやりこめた。

「弟の分際で……兄にそんな口をきくな！」老康伯《カンポー》の舌が怒りでもつれる。

「掛け値なしのところを意見してやるのが弟甲斐ってもんさ！」仲《チュン》が逆ねじをくらわす。

「こら！」と狄判事《ディー》のそばでふとい声がした。「兄弟喧嘩はそれぐらいにしとけ。閣下の御前だ、体裁ってものを考えろ！」

声の主は劉飛泊《リウフェイボ》で、酒器を手にしてすかさず両者へ酌に回る。それで双方矛を収めて乾杯した。その彼に、梁顧問《リャン》が病気だという最近のうわさをそれとなく訊いてみる。

「韓《ハン》さんに聞いたんだが、大官のお邸とは庭続きで、親しく行き来なさるそうだな」

「いえ、最近はほとんど」と劉《リウ》。「半年前でしょうかな。そのころは、お庭の散策によく誘っていただきました。庭同士が小門ひとつ隔てただけの地続きですので。ですが、ぼけてこられてお話がどんどん支離滅裂になられまして。ひとの見分けもおつきにならないことがしょっちゅうですので、この何カ月はさっぱりお目にかかっておりません。あれほどのお方があんなふうになられるとは、閣下、悲しい限りでございます」

彭《ポン》と萬《ワン》親方が話に加わり、酒注ぎを持ってきた韓永漢《ハンユンハン》がみなに酌をするといってきかない。狄判事《ディー》は親方たちと談笑してのちに席に戻った。韓《ハン》はとうに戻り、銀蓮と軽口を叩いている。その横へ腰をおろして訊いた。

「杏花はどこだ？」

「ああ、おっつけ参りましょう」韓《ハン》は無頓着に答えた。「あのてのきれいどころは、化粧に手間取るのがいつものことですよ」

狄判事《ディー》はざっと宴席を見渡すと、客たちはめいめいの席に戻って、主菜の前に出された魚の詰物料理に箸をつけている。芸妓四名があらためて酒を替えて回っているが、杏花はどこにも見当たらない。それで、狄判事《ディー》は銀蓮をそれとなく促した。

「化粧室へ行って、お待ちかねだと杏花に声をかけてくれ」

「おお！」韓《ハン》が大声で冷やかす。「漢源《ハンユアン》には無上の誉れだ。鄙の妓が閣下のお目にとまるとは！」

狄判事《ディー》はとくに抗弁せず、声を合わせて笑っておいた。

銀蓮が帰ってきた。

「おかしいですねえ。おかあさんの話じゃ、杏花ねえさんはとうに化粧室を出たとかって。それで、個室をぜんぶのぞいてきたのに、どこにもいないんですよ」

判事はそっと韓《ハン》にことわり、中座して右手から出ると、右舷側から船尾へ向かった。

船尾では大酒盛りたけなわだ。洪《ホン》警部、馬栄《マーロン》、喬泰《チャオタイ》が船室にもたれて腰かけ、思い思いの酒器を脚ではさむようにして杯を手にしている。さしむかいに下男六名が車座になり、馬栄《マーロン》の話につりこまれている。当の大男が拳を膝に打ちつけて、こうしめくくる。「そのときさ、いいとこで寝台がぶっ壊れやがって！」

みなげらげら笑いだす。狄《ディー》判事が洪《ホン》の肩を叩いて振り向かせる。洪《ホン》がさっそく朋輩らをこづいた。ふたりとも席を飛び立つようにしてあとをついていき、右舷甲板へ出る。

そこまでくると、舞妓がいなくなったいきさつと、不慮の事態に巻き込まれたのではという懸念を伝えた。「おまえたちのうち、その妓が通るところを見かけた者がいるか？」

洪《ホン》警部がかぶりを振った。

「いえ、閣下。三人とも船尾に向いておりましたので、厨房と船倉への昇降口は目の前にございます。出入りしたのは給仕役の下男だけで、女はひとりも通っておりません」

そこへ、給仕ふたりがかりで湯鉢《スープ》を抱えて、食堂へ向かう。杏花ねえさんなら、着替えに出て行ってからは見かけておりませんと口をそろえる。「それに、どうせ目に触れる折もそうそうは」年かさのほうが補足する。「男衆はもっぱら右舷を通るきまりでして、ねえさんがたのほうは左舷側に化粧室やら主船室がございます。呼ばれないかぎり、男があっち側へ参ることはございません」

狄《ディー》判事はうなずき、副官三名を連れて船尾に引き返した。下男らが水夫と話しており、異変をさとったようだ。

判事が船尾をつっきって左舷側へ出る。主船室は戸が半開きになっていた。そこからなかをのぞく。横の壁ぎわに彫り紫檀のゆったりした寝椅子をすえ、錦のしとねがかけてある。奥壁には高い卓をすえ、銀燭に蠟燭二本ともっている。左手は品のいい紫檀むくの化粧台と腰かけ二つ。だが、人は見当たらない。

狄《ディー》判事は先へと急ぎ、窓紗ごしに隣室をのぞきこむ。どうやら化粧室らしい。でぶの老婆が黒絹をまとって肘掛船をこいでいる。女中がはなやかな色の長衣をたたんでいた。

最後は出番待ちの控え室で、窓は開いているが無人だ。

「上甲板はごらんになりましたか？」喬泰《チャオタイ》が訊いてきた。

かぶりを振った判事があわてて昇降口から急なはしごをのぼる。おそらく、杏花は外の空気を吸いにあがったのかもしれない。だが、上甲板も無人なのは一見してわかった。また降りて、一番下の昇降口にたたずみ、思案顔であごひげをしごく。右舷の船室なら銀蓮がとうに見て回っている。杏花は忽然と消えうせてしまった。

「ほかを全室見て回れ」副官三名に命じる。「厠《かわや》も見るんだぞ！」

それから左舷甲板に取って返し、舷門脇の欄干に拠って広袖の中で腕組みし、暗い湖面を眺めた。空気はそよとも動いていなかった。暑くて、うっとうしかった。宴席はまだにぎやかで、くぐもった人声や音楽がきれぎれに聞こえてくる。

色ちょうちんの光が落ちた水面を、欄干越しにのぞいてみる。そこでいきなり狄《ディー》判事は凍りついた。水面すぐ下に蒼白い顔があり、見開いたままの目がじっとこちらを見上げている。

3

椿事の吟味に法廷を開き
女中は幽霊出現を訴える

見ればわかる。あの妓が見つかった。

舷門へ踏みだしかけると、馬栄《マーロン》が角を折れてきた。無言で、いま見つけたものを指さして馬栄《マーロン》に教える。

罵声をあげた馬栄《マーロン》が舷門にあたふた行くと膝まで水につかり、妓を抱えて甲板に引き上げた。判事が先に立って主船室へ行くと、なきがらを寝椅子に寝かせる。

「意外と重いです」馬栄《マーロン》が濡れそぼった自分の袖をしぼる。

「上衣に錘でも入れてるんじゃないでしょうか」

狄《ディー》判事はろくに耳を貸さず、ひたすら死人の顔を見ていた。目は開いたままで、じっとこっちを見ている。さっきの白絹に緑錦の上衣をはおっていた。濡れそぼったうすものがぴったりと体にはりついて美しい線をあらわにし、卑猥な感じさえ受けるほどだ。ぞっと戦慄した。ついさっきまで男心をとらえて舞い、回ってみせていたのに、こうして不慮の死を遂げるとは、なんたる運命のいたずらか。

こんな気のめいる物思いを振り払い、死体にかがんで右こめかみの青あざを調べた。それがすんでから両目を閉じてやろうとしたが、まぶたは全然閉じず、死んだ女はあいかわらず判事をにらんでいる。それで袖から手巾《ハンカチ》を出し、死顔にかけてやった。

洪《ホン》警部と喬泰《チャオタイ》が入ってきたので、そちらに向く。

「これが芸妓の杏花だ。私の目の前で殺されたも同然だ。馬栄《マーロン》、戸口の外で甲板を見張っていてくれ、だれも通すな。邪魔されたくないのだ。この件は他言無用だぞ」

そうしておいて力ない右腕を持ち上げ、袖の中身を探る。いささか手こずった末に、青銅の丸香炉を出した。香炉灰がねずみ色のどろどろに変わり果てている。その香炉を洪《ホン》にあずけ、壁ぎわの卓へ近寄り、赤錦をかけた卓上で銀燭一対にはさまれた空間にわずかなくぼみを三ヵ所見つけた。手招きで洪《ホン》を呼び寄せ、さっきの香炉を卓にすえてみる。くぼみに三本の脚がぴたりとはまった。化粧台手前の腰かけに狄《ディー》判事が腰をおろす。

「手軽でうまい手口だ」洪《ホン》と喬泰《チャオタイ》相手に苦りきる。「下手人は女をこの船室におびきよせ、背後から殴り倒して重い青銅香炉を袖に仕込み、外へ運び出して湖に沈めた。そうすれば水音を立てずにまっすぐ湖底へ沈むはずだ。ところがあわてるあまり、女の上衣の袖が舷門の釘に引っかかったのを見落とした。それでも重し入りの袖にひっぱられて水面から数寸下に顔がきたせいで、女は溺死した」どっと疲れたように顔をごしごしやってから命じた。「もう片袖もあらためてくれ、洪《ホン》」

警部が袖をひっくり返すと、小ぶりな赤い名刺包みと、折りたたんだ紙が一枚だけ入っていた。そんな品々をそっくり判事に渡す。

そうっと紙をひろげてみた。

「囲碁の棋譜だ！」洪《ホン》と喬泰《チャオタイ》が同時に大声を上げる。

判事のほうはうなずきながらも、頭では芸妓のあの言葉を反芻していた。「手巾《ハンカチ》を貸してくれ、警部」濡れた紙片を包んで袖におさめ、立って部屋を出た。

「おまえはここに残って船室を見張れ」喬泰《チャオタイ》に命じておく。「食堂の宴席へ戻る、洪《ホン》と馬栄《マーロン》はついてこい。予備審問はあちらで行なう」

三人で歩きながら、馬栄《マーロン》が述べた。

「どうせあちこち調べるまでもないですね、閣下。下手人はこの船内に違いないんですから」

狄《ディー》判事は無言で水晶簾をくぐり、副官二名を連れて食堂にあらわれた。

おひらきの前に出される米飯料理が出され、みなの話もはずむ。判事を見て、韓《ハン》が大声をかけた。

「いいところへおいでになった！　これから屋上で月見でもしようかと、みなで話していたところです」

狄《ディー》判事は返事せず、やおら拳をかためて食卓を叩いた。

「静粛に！」

一同びっくりして顔を向ける。

「まずは」狄《ディー》判事がきっぱりと声を張る。「客として今宵の豪華なおもてなしに心から感謝したい。だが、あいにくと楽しい集いはここでおひらきにせざるを得なくなった。これよりは賓客でなく判事の立場からお話をさせてもらう。ご理解いただきたいが、これもひとえに知事として国家や当県の民に負う責務ゆえの措置であり、民のうちには当然ながら、この場にお集まりの各位も含まれておる」さらに韓《ハン》に向いて、「まことにあいすまんが、ほかの卓に移っていただこうか！」

韓《ハン》が茫然と腰を上げ、銀蓮に椅子を運ばせて、酔眼をこすりながら劉飛泊《リウフェイポ》の卓に移った。

それまで韓《ハン》のいた主卓の中央に狄《ディー》判事が移り。馬栄《マーロン》と洪《ホン》警部を両脇に控えさせて、おもむろに口を開いた。

「知事たる本官は、これより杏花なる芸妓殺害吟味のために臨時法廷を開く」

そう述べてすばやく一座を目で探ると、おおかたは事情がのみこめずに茫然自失のていだ。ここで洪《ホン》警部に命じ、船主を呼ばせるついでに筆記用具一式を調達させた。

韓永漢《ハンユンハン》がようやくわれに返り、劉飛泊《リウフェイポ》となにやらぼそぼそ相談する。相手の賛成を得たのちに立ってこう述べた。

「閣下、いかになんでも独断のおふるまいが過ぎようかと。漢源《ハンユアン》の民を束ねる責を担うのは私どもでございますから、ここは何卒——」

「韓永漢《ハンユンハン》証人」狄《ディー》判事が冷たくさえぎる。「おとなしく席につき、発言を命じられるまで口を控えておれ！」

満面朱を注いだ韓《ハン》が、どさりと椅子にかけ直す。

洪《ホン》警部があばただらけの男を御前に出した。その船主をひざまずかせ、おおまかな船の見取図を描けと命じる。震える手で言いつけ通りにするのを待つ間に、判事のほうは冷たい目で一座を見渡した。飲めや歌えがいきなり法廷に早変わりしてしまい、酔いもさめはてて青菜に塩のありさまだ。船主が見取り図を仕上げてうやうやしく主卓にのせる。狄《ディー》判事がその図面を洪《ホン》に押しやり、宴席での卓の位置とそれぞれの座席を記入させる。それで警部は給仕役を呼んで空欄の座席図を指さしてみせては、順にあてはまる名

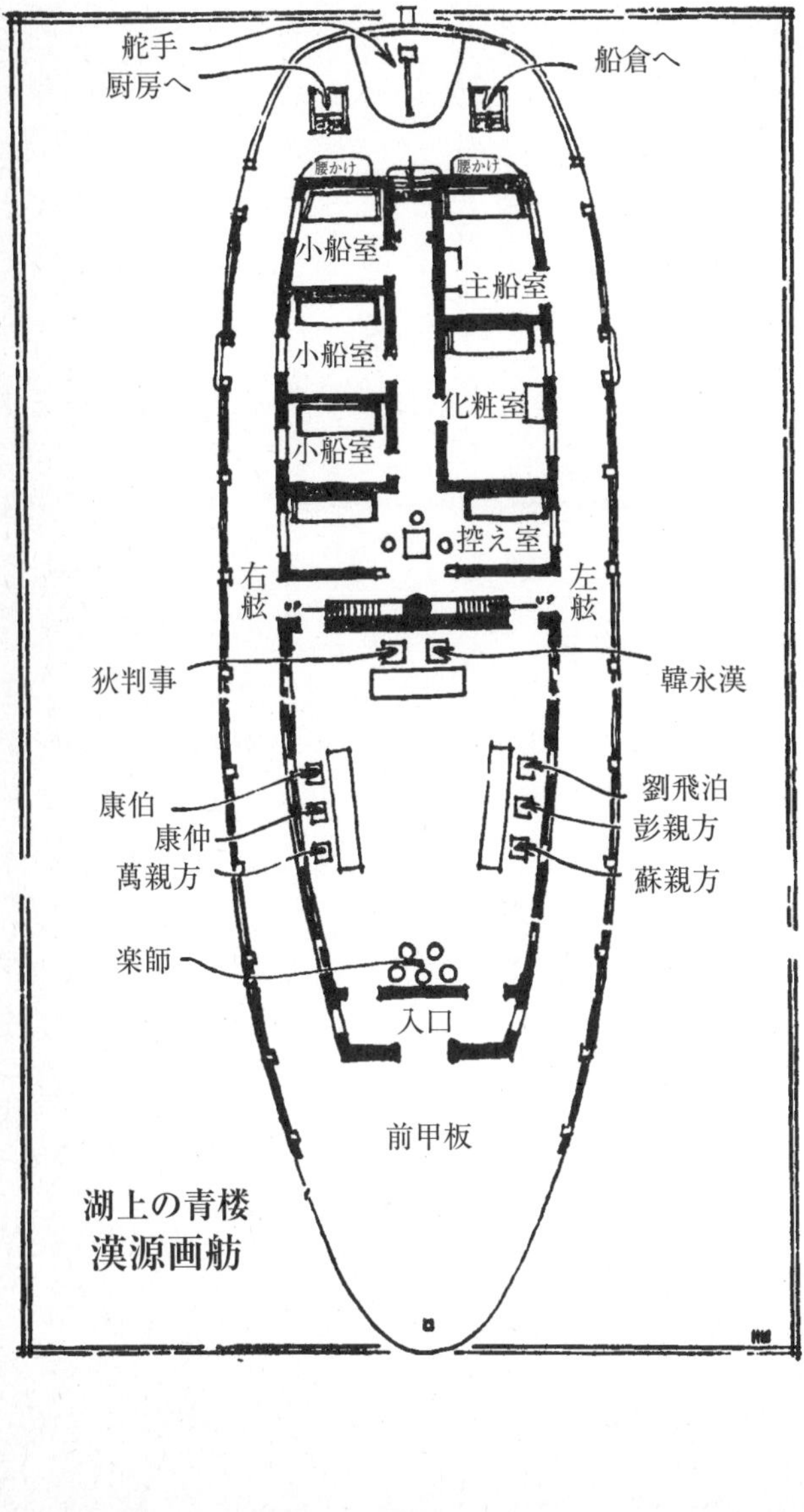

舵手
厨房へ
船倉へ
腰かけ
腰かけ
小船室
主船室
小船室
化粧室
小船室
控え室
右舷
左舷
狄判事
韓永漢
康伯
康仲
萬親方
劉飛泊
彭親方
蘇親方
楽師
入口
前甲板
湖上の青楼
漢源画舫

を小声で言わせた。それがすむと、判事は有無を言わせず一同に申し渡した。

「杏花の踊りがすんで退出後、かなり出入りがあった。ここにいる全員があちこち動き回っていたな。これより、あの時間に限って何をしていたか、各自の行動を詳しく述べるように」

太った萬《ワン》親方が立ち、千鳥足で御前に出てひざまずいた。「てまえに」と、かしこまる。「いささか言上したき旨があり、閣下のお許しを願い奉ります」

判事の了承を得て、こう言上した。

「当地でかくれもない名妓が非道に殺害されたという驚天動地の仰せに、みな当然ながらいたく動転いたしました。とは申せ、いかな恐ろしい椿事とて、分別を残らず消し飛ばすにはいたっておりません。はばかりながら、てまえは長年この特別仕立ての画舫にて宴をし慣れておりまして、船内の事情は勝手知ったると申してさしつかえございません。そこで、恐縮ながらご注進申し上げますと、下の船倉の水夫は総勢十八名おりまして、実際の漕手に十二名、予備の交代要員が六名おります。土地の者をむやみにあげつらう意図はみじんもございませんが、早晩閣下にもお調べがつくことでございますので。船に乗り込むこういう手合いはたいてい酒やばくちにうつつを抜かすろくでなしぞろいです。ですから、下手人をお探しでしたら、あの者どもをあたってごらんになるべきかと。なかでも見ばのいいやつが芸妓の情夫になり、女に手切れ話でも持ちかけられようものなら、逆上して手が出る場合も珍しくはございません」

ここで萬《ワン》親方は息をついて船外のくろぐろした水面に不安の目を投げ、さらに言葉を継ぐ。

「しかも、ご検討を要する事柄はまだございます、閣下。いつからかは存じませんが、当地の湖はその昔から妖しの気配に包まれてまいりました。言い伝えでは、湖をみたす湧き水が地の底から噴き出るさいに、不吉な妖怪どもをはかりしれない地の奥底から引きずりだして、現世の人間にあだをなすとか。今年は少なくとも四人溺れましたが、いずれも死体があがっておりません。後日、溺れたはずの者者たちが生者にまじってうろついている姿を見かけたという話も出ております。

この殺しのお調べにあたりましては、以上二つの事柄にもお目を向けていただき、当地の特殊な背景を含めてこの恐ろしい事件をごらんいただき、この場のわが友人知己が下々のごろつき扱いでお取り調べを受けるなどという無用の災難を何卒免じていただけますよう。かく申し上げるのはてまえの義務かと存じます」

一同くちぐちに同感をあらわす。

卓を叩いて静まらせたのち、狄《ディー》判事はまっこうから萬《ワン》を見据えた。

「しかるべく手順を踏んで行なうなら、いかなる進言もありがたく受けよう。下手人が船倉の者である可能性なら、もとよりこちらも気づいていた。水夫どもは追って取り調べる。また、不敬不遜をよしとせぬので、この世ならぬ邪気が本件を起こした可能性も捨てがたい。

さきほど萬《ワン》証人は下々のごろつきと申していたが、この場で申しておく。当法廷は民すべてを平等に扱う。よって、下手人の目星がつくまでこの出席者も、船倉の水夫や厨房の者どもも、平等に嫌疑は免れん。ほかに、発言したい者は?」

組合親方の彭《ポン》が立ち、御前に出てひざまずく。

「まことに僭越ながら」不安そうに尋ねた。「あの気の毒な妓がどのような死にざまをとげたか、お教えいただけないでしょうか?」

「詳しい点は」狄《ディー》判事がたちどころに答える。「現時点では伏せておく。他には?」だれもいないので続けてこう述べた。「みなが心置きなく思うところを述べる機会は充分にもうけよう。よって、以後は口を閉ざして本件をこの知事の裁量に委ねるように。必要に応じて取り調べていく。証人彭《ポン》は席に戻り、かわって萬《ワン》証人が出てきて、例の時間帯の行動を申し述べるように」

「恐れ多くも閣下のご発案で漢源《ハンユアン》の舞妓どもに乾杯しましした後、てまえは左手から部屋を出て控え室に寄り、無人でしたので廊下づたいに厠へ参りました。そちらからこの食堂へ戻りますと、康《カン》兄弟の口げんかが耳に入りまして。劉《リウ》飛泊《フェイポ》さんの仲裁がすむのを待って、兄弟に近寄りました」

「廊下か厠で、だれか見かけなかったか？」判事がただした。

萬《ワン》がかぶりを振る。洪《ホン》警部の口書が仕上がるのを待って、次に韓永漢《ハンユンハン》が呼ばれた。

「てまえは楽団がしらをねぎらっておりました」むくれて述べだす。「その後にいささかめまいがしたもので、前甲板にあがって戸口の右脇にもたれ、しばらく夜気にあたって湖上の風景をめでておりました。そのうちにやや気分が戻りましたので、すえつけの陶製腰かけに腰をおろしました。そこへ銀蓮が呼びに来まして。あとは閣下もご存じの通りでございます」

そこで、楽師どもを率いて部屋の隅にぽつんと離れていた楽団がしらが呼ばれた。

判事が問う。

「韓《ハン》さんがずっと前甲板を離れなかったと請け合えるか？」

かしらが楽師たちを見た。みながかぶりを振るのを見届け、恐縮して答える。

「いえ、閣下。みな楽器の音合わせに手一杯で、銀蓮さんが韓《ハン》さまを探しにくるまで外を見るゆとりもございませんでした。銀蓮さんと一緒に出ましたら、韓《ハン》さまの口からもただいまお話がありましたように、陶椅子にかけて涼んでおられました」

「さがってよし！」と韓《ハン》に言い渡し、劉飛泊《リウフェイポ》を呼んだ。劉《リウ》は口もとを小刻みに痙攣させ、前ほど冷静には見えない。だが、口を開くころには平静な顔に戻っていた。

「あの妓が舞ったあとで、具合が悪そうな隣の彭《ポン》さんに気がつきました。それで萬《ワン》さんが出た直後に彭《ポン》さんを連れて、左手から右舷甲板へ出ました。そちらの欄干に寄りかからせておいて、廊下づたいに厠へ行った後で、途中だれにも会わずにまた彭《ポン》さんと落ち合いました。気分が良くなったと言われたので、連れ立って戻ってきたような次第です。そこで康《カン》さんの兄弟喧嘩が見えたので、双方にお酌した上で仲裁いたしました。以上でございます」

うなずいた狄《ディー》判事が彭《ポン》に裏をとる。一も二もなく劉飛泊《リウフェイポ》の言い分を請け合ったので、次に蘇《スー》親方が呼ばれた。

蘇《スー》は太い眉の下で無愛想な目をすると、広い肩をひとゆすりし、棒読み口調で述べだした。

「まっさきに萬《ワン》さん、つづいて劉《リウ》さんが出て行かれたのは確かにこの目で見ました。てまえが卓にひとりで残ったので、剣舞の妓ふたりとしばらく雑談しておりましたら、左のお袖に煮魚のおつゆがついてるわよと片方の妓に言われました。それで中座して廊下づたいに二番船室へまいりました。予約でそちらの部屋をおさえ、着替え一式と洗面用具の包みを置いてございましたので。そそくさと着替えをすませて廊下に出たとたん、控え室を出ていく杏花が目にとまりました。昇降口で追いついて、みごとな舞だったと褒めましたら、杏花はちと動転したような早口で、このあとすぐ食堂でお目にかかれますかと言い残して、左側に折れました。てまえのほうは右舷側からこの食堂に入りました。萬《ワン》さん、劉《リウ》さん、彭《ポン》さんはまだ戻っておりませんでしたので、さっきの妓ふたりとまた雑談しておりました」

「杏花に会ったときだが、どんな服装だった？」狄《ディー》判事が尋ねた。

「まだあの白衣でした、閣下。ですが、緑錦の短上衣を上にはおっておりました」

狄《ディー》判事は蘇《スー》をさがらせ、馬栄《マーロン》に命じて化粧室のやりてを呼ばせた。

あのでぶ女は連れ合いが柳街の妓楼主で、杏花のほかにお抱え芸妓が五人いると申し立てた。最後に杏花を見たのはいつかと尋ねられ、こう答える。

「舞がすんでひきあげたときのあの妓のざまったら、閣下、もうもう見られたもんじゃございません！　それで、傷寒《かぜ》をひきこまないうちにとっとと濡れたもんを着替えなって言ってやりました！　女中に言いつけて、きれいな青い長衣を出させましたら、杏花ったらいきなり女中を押しのけて緑の上衣だけはおり、すたすた出て行っちまうんですから ね え！　誓って申しますが、それがあの妓の見納めになりました！　あんな若い身空で、なんだって殺されたりなんか？　そしたら、あの女中ったら変なことを言い出しましてね、こうなんですよ——」

「よくわかった！」と女を制し、馬栄《マーロン》に命じて下女を呼びにやった。

呼ばれた若い女中は泣きじゃくり、馬栄《マーロン》が背中を叩いてなだめてもあまり効き目がない。声を放って泣きむせびながら述べた。

「ねえさんは湖のあの化物に呼ばれちゃったんですよう、閣下！　後生ですから、もう陸へ戻してくださいよう、でないと船ごとあいつに引き込まれちゃいます！　あたし、見たんです。ぞっとする幽霊でした、こわかったあ！」

「そのお化けとやら、どこで見た？」狄《ディー》判事が驚く。

「窓の外からねえさんに合図したんです、閣下！　着替えに青いのを出しておやりって、おかあさんに言われたときでした。杏花ねえさんもそいつを見ました。手招きして呼んでるところを！　いくらねえさんでも、幽霊に呼ばれて逆らえるわけないでしょ？」

室内にひそひそ声がとびかう。狄《ディー》判事が食卓を叩いて静かにさせた。

「それで、そいつの姿はどんなふうだった？」

「ばかでかくて黒いやつです、閣下。窓紗をすかしてはっきり見えました。片手で匕首を見せておどかし、もう片手で……来い、って手招きしました」

「着物や帽子はどんなものだった？」

「だから幽霊ですってば」娘がむっとする。「ちゃんとした形はありません。ぞっとするような黒い影っていうだけです」

そこで馬栄《マーロン》に合図し、女中につきそってさがらせた。

あとは銀蓮ほか芸妓四人の吟味にかかる。判事じきじきに舞妓を探しにやった銀蓮以外はだれひとり食堂を離れず、朋輩同士や蘇《スー》と雑談に興じていた。だから、萬《ワン》や劉《リウ》や彭《ポン》が出て行くところは見ていないし、蘇《スー》がいつごろ戻ったのかも正確なところはわからない。

腰を上げた狄《ディー》判事が、ひきつづき上甲板で給仕や水夫たちを吟味すると述べた。

洪《ホン》警部を従えて急な階段をあがる。その間に馬栄《マーロン》が船主を連れて水夫や下男を残らず呼びに行った。

判事は欄干わきにすえつけた陶腰かけに座り、帽子をあみだにずらした。「中も外も変わらんな、蒸し蒸しする」洪《ホン》がすかさず自分の扇を渡しながら、口調に失望をにじませる。

「あの席では何の進展もございませんね、閣下」

「さて、どうだろう」狄《ディー》判事がさかんに扇を使う。「それでも、ある程度までは状況がわかったと思うぞ。水夫をろくでなし呼ばわりした萬《ワン》の発言も、まんざら口からでまかせじゃない！　あの手合いにさほど好感が持てるとは思えんしな！」

そこへ水夫どもがぞろぞろあらわれた。初めのうちこそ仲間うちでぶつくさ怒っていたが、馬栄《マーロン》と船主に一喝されて、いくじなく下手に出た。給仕役と厨房の者たちは水夫どもと向かい合わせに立たされた。舵取りと客たちがめいめい連れてきたお供の下男はそろって吟味を免れた。以上の者たちは席を立とうともせず、馬栄《マーロン》会心の下ねた話を一心不乱に聞いていたという洪《ホン》警部の証言があったおかげだ。

それで、まずは給仕どもに事情を聞いたが、さしたる収穫はなかった。舞になると、みんな連れだって厨房へ腹ごしらえにおりたからだ。お客の様子を見に途中で一人だけ食堂をのぞきに行ったら、欄干にもたれてげえげえやっている彭《ポン》親方を見かけた。だが、劉《リウ》さんは見かけなかったという。

厨房や水夫どもをさんざん問いただしたが、だれも船倉を離れなかったと判明した。舵取りが休憩していいぞ、と昇降口からどなったのをしおに水夫一同は手慰みの博打をはじめ、中座など誰一人思いもよらなかったからだ。

狄《ディー》判事が腰を上げると、心配顔で空をうかがっていた船主がこう言いだした。

「嵐の恐れがございます、閣下！　はやいとこ船を帰すのがいちばんです。しけで船を動かすのは、なみたいていじゃございません」

うなずいた判事が階段を降り、まっすぐ主船室に足を向ける。あいかわらず喬泰《チャオタイ》が芸妓の死体を見張っていた。

4

夜をこめて遺品を吟味し
相聞詩や艶書を発見する

化粧台の腰かけに狄《ディー》判事がかけたとたん、雷鳴がとどろきわたった。滝のようなどしゃぶりが屋根を派手に叩き、船が揺れだす。

喬泰《チャオタイ》が駆け出し、表側からひさしを閉じにかかった。判事のほうは虚空をにらんで、無言でおもむろに頬ひげをなでている。警部と馬栄《マーロン》は立ったまま、じっと動かない寝椅子の死体に見入っていた。

引き上げてきた喬泰《チャオタイ》が部屋の戸口に鍵をかけてしまうと、狄《ディー》判事の目が副官三人に向いた。

「まったくな」と、形ばかり笑みをつくる。「ほんの数時間ほど前には、当地で何も起こらないと不平をもらしていたのに」かぶりを振り、声をきびしくして続けた。「われわれは現に殺人事件に直面している。あらゆる角度から検討を要するし、超自然がらみの可能性さえある」不安そうに喬泰《チャオタイ》をうかがった馬栄《マーロン》のそぶりに目ざとく気づいて、あわてて言い足す。「吟味中は幽霊などが本件にからむという線をあえて除外しなかった。が、あくまで下手人を油断させるためだ。肝に銘じておけ、やつはまだ、こちらが死体を発見した場所といきさつを知らんのだ。死体が湖底に沈まなかったのはなぜかと今頃は頭を悩ませているはずだ。請け合ってもいいが、下手人は血肉をそなえた生身の人間だからだよ。それに、やつがあの舞妓をどうしても消すはめに陥った動機もわかっている」

そう前置きして、杏花が言い残した驚くような情報の件を話してきかせた。「むろん」としめくくる。「いちばん疑わしい容疑者は韓永漢《ハンユンハン》だ。たぬき寝入りをしているすきに杏花の話を盗み聞きできたのはあいつだけだ。だとすれば、きっと相当な役者だな」

「韓《ハン》には機会もございました」洪《ホン》警部が述べる。「前甲板で涼んでいたという話の裏はとれずじまいです。おそらくは左舷づたいに船尾へ向かい、窓ごしにあの舞妓に合図し、ついてこさせたのでは」

「ですが、あの女中の話に出てきた匕首はどうなります？」馬栄《マーロン》が尋ねた。

狄《ディー》判事が肩をすくめる。

「そこらへんは、もっぱら想像のなせるわざじゃないか。舞妓が殺されたと知らされたとたんに、幽霊話が出てきたのを忘れるな。現実に見たのは、あの場のみなが着ていたような広袖の長衣をまとった男の影だろうよ。片手に扇をかざして手招きした、それをあいくちと思い込んで、そう話していたに違いない」

ここにきて船の揺れは激しくなり、船腹に大波が体当たりして砕ける。

「あいにく」判事がまた話しだす。「容疑者を韓《ハン》一本に絞るわけにはいかん。杏花の話を盗み聞きできたのは確かにあいつだけだが、私に耳打ちした様子は同席の何人かが目にしたはずだ。ついさっきも述べたように、あの女は視線さえ合わせないようにして話しかけていた。そんなことさら秘密めかした態度をみて、なにか重大情報を私にもらしたと勘ぐったやつがいる。それで、のるかそるかだと腹を決めて殺したんだろう」

「それだと」と喬泰《チャオタイ》が言った、「韓《ハン》の次に疑わしいやつが四人出ますね。萬《ワン》、彭《ポン》、蘇《スー》親方と劉飛泊《リウフェイポ》です。閣下のお話だと二人とも退室しなかったので、康《カン》兄弟だけは対象外ですね。ほかの四人は時間に長短のばらつきはあるものの、いちおう全員がいったん食堂を出ています」

「ああ、そうだな。彭《ポン》はたぶん白だろう。理由は簡単だ。舞妓を殴り倒して舷門まで抱えて行けるほど腕力がない。水夫どもにはその腕力があるから尋問したんだ。ひょっとすると、あの中に彭《ポン》の一味がいるという線も考えられるからな。だが、船倉を離れた者はいない」

「そうなると殺せるだけの力持ちは韓《ハン》、劉《リウ》、萬《ワン》親方、蘇《スー》親方ってことになりそうです」喬泰《チャオタイ》が意見を述べた。「なかでも蘇《スー》は腕っぷしが強いですね」

「蘇《スー》はどうやら韓《ハン》の次点だな。やつだとすれば、よほど冷酷で危ない下手人だよ。杏花がまだ舞うさなかにこまごまと殺しの計画を練っていたはずだ。そして袖をわざと煮汁に浸し、食堂を離れるのと、入水させるさいに着物が濡れたら着替えるために、あとでいかようにも言い訳できそうなうまい口実に利用したに決まっている。その上で、化粧室の窓へまっすぐ足を向け、手招きで舞妓を呼んでおいて殴り倒し、入水させたのだ。自分の船室へ行って着替えたのはその後だ。あの船室で蘇《スー》の脱いだ長衣が濡れているか確かめてこい、喬泰《チャオタイ》！」

「おれが行きます、閣下」蒼白な喬泰《チャオタイ》の顔色に気づいた馬《マー》栄《ロン》が、船にあまり強くない義兄弟にかわってすかさず申し出た。

狄《ディー》判事がうなずき、三人とも無言で馬栄《マーロン》の帰りを待ち受けた。

「水浸しですよ！」馬栄《マーロン》がぶつくさ言いながら戻ってきた。「どこもかしこもですね、蘇《スー》の長衣以外は。あれだけは水気もそっけもありませんでした」

「わかった、だからといって蘇《スー》が潔白ということにはならんが、留意すべき事実ではある。現段階の容疑者は韓《ハン》、蘇《スー》、劉《リウ》、萬《ワン》、彭《ポン》——怪しい順に並べると、そうなる」

「どうして萬《ワン》より劉《リウ》が先に来るのでしょうか？」洪《ホン》警部が尋ねた。

「舞妓と下手人は」と判事は答えた、「ただの仲ではなかったはずだ。さもなければ、あっさり呼ばれて行くわけがなかろうし、ふたりきりでこの船室へ入りもすまい。芸を売る妓というのは、金次第で客をとる並の娼妓とはわけが違う。振るもなびくも芸妓の胸三寸しだい、振られたら打つ手がない。特に杏花のような売れっ妓となると、枕よりも歌舞の芸を売るほうがいい稼ぎになるから、特定の客をひいきしろと妓楼主に無理強いされることもない。そうなると韓《ハン》や劉《リウ》は世慣れている上に年より若々しい。私見では、あの手の才色兼備な妓に想いを寄せられても不思議はなさそうだ。それと蘇《スー》だな、ああいう荒々しさに惹かれる女もいそうだ。だが、でぶの萬《ワン》や骨と皮の彭《ポン》は無理だ。そうだな、彭《ポン》は完全に除外してもよかろう」

馬栄《マーロン》はあとのほうを聞きもせず、ものも言えないほど恐れおののいて死んだ女を見ていた。そして、こう口走った。

「う、うなずいてるぞ！」

全員が長椅子をかえりみた。頭が前後に動き、手巾《ハンカチ》が落ちた拍子にまたたく蠟燭の灯が濡れ髪にたわむれる。

狄《ディー》判事があわてて寝椅子に近づき、白い顔を見て愕然とした。女が目をつぶっている。枕の中央に頭を横たえ、手早くさっきのように手巾《ハンカチ》をかぶせてやる。腰をおろし、声を落ち着けて話の続きにかかった。

「まず、あの三人のだれが杏花の情夫だったかつきとめるのが何をおいても急務だろう。同じ妓楼の朋輩どもに訊くのがいちばんかもしれんな。ふつう、色恋のことは朋輩同士で隠しだてせんものだ」

「でも、外の人間に話せっていうんじゃ」と馬栄《マーロン》が言った、「全然話が違ってきますよ」

にわか雨がやんで船の揺れも落ち着き、のんびり進んでいる。顔色が戻ってきた喬泰《チャオタイ》がこう言いだす。

「思うんですが、閣下、さしあたりもっと急務があるんじゃないでしょうか。柳街の妓楼で、あの舞妓が寝起きしていた部屋を調べませんと。下手人はこの船に乗ったあとで、行き当たりばったりに殺すはめになったわけですから、もしも杏花がそいつを名指すような手紙のたぐいをしまってるとしたら、証拠隠滅のために下船したその足で部屋に駆けつけるはずです」

「もっともだ、喬泰《チャオタイ》」狄《ディー》判事が賛成した。「下船したら馬栄《マーロン》はすぐさま柳街へ走り、舞妓の部屋に入ろうとするやつがいたら手当たり次第にひっくくれ。私が輿で出向いたら、みなで部屋を調べにかかろう」

おもてでいくつも大声があがった、岸はもうすぐだ。立った狄《ディー》判事が喬泰《チャオタイ》に言い置く。

「ここで引き続き巡査たちを待ち、到着したらこの船室を封印させ、ふたりほど残して明朝まで戸口を固めさせろ。妓楼主には私から話しておき、明日、人をよこして納棺させよう」

甲板に出ると、月がまたのぞいていた。月の光に照らされた船はひどいありさまだった。嵐のせいで色ちょうちんは跡形もなくふっとび、食堂の窓にかけた竹簾はずたずただ。あんなに華やかだった船が、いまは見る影もない。

宴の一同は下船口に群がって意気消沈のていで判事を迎えた。客たちはひとまず控え室に逃げ込んで嵐を避けたのだが、なにぶんこもった空気に船揺れがあいまって、おそろしく気分が悪いらしい。狄《ディー》判事が帰宅を許可すると、挨拶もそこそこに各自の乗り物に駆け寄った。

判事は輿に乗り、客たちの声が充分遠ざかったのを見すまして、柳街へ回れと命じた。

判事と洪《ホン》警部が、杏花がいたうちの第一院子に入ると、向かいの食堂から嬌声がひびいてくる。もう夜更けなのに、まだ宴会中なのだ。

番頭がすっとんできて急な来客を迎えた。判事さまだと知ると、ひざまずいて三叩頭し、へこへことお好みや御用命の向きをうかがった。

「芸妓杏花の私室を取り調べる」そっけなく判事は言った、「案内せよ！」

番頭があたふたと先導し、磨きぬいた板張りの大階段へ出た。二階廊下は照明が抑えぎみで、薄暗い。ずらりと並んだ丹塗り扉のひとつに番頭が足を止め、お先に中へ入って蠟燭をつけようとして万力のような手に腕をむんずとつかまれ、たまぎる悲鳴をあげた。

「ここの番頭だ、放してやれ！」狄《ディー》判事がすかさず声をかける。「ここまでどうやって入った？」

馬栄《マーロン》が笑いながら言った。

「人目をひかずに出入りしたほうがいいと思い、ひとっとびに庭塀を越えて露台によじ登りました。隅っこで寝てる女中がいたんで、部屋のありかはそいつに訊きました。で、この戸口の陰でずっと張ってたんですが、入ってきた者はありません」

「よくやってくれた！　さて、ここはもういいから番頭と階下へ降りてくれ。くれぐれも、玄関から目を離すなよ！」

狄《ディー》判事は黒っぽい木彫り化粧台に腰をおろし、ひきだしを調べにかかった。警部のほうは大きな寝椅子わきに四つ重ねた、衣裳をしまっておく赤漆仕上げの革箱に近づき、

「夏」と書いた上の箱から順に開けて調べている。

化粧台の上のひきだしにはふつうの化粧品のほかは何もなかったが、下のひきだしは紙やら手紙類がぎっしりつまっていた。判事がてきぱき目を通していく。山西《シャンシー》在住の母親からの手紙が数通あり、仕送りの受領通知かたがた幼い弟が学問に励んでいると書いてよこしている。父親は死んだらしい。母親の筆跡といい文章といい深いたしなみのほどがうかがえ、かりにも良家の子女がどんな運命のいたずらでこんな泥水稼業に入るはめになったかと、あらためて不審がつのる。ほかはどれもこれもひいき筋からの詩や手紙で、韓永漢《ハンユンハン》にはじまって、あの宴の出席者はもれなく手紙をよこしている。いずれも宴会に招いたり、舞を褒めたり、通り一遍のよくある手紙で、それ以上の仲を示すものはない。だから、あのお歴々どもと杏花の間柄を推し量る決め手にはなりにくい。

見つかった文書をひとまとめにし、あとでよく調べようと袖にしまった。

「こちらにまだありました、閣下!」だしぬけに洪《ホン》警部が声をあげ、薄紙で大事にくるんで衣裳箱の底にしまってあった手紙束を出した。ほとばしる情の赴くままに書き連ねた、まごうかたない艶書なのは読めばわかる。差出人はすべて竹林書生なる雅号だ。

「この男は情夫にちがいない」判事が意気ごむ。「書き手を突き止めるのはさほど難しくもあるまい。字も文章も達者なものだ、当地の狭い儒者づきあいの一員に決まっている」

さらに調べてはみたが、手がかりはもう出てこない。判事は露台にしばしたたずみ、眼下の庭園に見入った。花園のただなかで、小さな蓮池が月を映す。さだめしあの舞妓はよくここにたたずみ、故郷を模したこの庭園に見入ったことだろう! そこまで思い巡らして、にわかにきびすを返す。時ならぬ美女の死にも動じずにいられるほど、知事歴が長くないのだ。

蠟燭を吹き消し、洪《ホン》警部を連れて階下へ戻る。

馬栄《マーロン》は入口に張り番がてら番頭とおしゃべりしていた。番頭が判事に気づいて低頭する。

狄《ディー》判事は袖の中で腕組みした。

「ことは殺人事件だ」と、びしびし決めつける。「肝に銘じておけ、なんなら巡査どもに家中ぶちまけて調べさせ、客を残らず尋問にかけたっていいほどの事態なのだ。そうしなかったのは当面そこまでは不要不急と思われるし、それ相応の理由なくみだりに民に迷惑を及ぼすのは本意ではないからだ。ただし、死んだ舞妓について知る限りを詳細に述べた報告書をすぐ作って出すように。本名、年齢、このうちに来た時期や経緯、なじみ客の顔ぶれ、心得のあった勝負ごとや手すさびなどを記し、正本写しあわせて三部を明朝早くに提出するようにせよ!」

番頭がひざまずき、くだくだしく謝辞を並べにかかる。だが、判事はもどかしげにさえぎった。

「明日、画舫に人をやって、納棺の上でひきとってやるがいい。そして、平陽《ピンヤン》の遺族に娘の死を伝えるように」

そう言い置いて玄関を出ようとすると馬栄《マーロン》がこう言いだす。

「さしつかえなければ、おれだけあとから戻ってよろしいですか」

何か思いついたらしい馬栄《マーロン》の顔を見て取ってうなずくと、狄《ディー》判事は洪《ホン》警部ともども輿に乗った。巡査たちがたいまつをともし、行列は急ぐふうもなく人通りのとだえた路上をたどっていった。

5

馬栄《マーロン》は妓の秘密をあたり
進士は邪恋を訴えられる

あくる明け方を待ちかねて洪《ホン》警部が顔を出すと、狄《ディー》判事はとうに着替えて法廷奥の執務室で仕事にかかっていた。

芸妓の衣裳箱から出てきたあの手紙は、きちんと執務机に仕分けがすんでいる。警部が茶をいれるかたわらで、判事がこう話しかけてきた。

「この手紙はすべて丹念に目を通した。竹林書生なる人物とは半年ほど前に付き合いだしたに違いない。初期の手紙は徐々に友情をはぐくむさまがほの見えるが、後期になると熱烈だ。だが、その愛は二カ月ほど前にさめたらしく、語調ががらりと変わっている。身元の手がかりらしい表現がいくつかあって、ちょいちょい顔を出す。こいつはきっと見つかるよ、洪《ホン》」

「うちの上級書記は余暇に詩作をしております、閣下」洪《ホン》警部が意気込む。「当地の詩会で筆記役をしておりますので、あの者ならその雅号の主がわかるやもしれません」

「それはいい！　すぐ公文書室へ行って訊いてみてくれ。だが、その前にこれを見てごらん」

机のひきだしから紙を一枚出し、ひろげてのばした。死んだ妓の袖に入っていた棋譜だ。それを人さし指でかるく叩きながら述べた。

「昨夜、柳街から戻った後でこの棋譜をよく見直した。妙な話だが、さっぱりわからん。

自分が囲碁の達人でないのは認めるが、それでも学生時分はちょいちょいやった。知っての通り、正方形の盤が縦横いずれも十八本の線で仕切られ、縦横の線が交わって二百八十九の目をなす。対戦相手の一方は白石、片や黒石を百五十個ずつ持つ。いずれも小さい丸石で、すべて対等の格だ。その石をからの盤に並べ、二人交互に一目一石ずつ指していく。敵の石を単独か群れにして完全に囲み、できるだけ多く取るのが主眼だ。取った石はすぐ盤から下げ、盤上の目を首尾よくたくさん占めた石が勝つ」

「いたって単純明快でございますな！」洪《ホン》が意見を述べる。

狄《ディー》判事がにっこりした。

「なるほど単純な決まりだが、やってみるとなかなかに奥の深い遊びでな。一生かかっても神髄をつかめそうにないと言われている。

めぼしい布石に詳細な解説つきの棋譜図解入りで、囲碁の先達があらわした指南書は古来何冊も出ている。この紙はきっとそういう本からちぎったんだろう。左隅の下に終という文字が刷ってあるところを見ると、これは最終頁だな。あいにく題名が見当たらん。この漢源《ハンユアン》で囲碁名人を探してみんとな、洪《ホン》。そういう人間なら、この紙の載った出典をまちがいなく教えてくれるはずだ。この変わりだねの棋譜解説は終頁のひとつ手前に載っているはずだからな」

馬栄《マーロン》と喬泰《チャオタイ》が出てきて判事に挨拶し、そろって執務机の手前に腰をおろす。判事が馬栄《マーロン》に言った。

「ゆうべは情報収集のために残ったんだろう。首尾を話してくれ」

馬栄《マーロン》が大きな手をかるく握って両膝にのせ、うれしそうに話しだした。

「きのう、おっしゃってましたよね。あの芸妓の私生活なら、ひとつ屋根の下の朋輩に聞きこむのがいちばんだろうと。それでゆうべ湖へ行く途中であそこを通りかかると、露台に立っていた娘がちょっとばかし目をひいたんですよ。で、あとであのうちへ行ったときにその娘のことを番頭に訊きましたら、まめなやつで、すぐ宴席から呼び戻してくれました。桃花ってんですが、あれ以上に似合った名前はないですよ！」

そこで間をおいて口ひげをいじり、話が進むにつれて馬《マー》栄《ロン》の顔はやにさがる一方だった。

「もうほんとにいい女で、どういうもんか、向こうもおれのことをいやじゃないらしいです。少なくとも——」

「そのへんにせよ」狄《ディー》判事が不機嫌に話の腰を折る。「もてた話は詳しく言わんでよろしい。おまえたちが互いに憎

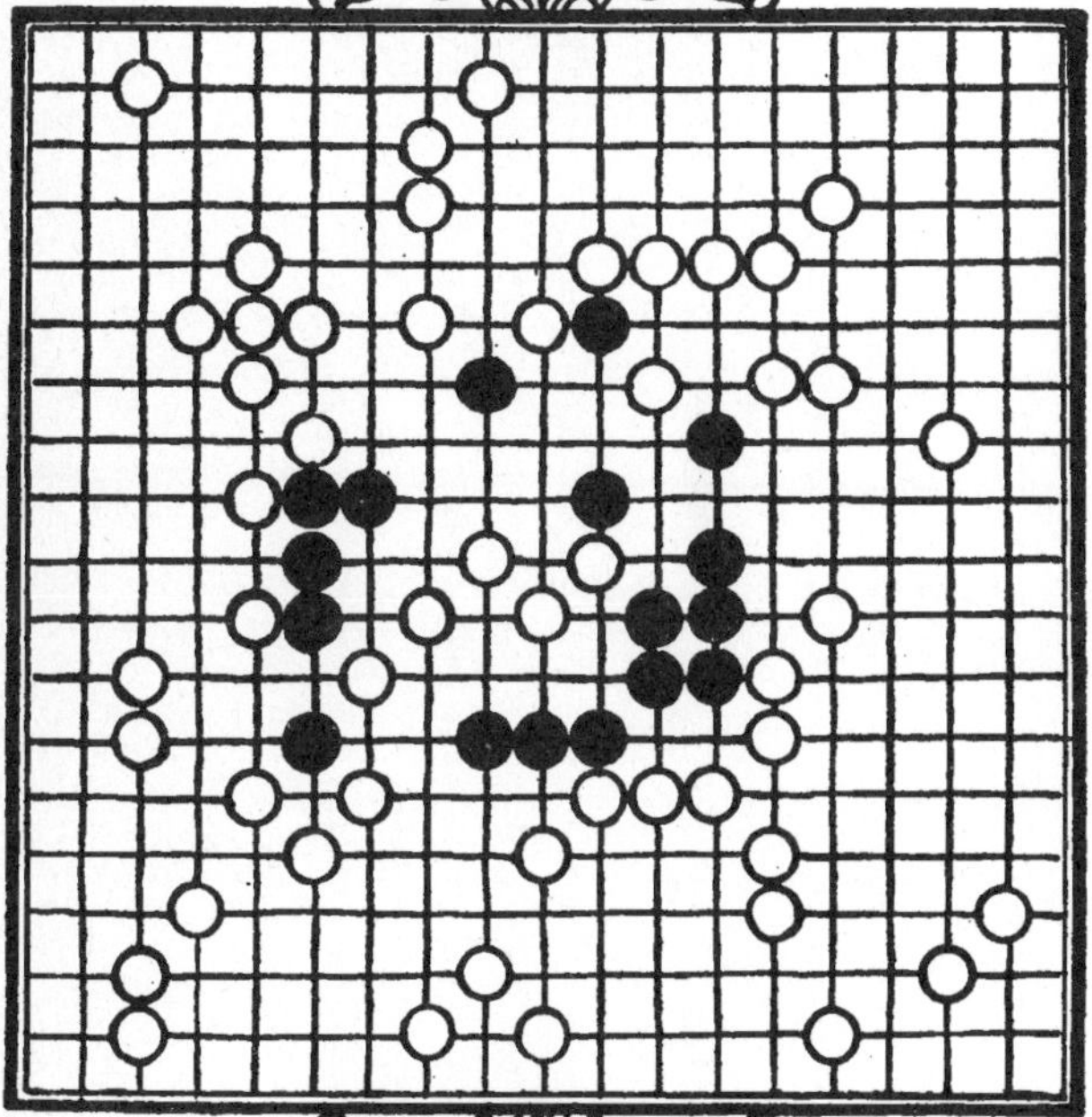

終

棋譜

からず思ったのは当然だろう。で、死んだ杏花に関する聞き込みは収穫があったのか？」

　馬栄《マーロン》はずいぶんむっとして、太い息をつくと観念してしぶしぶ話しつづけた。

「あのですね、閣下、この桃花ってのは死んだ杏花と仲よくしてました。あの舞妓は一年ほど前に都から女衒に連れられて四人ほど柳街に来たうちに入っていました。桃花の聞いた話じゃ、なんかあいにくな事件があったせいで山西《シャンシー》省の故郷を出たんで、もう帰れないと言ってたそうです。まあ変わった妓で、大勢の上客が懸命に気を引こうとしたのに、片っぱしからやんわりと袖にしたんだとか。とくにご執心だったのは蘇《スー》親方で、高価な贈物をどっさりやったのに見向きもされなかったそうで」

「その件は」狄《ディー》判事が口をはさむ。「蘇《スー》の重要事項として銘記しよう。つれなくされたというのは、強い殺害動機になる場合がままある」

「ですが、杏花は冷たい一方でもなかったと桃花は申します。実は、杏花にはひそかな情夫が絶対にいたそうです。少なくとも週に一度は買物のための外出許可を番頭に願い出ていました。杏花はしっかりもので、反抗もせず、逃げようなんてそぶりもないので番頭はいつでも気持ちよく許可を出してました。出かけるときはいつもひとりです。だから朋輩に密会だと思われたんでしょう。ですが相手や密会場所は皆目見当がつかなかったそうです。試してみる機会がないわけじゃなかったと思いますがね！」

「杏花の外出していた時間はいつもどれほどだ？」

「いつも、おひるがすんですぐ出かけ、夕飯前には帰ったそうです」

「ならば、まちの外に出られるわけがない。警部、書記にあの雅号を尋ねてきてくれ」

　退室する洪《ホン》といれかわりに下吏がきて、封印した大きな封筒を判事に渡した。開封して長文の書状を執務机に広げる。正本に写し二通がついている。頬ひげをなでつつ、おもむろに読みにかかった。読み終えて椅子の背にもたれる矢先に洪《ホン》警部が復命し、かぶりを振った。「この県に竹林書生などという雅号の儒者も文人もいないと言いきっておりました、閣下」

「残念だ」狄《ディー》判事がやおら身を起こし、目の前の報告書を指さしてきぱきと話す。「いましがた、芸妓のいたうちの番頭が報告書を届けてきた。杏花の本名は范荷衣《ファンホウィ》といい、都の女衒から七カ月前に買い取った。桃花だかなんだかの妓が馬栄《マーロン》に話した通りだ。値段は黄金二錠だった。

女衒によると、杏花は尋常ならざる事情に迫られて自ら身売りしたという。自ら女衒に身売りをもちかけ、金錠一本と銀粒五十で自身を売ると承知した。ただし、転売先は漢源《ハンユアン》のみという条件つきだ。両親ほかの名代を通さずに自ら取引きする点は妙といえば妙だったが、なにしろ上玉ではあり、歌舞にたくみだ。それで、これはもうかると踏んでわざわざ問いただしたりしなかった。女衒が払った金は杏花自身が処分した。ただし柳街の家は女衒の上得意だったから、尋常ならざる手続きで買い入れたいきさつを番頭の耳にでも入れておけば、後日もめごとになっても責任を負わないですむと思案し、注進に及んだというわけだ」

ここで間をおいて腹立ちまぎれにかぶりを振り、またつづきを話す。

「番頭じきじきにその件を問いただしたが、杏花がのらりくらりと逃げてばかりいるので、もう訊かずにそっとしておいた。色恋でまちがいでもしでかして勘当されたんじゃないかというのが番頭の憶測だ。ほかにもあの家での暮らしをこまごまと書いてよこしているが、馬栄《マーロン》があそこの妓から仕入れた話と符合する。あと、これが番頭の手になる杏花のひいき筋名簿だ。漢源《ハンユアン》のめぼしい名士はほとんど全員入っているが、劉飛泊《リウフェイポ》と韓永漢《ハンユンハン》だけが落ちている。番頭は折に触れて誰かを情夫《いろ》にしたらいいじゃないかと食い下がり、そのたびに杏花の頑強な抵抗に遭った。あの妓は舞だけでもずいぶん稼いでいたから、強要はされなかった。

さて報告書の最後に、杏花は詩文を好み、書をよくし、へたな画工よりも花鳥がうまかったとある。だが、番頭がわざわざ書いてよこした但し書では囲碁を好まなかったという」

狄《ディー》判事は黙り込んだあとで副官たちを見ながらこう述べた。

「それでだな、碁をたしなめば好都合だと私に言ったり、袖にこの棋譜があった件をどう説明する？」

馬栄《マーロン》が困って頭をかいた。喬泰《チャオタイ》がうかがいをたてる。

「その棋譜、見せていただいていいですか？　ちょっと凝ってた時期があるもので」

判事が紙片を押してよこすと、喬泰《チャオタイ》はしばらく棋譜を調べた。

「この布石は支離滅裂もいいとこです、閣下！　盤全体がほぼ白ですから、何手か指し直せば黒を阻めるかもしれませんが、黒の方には理由も筋道もないですよ」

狄《ディー》判事は眉を寄せてしばし考えこんでいた。

正門にさげた大銅鑼が三度鳴り、政庁中に午前の開廷を知らせたところでわれに返った。

ためいきまじりに棋譜をひきだしに戻して腰を上げる。洪《ホン》警部の手を借りて緑錦の官服に着替え、張り出した官帽をきちんとかぶりながら副官三名に言った。

「画舫の殺しを最初に吟味する。さいわい案件もこれといってなし、この難事件に心おきなく注力できるよ」


馬栄《マーロン》が法廷と執務室を隔てるどっしりした垂幕を引き、狄《ディー》判事を通す。登壇し、赤錦をかけた高い判事席におさまると、椅子の背に馬栄《マーロン》と喬泰《チャオタイ》、右手の定位置に洪《ホン》警部がそれぞれ控えた。

巡査たちが、鞭、棍棒、鎖、手枷ほかの七つ用具を持って御前に二列横隊で立つ。上級書記以下が壇の両側にしつらえた低い机につき、公判記録役をつとめる。

壇上から法廷を見渡せば、傍聴者がことのほか多い。画舫殺人があっという間に広まり、漢源《ハンユアン》の耳目をそばだてているのだ。前列に韓永漢《ハンユンハン》、康《カン》兄弟、彭《ポン》と蘇《スー》の両親方がいる。が、劉飛泊《リウフェイポ》と萬《ワン》親方がなぜか来ていない。巡査長をやって、全員出廷せよとあらかじめ申し渡しておいたのに。

警堂木を打って開廷を宣し、点呼にかかった。

そこへいきなり一団が入口にあらわれ、先頭は劉飛泊《リウフェイポ》だった。なりふりかまわぬ大声で言いたてている。

「ぜひともお裁きを！　非道がございました！」

狄《ディー》判事の合図を受けて、巡査長が迎えて御前に連れて出た。

劉飛泊《リウフェイポ》の横に、長身に質素な青衣をまとい小帽をいただく中年紳士が控え、ともどもに甃《いしだたみ》にひざまずいた。他の四人は巡査たちの人垣の向こうに立って控えたが、なかに萬《ワン》親方がいる。ほかの三人は見覚えがない顔ぶれだ。

「閣下！」劉《リウ》が大声で訴える。「てまえの娘が婚礼の初夜に惨殺されました！」

狄《ディー》判事がおやと眉をあげ、そっけなく述べた。

「訴人劉飛泊《リウフェイポ》は一部始終をありていに理路整然と述べよ。娘さんの婚礼が一昨日あったという話は、ゆうべの宴で聞いている。その二日後に、こうして当政庁に横死を訴え出るとはどういうわけか？」

「それもこれも、ここな佞人のめぐらした奸計のせいでございます！」と、横にひざまずく紳士を指さしてどなる。

「姓名職業を述べよ」判事がその中年紳士に命じた。

「数ならぬてまえは」落ち着きはらって述べた。「蔣《チヤン》文　昌《ウェンチヤン》進士と申します。わが家を凶運が見舞い、たったひとりの愛息とうら若い嫁を一挙に失いました。それなのに、この劉飛泊《リウフェイポ》は十分な根拠もなく二人の父たる私を責めたてます。なにとぞこのひどい行き違いを正して下さいますよう、伏して願う次第でございます」

「この恥知らずな悪党め！」劉飛泊《リウフェイポ》がどなりつける。

狄《ディー》判事が警堂木を鳴らした。

「原告劉飛泊《リウフェイポ》」おごそかにたしなめる。「法廷では悪口雑言を慎み、訴えのすじを述べよ！」

劉飛泊《リウフェイポ》はかろうじて自制につとめた。どうやら怒りと悲嘆がこうじて抑えがきかなくなっているらしく、ゆうべとは人が違ったようだ。ややあっていくらか抑えた声で述べた。

「てまえは天意により男児を授からず、血を分けたわが子は娘ひとりでございます。名を素娥《そが》と申しました。男子に恵まれなかった埋め合わせを、余儀なくこの一人娘でしておりました。人をそらさぬ気だての子で、年頃になるにつれ才色兼備に生い立つさまを目にするのがてまえの生きがいでございました。そ、それで――」

ふと黙る。せきあげる涙であとが続かなくなったのだ。いくたびか嗚咽をこらえ、声を震わせて話しだした。

「昨年のことです、この進士が自宅で若い娘相手に開いている古典籍教室に通ってもいいかと娘が申します。否やはございません。それまではもっぱら乗馬や狩猟三昧で、文芸方面に興味を持ってくれたかと親としては嬉しかったもので。まさかに落し穴があるなどとは、どうやって見通せましょうか？　進士の邸で息子の蔣《チャン》虎彪《フーピアオ》秀才に出会い、相思の仲になりました。正式に媒《なこうど》を立てるにあたり、てまえ自ら蔣《チャン》家の素行を調べようとしましたが、素娥《そが》はすぐにも正式に婚約したいと申してきかず、第一家内も言いなりで……ばか女め！　もっとわきまえがあって当然なのに……

　やむなく願いをいれ、しかるべき媒《なこうど》を立てて婚約が整いました。ですが、その期に及んで周旋屋をしております友人の王一凡《ワンイーファン》さんからこう注意されました。蔣《チャン》進士は女好きだ、以前に王《ワン》さんの娘を狙って失敗したことがあると。そう聞いてすぐさま婚約破棄しようといたしましたが、とたんに素娥《そが》が体調を崩しまして。恋わずらいだから、てまえが折れなければ娘はまちがいなく死ぬと第一家内は脅しにかかります。おまけに蔣《チャン》進士め、婚約破棄をのみません。きっと、せっかくの獲物が逃げるのを嫌がったのでしょう」

　悪意にみちた目で進士をひとにらみして先を続けた。

「そんなわけで、不本意の極みですがやむなく結婚を許しました。そしておとといは蔣《チャン》邸に赤い祝い蠟燭をともし、先祖代々の神位の前で挙式いたしました。祝宴には地元のお歴々が三十人以上もおいでくださり、昨晩の画舫でご一緒した方々もおみえになりました。

　それなのにけさ早くに、あわてふためいた進士が拙宅に駆け込んでくるや、昨日、素娥《そが》が新床で死んでいたと申します。てまえはすぐさま、どうしてすぐ知らせてくれなかったかとただしました。それに答える言いぐさはこうです。花婿である息子の姿もないので、まずはそちらの行方を探していたと。娘の死因をただしましたが、進士は支離滅裂なことをぼそぼそ述べるばかりで。それで、ともに娘の死体を検分に行こうと申し出ますと、こやつめ言うに事欠いて、しれしれとこうぬかしました。娘ならば、とうに納棺をすませて菩提寺に預けたと！」

狄《ディー》判事が背筋をのばして劉《リウ》の話を中断させようとしかけたが、思い返して最後まで話させることにした。

「そこで、ふつふつとおぞましい疑念がわきおこり、ご近所の萬《ワン》親方に急いで相談をかけました。娘は筆舌に尽くしがたい悪徳の贄になったのではと申しますと、萬《ワン》さんも一も二もなく同感でした。それで、蔣《チャン》進士には正式な手順を踏んで政庁に訴え出るぞと伝え、萬《ワン》親方が王一凡《ワンイーファン》さんを証人に呼んでくれました。こうして、てまえ劉飛泊《リウフェイポ》は御前にひざまずき、ひたすら願い奉る次第でございます。悪人が当然の報いを受け、憐れな娘の魂を安んじてくださいますよう、なにとぞご高配のほど！」

そう述べ終え、甃《いしだたみ》に額を打ちつけて三叩頭した。

おもむろに長いあごひげをなでていた狄《ディー》判事がちょっと考えてから、こう質問した。

「訴えの趣旨だが、蔣《チャン》秀才が花嫁を殺して失踪したと言いたいのか？」

「どうかお許しを、閣下！」劉《リウ》があわてる。「てまえは気が動転するあまり、筋道だってお話しできませんでした。あのぐずな青二才の蔣《チャン》秀才に罪はございません。下手人は好色な父親のほうでございます！　あやつは意馬心猿をおさえかね、酒の勢いを借りて、時もあろうにせがれが嫁をめとろうという晩に、無理無体に素娥《そが》に挑んだのです。娘は哀れにも自裁し、蔣《チャン》秀才は父の醜行に恐れおののき絶望して行方をくらましました。よこしまな進士は人倫にもとる一夜が明けて娘の死体を見つけ、自らのしでかした結果が恐ろしくなって、娘の自殺をひた隠そうと納棺を急いだのです。そのような次第で、娘の素娥《そが》を凌辱し死なせた蔣《チャン》文昌《ウェンチャン》進士を告訴いたします」

狄《ディー》判事は上級書記に命じ、いまの訴えの口述筆記を音読させた。劉《リウ》は相違ないと認めて爪印をおした。そこで判事が口を開く。

「被告蔣文昌《チャンウェンチャン》は、経緯について言い分を述べよ」

「私めの」のっけから肩の凝るような物言いが始まった。「不適切な挙動の件につきましては、ひとえに御容赦願いたく存じます。自身の愚行は重々肝に銘じておるむね、ひとこと披歴いたしたく。晴耕雨読の平穏無事な日常が、かく青天の霹靂の如く恐るべき災禍にとっさの対処を迫られましても、いかんせん手も足も出ぬという仕儀でございまして。さはさりながら、愚息の嫁に関しましては、この者の下司の勘繰りを断固否認いたします。嫁の凌辱うんぬんにつきましては、いやはやもうなにをかいわんや、語るに落ちます。よってこれより事実を余すところなく申し述べ、細大漏らさず真相をお伝えいたす所存でございます」

そこでいったん間をおいて考えをまとめたのち、また口を開いた。

「昨日、庭の亭で朝食中に女中の牡丹が参り、若夫婦の寝室の戸を叩いて、朝食を持ってまいりましたよと大声で呼んだのに返事がないと申します。それで、野暮をするもんじゃない、一時間ほどしたらまた様子を見に行きなさいとたしなめておきました。

そうしましたら午前だいぶすぎに、花の水やりをしておりましたらまたもや牡丹があらわれ、あいかわらず戸をたてきり、うんともすんともお返事がありませんと申します。やや胸さわぎを覚え、若夫婦の住まいにあてがった廂房《はなれ》に出向いて戸をどんどんやりました。ですが反応はなく、せがれを何度も呼びたてましたが返事はございません。

そこでおかしいと悟り、隣に住む茶商の友人孔《コン》さんを急いで呼びにやり、助言を仰ぎました。親たるもの、こんな時は力ずくで戸を破ってでも開けるものだと言われ、執事を呼んで斧をふるって戸を破らせました」

そこで蔣《チャン》進士が絶句し、喉仏を上下させると、感情のいろをつとめて声からぬぐい去った。

「素娥《そが》が血まみれの裸で寝椅子に倒れ、せがれは影も形もありません。あわてて駆けより、素娥《そが》にふとんを掛けてから脈を探ってみれば、脈はなく腕は氷さながら冷えきり、息絶えておりました。

孔《コン》さんがすぐさま近所の見識ある花医師《フワせんせい》を呼びに走り、検死を願いました。すると死因は破瓜による出血多量と言われまして。それで何もかも腑に落ちました。愚息は悲しみのあまり錯乱し、悲劇の現場から逃亡をはかったのだと。あの子のことですから、ひとけのない場所へ出向いて早まったまねをしかねませんので、すぐにでも行方を探しだし、自暴自棄の挙に出るのを防ぎたいのは山々でしたが、こう暑くては納棺を急ぐのが筋だろうと花医師《フワせんせい》に言われまして。それで葬儀屋を呼んで湯灌をすませ、ひとまず仮棺に納めさせました。しかるべき埋葬地を定めるまでは、お棺は寺に預けとくといいよと孔《コン》さんに教わりました。そして、その場に居合わせた一同に、生死を問わず愚息の消息がわかるまでこの件はくれぐれもご内聞にと緘口令をしき、孔《コン》さんと執事ともども愚息の行方を捜しに出かけました。

心当たりを終日尋ね回り、脚を棒にして城内外を回りましたが、黄昏になっても手がかりの片鱗もございません。むなしく帰宅しますと門前に待っていた湖の漁師が、こんなものが釣針にかかったと申し、絹帯を渡してよこしました。裏地に縫いつけた姓名を調べるまでもなく、たちどころに息子のものだと見分けがつきました。こんなふうにまたも痛打をくらい、どっと気絶して倒れてしまい、孔《コン》さんと執事の手で寝台にかつぎこまれました。そのまま極度の疲労心労で、けさがたまで気がつきませんでした。休んで気力が戻るや、花嫁の父に知らせねばと思い至りました。そこで劉《リウ》邸に駆けつけ、恐ろしい悲劇を一報に及びました。ところがこの冷血漢は、子らを奪われた過酷なさだめをともに嘆いて耐えるどころか、沙汰の限りの下司な雑言をあびせかけ、あげくにてまえを脅しつけて政庁へ訴え出る始末です。なにとぞ閣下、一人息子に加えてうら若き嫁まで一挙に失い、家系断絶という恐ろしい窮地に立たされましたてまえに公平なお裁きをくだされますよう、ご高配を願い奉ります！」

そう述べて、たてつづけに叩頭する。

狄《ディー》判事の合図で書記が蔣《チャン》進士の口述筆記を音読し、進士の爪印をとった。そこで判事が述べる。

「双方の証人の事情聴取に移る。周旋屋の王一凡《ワンイーファン》を前へ！」

ゆうべの康《カン》兄弟がその名をめぐって口げんかしていたことを思い出し、おのずと狄《ディー》判事の目つきが鋭くなる。王一《ワンイー》凡《ファン》は四十がらみで、のっぺりした顔にあごひげはない。ちんまりした黒い口ひげのせいで、なまっ白さがいっそう目

蔣進士を告訴する

立つ。

王《ワン》の供述によると、蔣進士《チャン》の第二夫人は二年前にみまかり、第一夫人と第三夫人はそれより先に亡くなっており、進士はそれ以来やもめ暮しであった。そこで娘を妾にくれないかと王《ワン》に持ちかけた。媒《なこうど》さえ省いた人もなげな扱いに憤慨し、その縁談を一蹴すると、あてがはずれた蔣《チャン》進士はすぐ悪質な噂をひろめ、王《ワン》はうしろぐらい取引をするいかさま師だと言いふらした。それで進士の性悪な本性を知る王《ワン》としては、一人娘をやろうとしている先がどんな家か、劉飛泊《リウフェイポ》にひとこと知らせておくのが筋だと思ったという次第だ。

王一凡《ワンイーファン》の供述が終わったとたんに、蔣《チャン》進士が声高に憤慨する。

「どうかどうか閣下、かくも真偽ないまぜの出放題をお取り上げになりませんように！　真相はと申しますと、てまえがやむなくこの男を一再ならず批評せざるをえなかったせいでございます。いまこの場で公言しましても一向にかまいません。この男はいかさま師の盗人でございます。第二家内の死後、娘を妾にいかがです、家内に死なれて扱いに困っているんだともちかけたのはこやつの方です。金目当てもさることながら、娘をあてがっていかがわしいやり口を非難させまいという魂胆は見え見えでございます。そんな没義道を即座にはねつけたのは、わたくしの側でございます！」

狄《ディー》判事が机をこぶしで叩いて大喝をあびせた。

「この知事を侮る気か！　明らかに、どちらかが厚顔無恥なうそをついておる。肝に銘じておけ、この件は徹底的に調べるからな！　お上を侮る者には罰がくだるぞ！」

憤然とあごひげをたぐりつつ、萬《ワン》親方を御前に呼び出した。

本件の解釈という点で、萬《ワン》親方は劉飛泊《リウフェイポ》の側に立っていた。だが、蔣《チャン》進士が下手人うんぬんという劉《リウ》の見解についてはとたんにおじけづき、頭に血が上った劉飛泊《リウフェイポ》をなだめたい一心で賛成したまでで、初夜の真相については判断を差し控えたいと供述した。

次に被告側の証人二名に移る。まずは茶商人の孔《コン》が蔣《チャン》進士の供述を裏づけ、進士の清廉な暮らしぶりを述べた。ついで花《フワ》医師が甃《いしだたみ》にひざまずく。巡査長に命じて政庁の検死役人を呼ばせた上で、狄《ディー》判事はびしびしと花《フワ》医師を難詰した。

「急死人が出た場合は、例外なく本政庁に詳しい状況報告を上げるか、検死役人の調べをうけてからでないと納棺できない。かりそめにも医者なら当然心得ているべきことだろう。おまえは法に触れたのだから、そのとがで罰を申しつける。だが、さしあたっては検死役人の面前で、死体をあらためたさいの状態や、また死因を判断するにいたった経緯について、つまびらかにするように」

花《フワ》医師は立て板に水で、死んだ花嫁の兆候をつぶさに説明しにかかった。話し終わると、狄《ディー》判事が検死役人に目顔で問うた。

「恐れながら申し上げます。ただいま説明のあったような状況では、ごくごくまれながら処女が死ぬこともあるとされ、医学書などにも症例がほんの少数載っております。長く仮死状態にあるせいで、そのまま死に至る場合もあるのは普通に考えられます。花医師《フワせんせい》の症状説明ですが、権威ある医学書を丸暗記したように、どこからどこまで寸分たがわぬ表現でございます」

狄《ディー》判事はうなずき、花《フワ》医師に重い罰金を科し、傍聴席の民に向かってこう述べた。

「けさの公判では芸妓事件を審理予定だったが、この事件が新たに起き、犯行現場をあらためる必要が急遽生じた」

そこで警堂木を打ち、閉廷を宣した。

6

風雅な書斎で吟味を重ね
破れ寺で検死が開かれる

回廊へ出たところで、馬栄《マーロン》にこう言い含めた。

「これから蔣《チャン》進士邸へ出向くぞ。巡査たちに輿を用意させたら、四人ほど寺へやって検死のしたくをさせておいてくれ。私も邸に回ってからすぐ行く」

その後、執務室に行った。

洪《ホン》警部が茶をいれに立つ。喬泰《チャオタイ》は立ったまま、狄《ディー》判事が腰をおろすまで待っている。だが判事のほうは後ろ手に組んでみけんにしわをよせ、行きつ戻りつしだした。洪《ホン》に茶を出されてしばし足を止め、立ったまま茶を飲んでこう口を開く。

「どういうわけで劉飛泊《リウフェイポ》があれほど変な訴えをしてきたのか、見当もつかんよ。納棺を急いだのがうさんくさいのは認めるが、頭がたしかならあんなゆゆしい訴えを起こす前に、まずは検死をと言うはずだ。ゆうべの劉《リウ》はいたって自己抑制のきいた冷静沈着な人物という印象が強かったのにな」

「さきほどの公判ではとんと正気をなくしたていでした、閣下」警部が述べる。「手がわなわな震え、口に泡を噴いているのが目に立つほどでした」

「劉《リウ》の訴えはまるで筋が通りません」喬泰《チャオタイ》もそう言う。「進士が畜生同然の卑劣漢だとしんから思っていたんなら、どうして娘の結婚を許しますか？　進士は色欲にかられて妻や娘をおもちゃにする手合いには見えませんし、劉《リウ》さえその気なら婚約破棄なんかぞうさもないですよ」

狄《ディー》判事は考えこみながらうなずいた。

「きっと、あの縁組には表から見えないことがいろいろ隠れているのだ。それに蔣《チャン》進士もなあ。家族を襲った災難のせいで悲歎にかきくれるさまには心動かされたとはいえ、悲歎はふりだけで、むしろ冷静な印象を受けたと言わざるをえんな」

そこへ馬栄《マーロン》がきて、輿が整いましたと知らせた。副官三名を従えて、狄《ディー》判事が院子に出る。

蔣《チャン》進士の自宅は、政庁からみて西の山腹に建つ豪邸だ。執事の手で堂々たる正門の双扉が開き、狄《ディー》判事の輿が担ぎ込まれる。

進士みずから輿を降りる判事にうやうやしく手を添え、洪《ホン》警部ともども応接間へいざなう。馬栄《マーロン》と喬泰《チャオタイ》は巡査長以下二名を率いて第一院子にとどまった。

茶卓をはさんで進士とさしむかいになり、あらためてとっくり眺める。蔣《チャン》進士は押し出しのいい長身で、鋭い顔つきに知性がうかがえる。恩給頼みの隠居暮らしにしては若く、五十そこそこに見える。無言で茶を出すとまた腰をおろし、賓客のお声がかりを待った。洪《ホン》は椅子の背に控えている。

判事は充実した蔵書を見渡し、四書五経のどういう方面がご専門かと尋ねてみた。蔣《チャン》進士が古文献批判を長年手がけておりますと、かいつまんで手際よく説明する。そのいくつかに狄《ディー》判事がつっこんだ質問をしたが、返ってきたのは、研究対象を知りつくした者ならではの答えばかりだった。古来見解の割れる章句を例にとって真偽を論じるさい、さほど有名でない古注をそらで縦横に引用したうえ、独自の見解もいくつか提示してみせた。たとえ倫理に疑念を持たれようと、儒家としての実力識見は疑いをいれない。

「どういうわけで、そのお年ではやばやと孔子廟教授の座を退かれた？　社会的に名誉ある地位なだけに、七十歳かそれ以上になるまでその座にしがみつく人は珍しくもないというのに」

蔣《チャン》進士が相手をうかがい、ぎこちなく建前を述べた。

「余生は研究に専念すると決めましたので。以来三年というもの拙宅では二課程のみに絞り、少数精鋭の古典講義にとどめております」

それをしおに狄《ディー》判事は腰を上げ、悲しみのあった現場を見たいと申し入れた。

進士が黙ってうなずき、ひさしつき回廊を渡って判事主

現場を検分

従を第二院子へ案内し、品のいい半月扉の前にたたずみ、おもむろに述べた。

「あの先に息子夫婦の住まいがございます。棺を移した後は、だれひとり出入りするなと厳命しておきました」

なかは小さな庭園だった。ひなびた石卓の両脇に竹やぶをあしらって中ほどにすえている。さわやかな葉ずれの音が、かっこうの暑気払いだ。

狭い玄関を入るや、蔣《チャン》進士はまず左手の戸を開けて小さな書斎を見せた。窓辺に書きもの机と古びた肘掛をすえてあるだけだ。本棚には本や巻物が山と積まれている。進士は静かに言った、

「せがれはこの小さな書斎が気に入り、雅号も竹林書生とつけておりました。おもての植え込みなぞ、とうてい竹林と呼べるしろものではございませんが」

狄《ディー》判事は室内に踏み込んで本棚を調べた。部屋の外で待つ蔣《チャン》進士と洪《ホン》警部に向いて、判事はさりげなく述べた。

「蔵書の幅からすると、広範な趣味を持つご子息だったようだ。その趣味が柳街にも及んだのは、まことに不都合な仕儀でしたが！」

「どこのだれですか」蔣《チャン》進士が声高に怒る。「そんなばかをお耳に入れたのは！　息子はいたって実直で、夜歩きなど思いもよりません。そんなならちもない中傷をするなど、一体何者ですか？」

「そんな話を小耳にはさんだ覚えがあったもので」狄《ディー》判事がお茶を濁す。「もしかしたら、私の聞き間違いかもしれませんな。そんなにまじめに勉学に励まれたのなら、筆跡もさぞ立派だったのでは？」

進士が机上に積んだ書類をさして、にべもなく言う。

「あの子の『論語』注の草稿です。このところはこれに没頭していて」

狄《ディー》判事が草稿をめくってみる。「人となりをよく映しておる」戸口へ向かいながらそう評した。

進士は書斎の向かい合わせにある居間へ主従を案内しながらも、さっき息子の行状をあげつらわれた件をまだ根に持っている顔だった。

「回廊づたいにおいでになれば」と口にしながら、その憤

濾を露骨におもてに出す。「寝室の戸に行きあたります。おいでになるあいだ、私はここに控えております」

うなずいた狄《ディー》判事が洪《ホン》警部を連れて薄暗い回廊をたどる。行き止まりに蝶番がはずれた戸がある。その戸をあけて敷居口から薄暗い室内を見渡した。わりに狭い部屋には、紙貼りの連子窓がたったひとつしかなく、そこから日光がさしこんでいる。

洪《ホン》警部が声をひそめながらも色めきたつ。

「ならば、杏花の相手は蔣《チャン》秀才でしたか!」

「しかも投身自殺したぞ!」狄《ディー》判事がにべもなく片づける。

「竹林書生の線は発見と同時に消えた。妙なふしがひとつある、筆跡まで艶書とはまるで別物だ」かがんでさらに、「見ろ、うっすらほこりが積もっている。たしかに進士の言うとおり、素娥《そが》の棺を出したあとはだれも入った形跡がないな」

奥壁に寄せた大きな寝椅子を一瞥する。寝ござを敷いた上に赤黒いものが点々と落ちていた。その右手に化粧台、左手は衣裳箱が積んである。寝椅子の横手は小さい茶卓に腰かけが二つ添えてある。空気がずいぶん悪い。

狄《ディー》判事が窓辺に近づいて開けようとしたが、窓におろした木のかんぬきはほこりがつもっている。悪戦苦闘してはずすと、鉄格子の窓桟をへだてて煉瓦の高塀が囲む菜園が見える。どうやらその小さい戸口から厨房の者が野菜をとりに出入りするらしい。

判事がとまどい顔でかぶりを振る。

「扉は内側から鍵がかかっていたぞ、洪《ホン》。窓は頑丈な鉄格子つきで、数日は開けられた気配がない。いったいぜんたいどうやって、蔣《チャン》秀才はあの厄介な夜にこの部屋を出たんだ?」

警部が困った顔をする。

「解せませんなあ」ややロごもり、「おおかた、隠し戸でもあるんでしょう!」

狄《ディー》判事がさっそく立って、手分けして壁際の寝椅子をずらして壁と床をなめるように調べた。残る壁面も床もくまなく調べたが、収穫はなかった。

狄《ディー》判事は膝をはたいてさっきの椅子に戻った。

「居間へ行って進士に命じ、あの親子の友人知己をひととおり書き出させろ。私はしばらく、そのあたりを調べている」

警部がいなくなると、狄《ディー》判事は腕組みした。こうして新しい謎が出てきてしまった。杏花の事件は、少なくとも明白な手がかりがいくつかあったし、動機も明白だ。下手人はあの芸妓の口から陰謀が発覚するのを恐れたのだ。容疑者と目される人物は四人おり、芸妓との関係を系統だって調べれば、犯人の目星や陰謀の内容はすぐ知れる。調べも順調だ。そこへ、こんな怪事件がひょっこりもちあがった。主要人物は二人だが、どちらもとうに死んだ！ しかも手がかりひとつないとくる！ 進士は変わり者だが、見境なしの色狂いというわけではなさそうだ。とはいえ外見は当てにならないし、王一凡《ワンイーファン》だって、娘の件でうその申し立てはすまい。だが、進士のほうだって息子が柳街に出入りしなかったという発言にうそはあるまい。蔣《チャン》進士のことだ、簡単に調べがつくとわかる程度の頭はある。もしかしたら、杏花の情夫は当の進士で、艶書に息子の名義を使ったのかもしれん！ さほど若くないとは申せ強い個性があるし、どうせ女の好みなどはいつも理屈では説明がつかんのだ。まあとにかく進士の筆跡を艶書とつきあわせてみないことには。洪《ホン》を介して作らせている名簿が筆跡見本になるだろう。だが、進士は画舫にいなかったのだから、杏花を殺せない。もしかしたら、杏花の情事は殺害となんのかかわりもないのかもしれん。

椅子の上で身じろぎした拍子に、ふと胸騒ぎとともに誰かの視線を感じる。振り向いて、さっき開けておいた窓を見た。

青白くやつれた顔が、目を丸くしている。

飛び立つように窓辺に駆けよろうとした拍子に、もうひとつの腰かけに足をとられて転んだ。あたふた立って窓にとびついたが、時すでに遅し。庭塀の戸が閉まるのがどうやら見えただけだ。

まっしぐらに第一院子に駆けつけ、馬栄《マーロン》と喬泰《チャオタイ》をつかまえて、くりくりの坊主頭で中背の男を表通りで探し出せといいつけた。巡査長には邸全員を応接間に集めた上で、くまなく家探しして、どこかに隠れひそむ者がいたら見つけ出せと命じる。そうして険しい顔で、おもむろに応接間へ向かった。

すわ何事ならんと、洪《ホン》警部と蔣《チャン》進士が駆けつける。二人してあれこれ訊くのを無視して、狄《ディー》判事はそっけなく蔣《チャン》進士にきいた。

「若夫婦の部屋に隠し戸がある件を、どうして黙っていた？」

進士が茫然とする。

「隠し戸ですって？　晴耕雨読の身に、そんな面妖なからくりが何の役に立ちますか？　この邸の普請は私がじきじきに采配いたしました。誓って申しますが、どこにもそんなものはございません！」

「まことにそうなら」狄《ディー》判事が冷たくあしらう。「子息はどうやって部屋を抜け出したか説明してみるがいい。ひとつきりの窓には鉄桟がはまり、戸は中から鍵がかかっていたのだぞ！」

進士がおでこをぴしゃりとやり、自分のうかつさに腹を立てる。

「私としたことが、その点に気づきもしなかったとは！」

「いい機会だ、熟考して解いてみよ」判事はそっけない。「追って沙汰するまで邸を出ないように。私はいまから寺へ出向いて、素娥《そが》の検死をさせる。公判には不可欠の手順だし、あなたのほうも抗弁の手間がはぶけるというものだ」

蔣《チャン》進士は憤懣をおもてに出したが、かろうじてこらえ、無言でさっさと応接間を出た。

そこへ巡査長が男女十数人を連れてくる。「これで全員そろいました、閣下！」

一同の顔ぶれをざっと見渡したが、窓の外にいた人物と似ている者はない。新婚夫婦を起こしに行った時の話を女中の牡丹にただしたが、進士の供述と食い違う点はなかった。

一同を放免したあとで馬栄《マーロン》と喬泰《チャオタイ》が入ってきた。馬栄《マーロン》が汗だくのひたいをぬぐいながらこう言う。

「この界隈は徹底的に調べました、閣下。ですが収穫はありません。柑子漿売りが手押車のわきで居眠りしていたぐらいです。なにぶんの暑さですから、日のあるうちは誰も通りに出てきません。庭戸の脇に、薪売りが届けたとおぼしい薪束が二つ放ってありましたが、おっしゃるような男は影も形もありませんでした」

それで、窓の外から見ていた不審者の人相風体を、判事の口からあらためて説明した。それがすむと巡査長を劉飛《リウフェ》泊《イポ》と萬《ワン》親方の邸にやって、検死の立ち会いに寺へ出頭せよと言わせた。馬栄《マーロン》も一足先に寺へやって巡査らの支度を確かめさせ、喬泰《チャオタイ》にはこう命じた。「巡査二名とここに残って、蔣《チャン》進士が邸を出ないように見張っていてくれ。それと、のぞき見していたあの怪しい男が出没しないか見ているように」

それがすむと憤然と袖をひるがえして輿へ向かい、洪《ホン》警部とともに乗りこみ、寺へ出向いた。

山門へ出る大きな石段を登る道すがら、いちめん草ぼうぼうで堂々たる山門も高柱の丹がはげているのが目についた。そういえばこの寺は数年前に無住となり、いまは老人の寺男がひとりいるだけのはずだ。

洪《ホン》を連れて朽ちかけた回廊をたどり、脇講堂へ向かう。そちらで馬栄《マーロン》が検死役人や巡査たちを率いて待っていた。ほかにも三人おり、馬栄《マーロン》から葬儀屋と助手どもだと口上があった。右手に本尊を安置する須弥壇があったものの、きれいさっぱり剝がされて土台だけだ。その手前に架台をすえ、棺を安置していた。講堂の左手に巡査たちが仮政庁として大卓と書記用の小卓を設置している。狄《ディー》判事は着席する前に葬儀屋どもを呼び寄せ、ひざまずく矢先に尋ねた。

「湯灌のさいに、あの寝室の窓は開閉どっちだったか記憶にあるか?」

葬儀屋が虚をつかれて言葉に詰まり、助手どもをかえりみる。と、若いほうの助手が即答した。

「閉まっておりました、閣下。少し暑かったので開けようとしたんですが、かんぬきがどうしてもあがりませんで」

判事がうなずく。

「湯灌中に目についた暴力の痕跡はあったか? たとえば刃物傷や打ち身やあざなどは?」

葬儀屋がかぶりを振る。

「それより、びっくりするような出血でした、閣下。それがあるので特に念入りにご遺体を調べましたが、傷はどこにも。ひっかき傷さえ見当たりませんでした！　ついでながら、あの若奥さんは鍛え上げた丈夫なお身体だと申し上げてよろしいかと。あのご身分の娘さんにしては、かなりお強いほうだったに違いありません」

「湯灌後は、寿衣を着せてすぐ納棺したのか？」狄《ディー》判事がただした。

「はい、閣下。孔《コン》さんから仮棺を持って参るようにと言われておりましたので。埋葬の場所と日時については、親ごさんがのちほど吉日をご選定になりませんと。仮棺ですから薄く、ふたに釘を打つ時間もほとんどかかりませんでした」

そのころには、検死役人が棺の手前の床に厚手のござを敷き終え、湯をはった銅たらいを脇にすえて、すっかり準備ができていた。

そこへ劉飛泊《リウフェイポ》と萬《ワン》親方がやってきた。二人の挨拶を受けたのちに、判事は大卓の肘掛におさまり、こぶしで卓を三度打ってこう宣した。

「この政庁特別公判は、蔣虎彪《チャンフーピアオ》の家内劉《リウ》氏の死亡にまつわる疑問点をつまびらかにする目的で行なわれる。本政庁の検死役人が棺を開いて検死を主導する。今回は埋葬ずみの墓を暴くわけではなく、慣例にのっとった予備調査の続きに過ぎないので尊属の承認は不要だが、証人として実父劉《リウ》飛《フェ》泊《イポ》ならびに萬《ワン》親方に立会いを要請する。舅《しゅうと》父蔣《チャン》文《ウエン》昌《チャン》進士は自宅拘禁中につき、やむなく立会いを見合わせる」

判事の合図で検死役人が二束の線香に火をつけ、一束は大卓の端にのせ、もう一束を棺脇の床にすえた花瓶に立てた。濃い灰色の香煙が講堂いっぱいにきつく匂った頃合いをみて、葬儀屋に開棺するようにと声がかかった。

葬儀屋がふたと棺のすきまにたがねを差し入れて持ち上げ、助手たちが釘を外しにかかる。

助手二人がかりでふたを持ち上げかけたとき、ひっと息をのんだ葬儀屋があとずさった。あとのふたりも仰天してふたを放りだし、そうぞうしい音をたてる。

検死役人があわてて棺に近づき、のぞきこむ。

「うわ、こりゃひどいことになっとる！」と、声がでんぐり返る。

狄《ディー》判事もあわてて立ち、駆け寄ってみて、ひとめでたじたじとなった。

きちんと服を着こんだ男のむくろが中に寝ている。頭は砕かれて、血まみれになって固まっていた。

7

惨死体は混乱につぐ混乱
判事は名士両所を訪ねる

言葉もなく棺をとりまく一同が、わが目を疑いながら酸鼻な死体を見つめる。一撃のもとに額をざっくり割られていた。乾いた血まみれの頭は吐き気ものだ。

「うちの娘はどこにいった？」いきなり劉飛泊《リウフェイポ》が悲鳴を上げる。「娘を返してくれ！」打ちのめされた父の肩を萬《ワン》親方が抱くようにして、外へ連れ出す。劉《リウ》は人目もはばからず嗚咽していた。

われに返った狄《ディー》判事が席に戻り、したたかに卓を叩いて叱咤する。

「みな持ち場に戻れ！　馬栄《マーロン》、この寺を調べてこい！　葬儀屋、助手に死体を取り出させろ！」

　ふたりがかりでしぶしぶ硬直した死体を抱え上げ、ござに寝かせた。検死役人が脇に膝をつき、血みどろの服をそうっと脱がせにかかる。上衣とずぼんは粗末な木綿に不器用なつぎはぎだらけだ。全部たたんできちんと重ね、判事のほうを向いて指示を待った。

　狄《ディー》判事が朱筆を取って、「身元不詳の男」と公式箋の上に書いて書記に回した。

　検死役人が銅たらいに手ぬぐいをつけ、死体の頭を清めにかかる。無惨な傷口があらわになったところで全身を清めながら順に調べていく。とうとう立つと、こう報告した。

「男の死骸、筋肉質で推定五十歳です。両手は爪が痛んで荒れ、右親指に大きなたこ、短い無精ひげにごま塩の口ひげ、頭ははげています。死因ですが、額の中央に幅一寸深さ二寸の傷があり、目方のあるだんびらか、大斧で一撃されたと思われます」

　書記が公用箋にいまの詳細を記入して検死役人の爪印をとって判事に返した。ついで、狄《ディー》判事の命で死人の衣服をあらためる。検死役人は上衣の袖に木の定規と汚い紙きれを見つけて大卓にのせた。

　判事はむぞうさに定規をあらため、紙片をのしわをのばして、おやおやと眉をあげた。紙きれを袖に入れながら述べる。

「さて、この場の全員が死体のそばを順に通りぬけ、身元を確認せよ。まずは劉飛泊《リウフェイポ》と萬《ワン》親方からだ」

　劉飛泊《リウフェイポ》は割られた顔をおざなりに見てかぶりを振り、そそくさと行き過ぎた。死人のような顔色だ。萬《ワン》親方もそうしかけて、いきなりすっとんきょうな声をあげた。そして吐き気をこらえ、かがんでよくよくあらためた上で大声を出した。

「こ、これは知った顔だ！　工匠の毛源《マオユアン》だ。先週呼んで、うちの卓を直させたばかりです」

「住まいはどのあたりだ？」すかさず判事が尋ねる。

「存じません、閣下。ですが、うちの執事でしたら。この男を呼んだのは執事ですので」

　狄《ディー》判事は無言で頰ひげをなで、いきなり葬儀屋をどなりつけた。

「本職の葬儀屋なら仕事の見分けぐらいつきそうなものなのに、勝手に棺をいじられていた形跡があるとすぐ報告しなかったのはどういうわけだ？　ありていに白状せんか！」

葬儀屋がすっかり恐縮してへどもどする。

「誓って……誓って申し上げますが、あの棺に相違ございません、閣下！　二週間前に仕入れたのは当のてまえでございますし、うちの焼印も押してあります。ですが、こじ開けるのはぞうさもございません。一時の間に合わせ用というだけでございますから、そんなに念入りに釘どめしておりませんし――」

狄《ディー》判事がしびれをきらして話をさえぎる。

「この死体には寿衣を着せて納棺し直せ。埋葬の件を遺族にはかるまで、巡査二名が番をせよ。この死体まで消えてはかなわん。巡査長、ここの寺男を呼んでこい！　とにかくだ、その怠け者は何をしておる？　本来ならばとうにこの場に出てきているのが筋だろうが」

「寺男はもうたいがいな歳でして、閣下」巡査長がうろたえる。「山門の脇部屋で寝起きし、近隣の善男善女が日に二度施す飯で露命をつないでおります。耳はまったくきかず、目もろくに見えません」

「耳も目もか、さもありなん！」判事がひとしきり小声で怒ると、劉飛泊《リウフェイポ》にはあっさりとこう言う。

「娘さんのなきがらは、すぐさま捜索にかかる所存だ」

そこへ馬栄《マーロン》が復命した。

「申し上げます。寺の敷地を裏庭までひととおり見て回りましたが、死体を隠したり埋めたりした形跡はございません」

「萬《ワン》親方の帰宅につきそえ」と、馬栄《マーロン》に命じる。「あの工匠の住所を聞き出して、ただちに出向いてくれ。ここ数日の行動が知りたいので、男の身内がいれば政庁へ連行して尋問するようはからえ」

そう命じたのち、卓を打って閉廷した。

講堂を出る前に棺に近づき、中をあらためた。血痕はない。周囲の床を調べたが、ほこりの上に足跡が入り乱れているばかりで、血を拭いた痕跡などは見つからない。どうやら工匠はよそで殺され、血がかたまってから講堂に運びこまれて棺に入れられたのだ。そこでみなと別れ、洪《ホン》警部を従えて講堂をあとにした。

帰る道すがら、狄《ディー》判事はずっと黙っていた。だが執務室で洪《ホン》の手を借りて楽な普段着になると、それまでの憂鬱も薄れ、にこやかに執務机におさまった。

「いやはや、洪《ホン》、解決待ちの案件が山積みだな。それにしても、蔣《チャン》進士を禁足処分にしておいてよかったよ。見てみろ、工匠の袖からこいつが出てきたんだ！」

紙きれを洪《ホン》に押しやると、洪《ホン》が声を上げて驚く。

「蔣《チャン》進士の住所氏名ではございませんか、閣下！」

「そうとも！」狄《ディー》判事がきげんよく言う。「博学な進士どのはどうやら見落としたようだな。本人自筆のあの名簿を見せてくれ」

警部は袖からたたんだ紙を出し、判事に渡しながら、がっかりする。

「見る限りでは、閣下、進士の筆跡は艶書と全く違っております」

「まったくだ、似ても似つかん」その紙を机上に放り、「洪《ホン》よ、昼飯後に記録室で劉《リウ》、韓《ハン》、萬《ワン》、蘇《スー》の筆跡見本をつきあわせてはどうだろう。四人とも折に触れて政庁に各種文書を出しているはずだし」ひきだしから公式訪問用の大ぶりな赤い名刺を二枚取り出し、警部に渡す。「この名刺を韓永漢《ハンユンハン》と梁《リャン》顧問官に届けさせてくれ。本日の午後にうかがいたいと口上つきでな」

立った判事に警部が尋ねた。

「蔣《チャン》夫人の死体はいったいどうしたんでしょうか、閣下？」

「いまは考えても仕方ないよ、洪《ホン》。関連事実がまだきちんとつながらないうちに、難題をあれかこれかと取り沙汰しても意味がない。さしあたっては案件をいちどきに考えないようにしている。これから官邸で昼飯かたがた家族の様子を見てこよう。このあいだも息子二人がみごとな文章をものするようになったと第三家内に聞かされたんだが、二人ともまだまだ腕白盛りだからな」

午後たけて狄《ディー》判事が執務室へ戻ると、執務机の脇に洪《ホン》警部と馬栄《マーロン》がかがんで、書類数部をつぶさに見ていた。洪《ホン》が顔をあげる。

「容疑者四名の筆跡見本をこちらに出しておきました。ですが、どれも艶書の字とは似ておりません」

狄《ディー》判事は腰をおろし、各種文書を丹念に比べた。しばらくして述べる。

「そうだな、似ているところはない。かろうじて劉飛泊《リウフェイポ》の筆遣いが竹林書生をほうふつとさせるかな、という程度だ。艶書の書き手は劉《リウ》で、筆跡をごまかしたという想像もありうる。筆というのは繊細無比だからな。実際のところ、たとえ書体を変えてもふだんの筆遣いを隠しおおせるというのは至難の業だよ」

「蔣《チャン》秀才の雅号なら、娘に訊けばすむことです」警部が熱心に言う。「ほかに適当な名を思いつかぬまま、自分の手紙に使ったんじゃないでしょうか」

「うむ」判事が考えこむ。「劉飛泊《リウフェイポ》の人となりをもっと知らねば。それで、韓《ハン》や大官どのと近づきになろうと思っているんだ。あのふたりなら、劉《リウ》についていろいろ教えてくれそうだ。ところで馬栄《マーロン》、工匠の方はなにかつかめたか？」

馬栄《マーロン》はしょんぼり大きな頭を振った。

「あまりないです、閣下。工匠の毛源《マオユアン》は湖に近い下町で、魚市場付近のあばら家に住んでました。家族は古女房だけですが、閣下がごらんになったこともないほど、身も心もついでに口も汚ないばばあですよ！　亭主の留守をこれっぽっちも気にかけちゃいないんですから。いざ仕事にかかりゃ、何日も家をあけるのがざらだったとかで。だからって責める気にもなれません、あんなのに尻に敷かれてたんじゃ、そうもなります。それで、ええと、三日前に蔣《チャン》進士さまのお邸で婚礼家具の直し仕事がある、数日仕事になりそうだ。だから、お邸の召使いんとこにでも寝泊りさせてもらうよ、と出かけていきました。それが生きた亭主の見納めでした」

馬栄《マーロン》が話をつづけながら苦り切る。

「ご亭主がとんだことになったって話したら、言いぐさはこうです。それ見たことか、従弟の毛禄《マオルー》なんぞと酒場や賭場へ入りびたるからだ。あまつさえ、遺族にはお上から金一封が出るんだろ、などと催促しやがるんです！」

「なんとあつかましい女だ！」狄《ディー》判事も怒声を上げる。

「それで、おれはこう言ってやりました。まだもらえないよ、下手人がお縄になって有罪と決まらんことにゃ。そしたらおれを名指しで罵り、猫ばばしやがったとぎゃあぎゃあ騒ぐんです！　もうとにかく、こんな因業ばばあはほっといて近所へ回りました。毛源《マオユアン》は気のいい働き者で、少しぐらい飲みすぎたって悪く言うものはなかったそうです。あんな女房じゃ、たまの気散じでもなきゃやってられないよ、と、みんな口をそろえてました。ついでながら従弟の毛禄《マオルー》はしんからろくでなしだとか。やっぱり工匠ですが住所不定、県内一円のお邸で半端仕事を渡り歩いて見境なく手癖を発揮し、あり金残らず飲む打つにつっこむというやつです。それが、このところぱったり見かけなくなりました。酔ったあげくに刃物をぶん回して工匠仲間にけがをさせ、同業組合から追ん出されたせいです。毛源《マオユアン》の身内で、男といえばそいつだけです」

狄《ディー》判事はゆっくり茶をすすり、口ひげをなでた。

「よくやってくれた、馬栄《マーロン》。これで、殺された男の袖にあった紙きれの意味だけはわかった。これから進士の邸へ出向き、監視役の喬泰《チャオタイ》と手分けして、毛源《マオユアン》があの邸にいた時期、仕事内容、仕事がすんで引き上げた正確な日時を調べ出してくれ。あわせて、邸の界隈を見張るように。ことによると、窓からのぞいたあの不審なやつがまた来るかもしれん」そこで立ちながら警部に言い置く。「留守中に洪《ホン》は劉飛泊《リウフェイポ》の邸界隈へ行き、周辺を聞きこんでみろ。近所の店であの一家のうわさを集めてくるように。劉《リウ》対蔣《チャン》の件では原告だが、殺された舞妓の事件では主たる容疑者の数に入っているのだから」

茶を飲み干して院子を渡り、門衛詰所へ行く。そちらに輿が出ていた。

通りはまだ暑さがきびしい。韓《ハン》邸は政庁から遠くなくて幸いだった。

あるじの韓永漢《ハンユンハン》は、堂々たる正門を入ってすぐのところに控えていた。通りいっぺんの挨拶をねんごろにやりとりし、韓《ハン》に招じ入れられた応接間は、直射日光をさえぎって、円盤ふたつに氷のかたまりを盛りつけて室温をさげていた。茶卓そばのゆったりした肘掛をすすめられ、あるじが控えめな執事に茶菓を言いつけるひまに室内を見渡す。ゆうに百年以上たつらしい。太柱や飾り彫りを凝らした梁は歳月で黒光りし、壁にあしらった軸物は古象牙のようにくすみ、旧家特有の静寂がくまなくうかがえる。

卵の殻のような薄手の古茶碗で香り高い茶をすすめると、韓《ハン》は咳ばらいをしてしぶしぶ言った。

「昨夜は醜態をおみせしまして、ひらにお詫び申しあげます」

「事情が事情ですから」狄《ディー》判事がにこやかに述べる。「忘れましょう。ところで、ご子息はおありか？」

「娘が一人だけでございます」韓《ハン》が冷たく言う。

気まずい。のっけにつまずいた。だが自分のせいではないと気を取り直す。韓《ハン》ほどの立場にあり、あまたの妻妾を抱えていれば、息子が何人もいるのが普通だ。だから構わず話し続けた。

「このさいだ、腹を割った方がよろしかろう。画舫の殺しに続いて劉飛泊《リウフェイポ》の娘さんの件があり、途方に暮れている。この二件の関係者の性格や背後関係について忌憚ないご意見をうかがいたい」

韓《ハン》がねんごろに低頭する。

「閣下のお役に立つのでしたら、なんなりと。友人の劉《リウ》と蔣《チャン》のいがみあいには心痛しております。両人とも、小さな当地で重みのある名士でございますのに。閣下が仲裁に入ってくださるものと思っておりましたし、きっとうまくまとめてくださるかと。もしか——」

「仲裁うんぬんよりもまず」狄《ディー》判事はさえぎった。「花嫁が自然死かどうか見定め、人の手にかかったのなら、下手人を処罰しなくては。だが、まずは杏花の事件からだ」

韓《ハン》が両手をあげてみせ、大声でいらだつ。

「そう仰せられましても、あの二件では天と地ほど違います！　あの芸妓は才色兼備とは申せ、しょせんはたかが商売女です。あのての妓はたいてい、いろいろと芳しからぬ泥水に染まっており、そのうちどれほどが横死を遂げるか天のみぞ知るです！」内緒話のように判事に身を寄せて、「請け合いますが、かりにお上があの事件をいささか、その……かいなでにすまされても、当地の主だった者はだれも不服に思いますまい。それに、取るにたらぬ女ふぜいの死が都の御関心をひくとも思えませんし。ですが劉《リウ》対蔣《チャン》となりますと――まったくいまいましい！　当地の評判に傷がつきます、閣下。ですから閣下の説諭により双方手打ちにさえなれば、地元一同あげて恩に着るしだいです。なんでしたら、水を向けていただくだけでも――」

「当方は施政者として律令を解釈するわけで」狄《ディー》判事は冷やかにつっぱねる。「端的に申せば、なれあいの談合からは対極にある。よって、いくつかお尋ねするだけにしておこう。まず、杏花とあなたはどんな関係にあったのか？」

韓《ハン》は怒りで朱を注ぎ、声を震わせて述べた。

「答えるとでもお思いですか？」

「むろん」愛想よく応じる。「そうでなければ、わざわざ尋ねたりしない」

「そんなら絶対にお断わりだ！」韓《ハン》がかんしゃくを起こす。

「この場だけなら確かにその権利はある」判事が冷静に評する。「いずれ、政庁で同じ質問をすることになるが。そうすれば、いやでも答えるはめになるわけだ。さもなくば法廷侮辱のかどで――鞭打ち五十を食らいたくなければの話だが。いまこうして尋ねたのも、ひとえにお気持ちを斟酌してのはからいなのだがな」

燃える目でにらんでいた韓《ハン》がかろうじて自分を抑え、感情をまじえずに答えた。

「杏花は姿かたちもよし、芸達者で、当意即妙で気のきいた受け答えができました。ですから私見では、客人のおもてなしに呼ぶにはうってつけでした。ほかはべつに。生きようが死のうが、てまえにはかかわりございません」

「さきほど、娘さんがおありだと聞いたが？」狄《ディー》判事が舌鋒するどく切り込む。

どうやら韓《ハン》は、判事が話題を変えようとしたのだと解したらしい。遠慮して離れたところにいた執事にいいつけて菓子を出させ、ざっくばらんな口調になった。

「はい、柳絮《りゅうじょ》と申します。身贔屓をごめんこうむって申し上げますと、できのいい娘でございまして。書画方面に頭角をあらわしております。しかも――」そこで照れて話をやめた。「ですが、てまえごときの家の内など、閣下のご興味をひきますまい」

「第二の質問だが、萬《ワン》親方と蘇《スー》親方の人となりについてはどうか？」

「何年も前」韓《ハン》は建前を口にした。「萬《ワン》さんも蘇《スー》さんも全会一致で同業組合の代表に選ばれ、肝煎り役をつとめて参りました。品位品行に落度がないからこその衆望です。申しあげられるのはそれだけでございます」

「次に、劉対蒋《リウチャン》の件を聞かせてもらいたい。進士の早すぎる隠退のわけは？」

韓《ハン》が、座り心地が悪そうに椅子でもじもじする。

「あんな大昔のことを、いまさらどうしても蒸し返すとおっしゃる？」つっけんどんに尋ねる。「苦情を申し立てたあの女学生のほうがおかしかったのは、疑う余地なく立証されましたのに。それでも蒋《チャン》進士は慰留の手をふりきり、殊勝至極にも辞職されました。孔子廟教授をつとめる進士たるもの、身の潔白がいかに立とうと人に取り沙汰されるだけでその任にふさわしからず、とおっしゃいまして」

「その件については、政庁書類を調べてみよう」

「あ、いやいや。公文書には何も残っておりません」韓《ハン》が早口にたたみかける。「さいわい、政庁沙汰は免れましたので。てまえども漢源《ハンユアン》名士連が小耳にはさんだ話では、校長はじめ当事者一同の奔走により穏便におさめたとか。お上に不要のお手間をかけさせぬようはからうのは、名士たるもののつとめと心得ます、閣下」

「ああ、いかにもな！」そっけなく片づけて席を立ち、もてなしに謝辞を述べる。韓《ハン》に輿まで見送られるかたわら、きょうの首尾を思い返してみて、親しいつきあいに発展するなど、何をどうまちがってもありえないと思った。

8

狄《ディー》判事は鳥魚と話し合い
副官にさわりを説明する

輿丁たちが言うには、すぐ先の角を折れれば梁《リャン》大官のお邸だという。今度は韓永漢《ハンユンハン》より首尾よく行きますようにと願いつつ、輿に揺られてゆく。梁《リャン》大官はご同様に漢源《ハンユアン》ではよそ者だ、地元情報の提供に韓《ハン》ほどの後ろめたさを感じまい。

格式ある門構えの邸だ。両脇で双扉を支える太柱には、凝った鳳凰瑞雲文が彫ってある。

鬱蒼たる古木にさえぎられた前院子で、不景気な馬面をさげた若者が貴賓の応待役をつとめる。自己紹介によると大官の甥にあたる秘書がわりの住み込み書生で、梁《リャン》　奮《フエン》と言うそうだ。顧問官自ら出迎えない件をくだくだしく詫びようとするので、狄《ディー》判事がさえぎった。

「閣下のご不例なら承知している。緊急の公用についてご高見をぜひとも承りたいのだ。そうでもなければお手を煩わせるつもりもなかった」

秘書がねんごろに最敬礼し、薄暗くゆったりした側廊を案内していく。使用人は見当たらない。

ささやかな庭を通りすがりに梁《リャン》　奮《フエン》がふと足をとめた。そして不安そうに手をこまねきながら言いだす。

「世間並みの作法にもとるのは重々承知しております、閣下。こんな唐突にお願いするような筋ではなく、心苦しい限りですが……主人へのご用向きがおすみになりましたら、まことに恐縮ながら、少しお時間をとっていただけないでしょうか？　目下、ひどい苦境に立たされております。本当に、なにもかもわけのわからない――」

結びにふさわしい挨拶が見つからずに、判事の顔色をうかがう。うなずいてみせると、若者は露骨にほっとした。そのまま庭を抜け、大きな戸口に出て頑丈な扉を開ける。

悩める若者

「主人はじきに参ります」と述べ、あとずさって判事の背後でそっと戸を閉めた。

まばたきして、目を慣らそうとする。広い室内は薄暗くぼやけ、奥壁の白い四角しか見分けがつかない。ややあって、くすんだ紙貼りの横長な連子窓だと見分けがついた。

そのへんの家具調度にむこうずねをぶつけないよう用心しながら厚い絨毯をそうっと進む。だが、目が慣れてくるとむだな用心だった。ろくに家具がないのだ。窓の手前に高い机と大きな肘掛をすえ、横の壁際に蔵書のそろった本棚をしつらえて、真下に高椅子四脚を並べてあるぐらいだ。殺風景もいいところで、空き家同然のなんともいえぬ虚ろな感じがする。

机脇にすえた黒っぽい彫り卓に、大きな色絵の金魚鉢がのっている。そちらへ寄ろうとした。

「ま、かけたまえ!」いきなりつんざくような金切声がする。

狄《ディー》判事があわててさがった。

窓辺からけたたましい笑い声がする。どぎまぎしながら目をやり、思わず破顔した。窓の片側に銀線細工のかわいい鳥籠がさがっている。その中に九官鳥がおさまって、翼をばたつかせてはさかんにはねまわっている。

判事がそちらに近づき、銀の鳥籠をつついてたしなめた。

「こら、おかげで度肝を抜かれたぞ、いじわる鳥め!」

「いじわる鳥め!」九官鳥がけたたましく復唱し、なめらかな小さい頭をそばだてて片目を光らせ、ぬかりなく判事をうかがうと、「ま、かけたまえ!」と、またもうそぶく。

「わかった、わかった! だがね、よかったらその前に、あっちの金魚をちょっと見せておくれ」

腰を曲げて金魚鉢に顔を近づけると、長い尾ひれを引きずった小さな黒出目金が六匹あがってきて、つぶらな目で大まじめに判事を見上げた。

「すまんな、おまえたちにはなにも手土産がなくて!」と、声をかける。鉢の中ほどに、花仙の小像が岩山の台座にのって水上に立っている。繊細な彩色陶器の像は、笑みをふくんだ女神の顔にほんのり紅を施し、ほんものそっくりの編笠をかぶらせている。狄《ディー》判事が手をのばして触れようとしたとたん、金魚たちがいっせいに怒って騒ぎだし、びちびちと水しぶきをはじいた。かくも大事にされている高価な金魚の動揺ぶりを目の当たりにして、あまりひどく暴れてせっかくの長いひれに傷がついてはと気がもめる。それであわてて退散し、本棚へ近づいた。

そこへ入口が開き、腰の曲がった老人を梁　奮《リャンフェン》が腕を貸して連れてきた。判事は最敬礼し、秘書が主人をよぼよぼと肘掛へ連れて行く間、辛抱強く立って控えていた。大官は左手で若者の腕にすがり、右手に朱塗りの撞木杖をついている。老体が泳ぐほどたっぷりした茶色い堅織錦の寛衣をまとい、大きな頭に金糸織の黒紗帽を高々といただき、三日月形のひさしを目深におろしていて、目の表情が読み取りにくい。ふさふさした灰色の口ひげや長いあごひげ、三筋に分けて胸もとにたらした純白の美髯にはいたく感心したが。老大官が机の肘掛にようやっとおさまると、銀の鳥籠で九官鳥が騒ぎだした。「五千、現金だ！」いきなりわめく。老人がのろのろ頭を向けると、秘書があわてて手巾《ハンカチ》を鳥籠にかぶせた。

大官が机に両肘をつき、大きな頭を前に出す。ぶかぶかの堅織が翼のように肩口につったち、窓の手前で背を丸めた姿は、まるで巣に憩う特大の猛禽だ。だが、いざ口を開いてみると、老体の声はかぼそく聞き取りにくい。

「ま、かけたまえ、狄《ディー》。きっと、かつての同僚だった亡き狄《ディー》尚書（国務長官）の息じゃろうな？」

「ご賢察痛み入ります、閣下」判事はうやうやしく答え、壁ぎわの高椅子に浅く腰かけた。梁　奮《リャンフェン》は主人のかたわらに立っている。

「もう九十じゃよ、狄《ディー》！　目も関節も悪うてな……なのに、この老いぼれに何の用かの？」

老人がことさらうつむき、胸もとにあごをうずめんばかりだ。

「ご不例中をおして」と狄《ディー》判事は始めた、「推参いたした件を心よりお詫び申し上げます。なるべく簡潔に申し上げますので。目下、二件の難事件を手がけておりまして。さだめし閣下もお気づきの通り、漢源《ハンユアン》の民はあまり進取の気性に富んでおりません。おかげで——」

そこで必死でかぶりを振る梁《リャン》奮《フエン》に気づいた。若者がそっと寄ってきて、声をひそめる。

「眠ってしまわれました。最近はたいていこうです。こうなったらあと数時間はお目がさめません。私の書斎においでいただくほうがよろしいかと。主人のほうは下男たちに申しておきますので」

同情をこめて老人を一瞥すると、腕枕に頭をあずけて早くも机につっぷしている。せわしなく不規則な息遣いが聞こえる。それで、梁《リャン》奮《フエン》についていくことにした。若者に連れて行かれた先は、邸裏のこぢんまりした書斎だった。開け放した戸口から、ぐるりを高塀で囲んだ小さくとも手のかかった花壇が見える。

登記簿や帳簿が山積みの机についた大きな肘掛を狄《ディー》判事にすすめる。「ごめんをこうむって、主人の世話係をつとめる老夫婦を呼んで参ります」せわしなくそう述べる。「寝室へはその夫婦が連れて参りますので」

狄《ディー》判事は静かな書斎に一人残され、おもむろにあごひげをなでた。まったく、今日は不首尾続きだ。


もどってきた梁《リャン》奮《フエン》があたふたと茶の仕度にかかり、やけどしそうに熱いお茶を出すと、自分は腰かけに腰をおろしてふさぎこんだ。

「せっかく面会にお越しのところ、あいにく主人が発作を起こしてしまいまして。もしや、てまえでもお役に立つことがあれば?」

「あ、いやいや。それより、いつからああなられた?」

「半年ほど前からです、閣下」梁《リャン》奮《フエン》が溜息をつく。「大官の総領息子は都におりまして、私をさしむけて父親づきの秘書をやらせるようはからいまして。八カ月になります。実私にとりましては天佑神助というべき職でございます。実を申しますと、私はこの梁《リャン》一族の親類とは申せ、実家はすっかり落ちぶれてしまいましたので。この職にありついたおかげで住まいと食事の心配をせずに、余った時間は心おきなく貢試準備にあてられます。来た当座の二カ月は万事順調でした。毎朝、一時間ばかり大官の書斎に呼ばれて手紙の口述筆記やら、ごきげんのいい時には長い経歴のいろんな面白い逸話を聞かせてもらえました。主人はひどい近視ですので、ものにぶつかってはいけないというのであの部屋の家具をほとんど出してしまったほどです。しじゅう関節炎が痛い痛いと申しておりましたが、頭は驚くほどはっきりしておりました。広大な地所の運営は自ら監督し、極めて上手に経営しておりました。

それなのに六カ月ほど前の夜半にきっと発作が起きたのでしょう。ものがいきなり言えなくなり、完全に呆けてしまうこともしょっちゅうのようです。私は一週間に一度の割で呼びだされますが、話の最中でもおかまいなく船を漕ぐ始末で。あとはよく、寝室に数日ひきこもるようになりました。その間はお茶と松の実以外は手ずから草木を煎じた薬を飲むだけです。世話役の老夫婦に言わせれば、だんなさまは不老不死の仙丹を作ろうとしておいでなのだと」

狄《ディー》判事が歎息してかぶりを振る。

「ああしてみると、長寿必ずしもめでたいとは言えんなあ」

「めでたいどころか不詳でございますよ、閣下!」若者が声を上げる。「実は、その件でぜひとも閣下のお知恵をお借りしたく。主人は病気なのに、自分の財産はすべて自分でみると言いはっております。私に見せない手紙を書きますし、劉飛泊《リウフェイポ》さんが少し前に紹介してよこした周旋屋の王《ワン》一凡《イーファン》と話しこんだりしております。私はかやの外ですが、そうはいってても帳簿をつける仕事がございますので、大官が最近になってばかげた取引をしていると気づきました。いい田畑ばかりをごっそりと、ばかげた安値で売り払っております。早晩、捨て値で財産を売りつくしてしまいます、閣下。お子さんたちは私に何とかしろと申しますが、何ができましょう? 居候の分際で喜ばれもしない諫言をするなんて、まったくめっそうもない!」

なるほどとうなずける話だった。確かに、実に微妙な難問だ。ややあって判事はこう述べた。

「たやすくも愉快でもない仕事だがな、梁《リャン》さん。大官の総領どのの耳に入れんわけにはいくまい。なんなら、一、二週間おいでになってはと都に伝えてみてはどうかな? そうすれば論より証拠で、父親の耄碌ぶりを目の当たりにできるだろうし」

だが、梁《リャンフェン》奮はこの案に気乗りしないらしい。判事は同情した。あんなお歴々の貧乏な居候という立場で、家長についで聞きたくもない話を家族に知らせようものならどんな板挟みになることか、重々察しがつく。

「大官の不手際ぶりを実例をあげて教えてもらえれば、喜んで添え書きをつけてあげよう。あくまで知事の私見というかっこうだが、もはやご老体には地所管理能力がないと確信できる、とね」

若者の顔がいっぺんに晴れ、こう礼を述べた。

「それ以上の援護はございません、閣下。こちらに直近の取引要約一覧がございます。作っておけば、自分のとるべき手だてが見えてくるかと思いまして。こちらには、欄外に大官直筆の指示が書きこまれた登記簿がございます。近視なのでいたって細かい字ではございますが、読めないというほどではございません。ごらんの通り、その地所の入札価格など、実勢値のはるか下です。たしかに、買い手がぽんと金錠で払いはしましたが――」

一見すると梁《リャン》が手渡した要約書類に読みふけっているようだったが、その実、狄《ディー》判事は内容どころではなかった。ひたすら筆跡に釘づけだ。例の竹林書生が、死んだ舞妓にあてた艶書の筆跡とうりふたつだった。

判事が顔を上げる。

「この要約は持ち帰って、さらに詳しく調べよう」と、巻いて袖にしまう。「蔣虎彪《チャンフーピアオ》秀才の自殺は、さだめし痛手だったろうな」

「え、私がですか?」梁《リャンフェン》奮が驚く。「むろん噂は聞いております。ですが、あのお気の毒な若旦那には会ったことがありません。このまちには知己がほとんどいないもので。たまの外出も、付属図書館のある孔子廟との往復どまりです。自由時間はすべて受験勉強にあてておりますので」

「だが、柳街を訪れるひまは作るんだろう?」狄《ディー》判事がつっぱなす。

「だれですか、そんな中傷を言いふらしているのは!」梁《リャンフェン》奮が憤慨する。「夜歩きは誓っていたしません、閣下。ここの老夫婦が証人になってくれます。浮かれ女のたぐいに興味などありません。私は……それに、そんな放埒に使う金など、どこで調達できますか?」

判事は返事せずに立ち、花壇への戸口に向かいながら尋ねた。

「お達者だったころの大官は、いつもあそこへ?」

梁《リャンフェン》奮がすばやく判事をうかがい、こう答えた。

「いえ、閣下、こちらはただの裏庭です。あの小門から裏路地に出られますが、おもだった庭は邸のあちら側にございます。さきほどの根も葉もない中傷ですが、よもや閣下はお取り上げになりますまい? まったく想像もつきません、いったいどこの――」

「なに、さしたる話ではない。この要約書類はひまをみて検討し、追って知らせよう」

若者はひとしきり礼を述べ、第一院子まで判事を見送って輿に乗るのに手を貸した。

政庁に戻ると、洪《ホン》警部と喬泰《チャオタイ》が執務室で待っていた。洪《ホン》が大喜びでこう知らせる。

「蔣《チャン》進士邸で喬泰《チャオタイ》が重大発見しました、閣下!」

「吉報だな」机について、「話してくれ。何を発見した、喬泰《チャオタイ》?」

「実は、それほどでも」喬泰《チャオタイ》は困っていた。「肝腎の目当てはさっぱり収穫がなくて。新婚部屋で閣下をうかがっていたへんな男を探すという、第二の宿題をやってみました。寺から引き上げたあとは馬栄《マーロン》も加勢してくれましたが、男の素姓も住まいもわからずじまいです。工匠の毛源《マオユアン》についても、これといった収穫はありません。執事があいつを呼んだのは婚礼の二日前でした。初日に毛《マオ》は楽隊用の壇をしつらえ、門番小屋に泊りました。二日目は家具数点と新婚部屋の雨漏り屋根直しです。また門番小屋で寝て、翌朝は大きな食卓を修理しました。あとは厨房を手伝い、婚礼の宴が始まると下男どもが残り酒を飲む手伝いでひどく酔っぱらって寝に行きました。そして翌朝に花嫁が死んで発見され、進士が息子探しの甲斐もなく引き上げてくるまで、毛《マオ》は興味しんしんで居残ってました。執事によると、蔣秀《チャン》才の帯を見つけた漁師とおもての路上で立ち話していたそうです。あとは道具箱と斧をさげて邸から引き上げました。蔣《チャン》進士は毛《マオ》といちども話していません。毛《マオ》に指図し、手間賃をやったのは執事です」

喬泰《チャオタイ》は短い口ひげを引っぱり、さらに話をつづけた。

「今日の午後、進士が昼寝中に蔵書を見せてもらいました。古い弓術書で、すごい挿絵入りのに目を奪われ、元に戻した拍子にその奥にかくれていた古本をたまたま見つけました。囲碁の手引書でした。で、しまいまでめくってみたら、末尾に死んだ舞妓の袖にあったのと同じ棋譜が見つかったんです」

「大手柄だ！」狄《ディー》判事が叫ぶ。「で、その本を持ってきたか？」

「いいえ、閣下。それがなくなっていると気づけば、進士が用心するんじゃないかと思いましたので。それで馬栄《マーロン》に見張り役をひきうけてもらい、孔子廟向かいの本屋へ行き、題名を言いましたら、まだ一冊だけ在庫があると言って、あの最後の棋譜の話をさっそく始めたんですよ。本屋の話だと、あの本は七十年前に韓永漢《ハンユンハン》の曽祖父が刊行しました。韓《ハン》隠者の名で通っている人です。かなり奇矯な老人でしたが碁の名手として定評があり、あの手引書はいまだに広く研究されています。碁好きが親子二世代にわたってあの最後の棋譜をあれこれ考えましたが、いまだにだれも意味がわからないそうです。本には何の説明もないので、今では印刷業者の製本まちがいが定説になってるそうです。韓《ハン》隠者は刷り上がりを見届けずに急死しました。校正もみなかったわけです。で、その本を買ってきました。どうぞ、ご自分でごらんください」

そう言って、判事に黄ばんだ古本を渡した。

「実におもしろい話だな！」狄《ディー》判事は声を上げ、本を開いて序文にさっと目を通した。

「韓《ハン》の祖先はすぐれた学者だ。この序文はすこぶる風変わりだがすぐれた文章だ」最後まで本をめくり、ひきだしから あの棋譜を取り出して、印刷本と並べて見比べた。「そう、これだ。杏花はがこの紙を破ってきたのはこの本だったんだな。だが、なぜ？　七十年前に印刷された棋譜が、当地で現在進行中の陰謀とどう関係している？　実にわからん！」かぶりを振り、本と紙をひきだしに納め、警部に尋ねた。「劉飛泊《リウフェイポ》のことで何か収穫は、洪《ホン》？」

「目下の事件にじかに関係するものは、何も、閣下」洪《ホン》が答える。「もちろん劉《リウ》の娘の急死から死体が行方不明になった件は、あの界隈で評判です。劉《リウ》が婚約を破棄しようとしたのは、虫が知らせたからに決まっていると言われてます。劉《リウ》邸に近い角の居酒屋で劉《リウ》家の輿丁と一杯やりました。その男が言うには、劉《リウ》は使用人に慕われているそうです。少し厳しいかわり、ひんぱんに旅に出るのでだいたいのんびり暮らしているとか。ですが、その男が妙なことを申しておりました。劉《リウ》はたまに〝消える〟術を使うそうです」

「〝消える〟術？」判事が驚く。「それで、その男は何が言いたいんだ？」

「なんですかなあ。劉《リウ》が書斎にひきあげてから執事が何やら尋ねに行くと、部屋がからっぽだったことがちょいちょいあるとか。そのたびに執事がくまなく主人を尋ね回るんですが、どこにもいないうえ、外出する姿もだれひとり見ておりません。そのあとで夕食の時分に、決まって回廊か庭にいる劉《リウ》にばったり出くわすそうです。初めて起きたとき、ほうぼう探したが見つからなかったと執事が述べると、劉《リウ》は激怒して、耄碌おまけにこうもりなみに目がきかない、自分はずっと庭の亭にいたのにと執事を罵ったそうです。その後に同じことがくりかえされても、執事はもう何も言わなかったとか」

「おそらく、その輿丁は酒がすぎたんだろう。さて、私のほうはこの午後に二軒の訪問をこなしたが、韓永漢《ハンユンハン》が蔣《チャン》進士の不祥事をうっかり口外した。定年前に退職したのは、倫理面の問題で女学生に告発されたせいだそうだ。韓《ハン》は進士の潔白を言いたてたが、あの男に言わせると漢源《ハンユアン》のおもだった名士は高潔な人物ぞろいだからな。そんなわけで、娘を蔣《チャン》進士に犯されたという劉《リウ》の訴えは、当初の印象とは裏腹にまんざら根拠なしとはいいきれない。第二に、梁《リャン》大官には居候の甥がいて、その甥の筆跡がどうも正体不明の竹林書生そっくりなんだ。その手紙を一通くれないか」

梁奮《リャンフェン》の要約書類を袖から出し、洪《ホン》がよこした手紙とつきあわせた。それからこぶしで机を叩き、ぶつくさ怒る。

「ちがう。このいまいましい事件では、いつも同じことの繰り返しだ！　ぴったり合わない。見ろ、この筆跡は同じ書体、同じ墨、同種の筆で書いてある。だが、筆勢は同じじゃない。まるでちがう」。かぶりを振って続ける。「とはいえ大筋のつじつまは合っている。老大官は耄碌し、あれだけ広い邸の使用人に老夫婦しか置いてない。あの梁《リャンフエン》奮なる男にあてがわれた住まいは小さな裏庭に面し、戸口から裏路地へ出られる。だから、外から出入りする女と忍び逢うにはうってつけの環境だ。死んだ女がいつも午後をすごしていたのはたぶんそこだろう。知り合ったきっかけはどこかの店かもしれん。梁《リャンフエン》奮は蒋《チャン》秀才とは面識がないと言いはったが、死んだ蒋《チャン》に裏はとれないと先刻承知なのだ。進士に作らせた名簿に梁《リャン》という名はあるか、洪《ホン》?」

警部はかぶりを振った。

「たとえ梁《リャンフエン》奮が杏花と恋仲だったとしても」喬泰《チャオタイ》が考えながら口にする。「船にいなかった以上、殺せなかったでしょう。蒋《チャン》進士にも同じことが言えますね」

狄《ディー》判事は腕組みし、あごを胸にうずめるようにして沈思黙考し、やっと口を開いた。

「率直に認めるが、そっちはまるで見当がつかん。二人とも、もう食事に出ていいぞ。その後で喬泰《チャオタイ》は蒋《チャン》進士邸に戻り、馬栄《マーロン》と交替して見張ってくれ。警部は出がけに書記に声をかけ、私の夕飯はこの執務室へ運べと伝えてくれ。今夜、あの二事件に関する記録をひととおり読み直して、手がかりをあたってみるつもりだ」腹立ちまぎれに口ひげをたぐったあとでまた、「さしあたっては、こっちの推理はどうも見込みがいまひとつだ。まず画舫の殺しだが、私に陰謀をもらさないための口封じに舞妓が殺された。機会があったのは韓《ハン》、劉《リウ》、蘇《スー》、萬《ワン》の四人だ。その陰謀は七十年も前に書かれ、いまだ解かれていない棋譜と何らかの関係がある。舞妓には隠し情夫もいた——殺害とは無関係かもしれんが。情夫候補は艶書に見つかった筆名をよく知る蒋《チャン》進士か、同じ理由さらに筆跡も似ている劉飛泊《リウフェイボ》か、はたまた似た筆跡に加えて忍び逢いに絶好の環境にいる梁《リャンフエン》奮のいずれかだ。

第二の事件は、学識はたしかでも倫理不確かな進士が嫁を犯し、自殺させる。花婿も後を追う。進士は検死を省いて埋葬を急ごうとするが、漁師と話したさる工匠に真相を疑われ——漁師の身元をつきとめる。気にかけておいてくれ、洪《ホン》——その工匠もたちまち殺される。どうやら凶器は愛用の斧らしい。いっぽう、進士のほうは嫁の死体が消えうせるようとりはからう。

以上だ。だが、ふたりとも当地に何かあるなどとは、ちらとでも考えるなよ。ありがたいことに違う、ここは眠れる小さなまちだ、何事もない——韓永漢《ハンユンハン》の言いぐさだ。では、おやすみ！」

9

大理石の露台で月をめで
夜半の微行で怪事を聞く

狄《ディー》判事は夕飯をすませると、書記に命じて食後の茶は露台へ運ばせた。

判事はゆったりした石づくりの階段をのんびりあがり、なじみの肘掛に腰をおろす。夜風が雲を吹き散らし、湖面のひろがりに月がこの世ならぬ輝きを添える。

書記は熱い茶を出すと、布靴で音もなくさがっていった。広い露台に判事ひとりだ。満ちたりてほっと息をつき、長衣をゆるめて椅子に憩いながら月をめでる。

この二日間のできごとを見直そうとしたが、すっかり気落ちして考えをまとめられない。とりとめない映像がめまぐるしく変わる。水の中からじっと見ていた芸妓の死顔、頭を割られた工匠の惨死体、寝室の窓の外にあらわれた憔悴した顔——それがひとつながりになって、たてつづけにはてしなく堂々巡りする。

とうとう耐えられなくなって立ち、大理石の欄干ぎわに出る。下のまちはにぎやかに活気づいている。孔子廟前の市場から、雑踏のざわめきがかすかに昇ってくる。ここはわが任地、私を頼り切っている民が何千もいる。だが、ことによると卑劣な下手人どもが新しい手口をもくろみながら密かに徘徊しているかもしれず、知事なのに、わが力では押しとどめるすべがない。

いてもたってもいられなくなり、後ろ手に組んで露台をぐるぐる歩きだす。

そこでふと足をとめ、ちょっと考えてきびすを返し、急いで露台を出る。

無人の執務室で、捨てる衣類をおさめた箱を開け、色あせた青木綿のぼろ長衣を出した。そのぶざまな服の上からつぎはぎの古上衣をはおり、帯がわりに縄きれをしめた。紗帽をぬいで髪をざんばらにほどき、汚れたぼろでまとめる。袖に銭二緡《さし》を入れ、おもてへ出て暗い院子を忍び足で渡り、脇口から政庁を出た。

外の裏路地で土ぼこりを両手にすくい、あごひげや頬ひげになすりつける。通りを渡り、まちへのくだり階段にとりついた。

市場ではたちまち雑踏にのまれ、人波を押しのけながら屋台に近づいて、すえた脂で焼いた油餅を買い、無理に一口だけかじって口ひげや頬いちめんを脂でぎとぎとにした。

そうしてあちこちぶらつきながら、その辺の浮浪者をつかまえて世間話でもしようとしたが、どいつもこいつも用事で手いっぱいとみえる。そこで肉団子売りに話しかけようとしたら、口を開くより先に、あわてて銅銭を手に押しつけられ、知らん顔であたふた呼びこみにかかる。

「さあさあ、最高の肉団子だよ！　お代はたったの銭五枚だ！」

安い店なら、裏社会との接点がいくらもあるだろうと思いなおし、「麵店」と書いた赤ちょうちんが照らす狭い横丁に入った。

入口の汚れた垂幕をはねると、焼けた脂と安酒の臭いが鼻をつく。人足どもが十数人、木の卓を囲んで派手な音をたてて麵をたぐっている。狄《ディー》判事はいちばん奥まった隅に腰をおろした。垢じみた給仕がくると、麵を頼む。暗黒街のしきたりは調べたことがあったので符丁はお手の物だが、それでも給仕には胡乱な顔をされた。

「どこの出さ、よその人？」給仕が無愛想に尋ねる。

小さい仲間うちでは、あっという間によそ者が目立つものだと迂闊にも見落としていた。判事はうろたえ、あわてて返事した。

「今日の午後に彊北から着いたんだよ。どうせ、おめえの知ったこっちゃねえだろ。麵を食わせろや、銭は払うぜ。そら、とっととやんなって！」

男は肩をすくめ、奥に注文を通した。

だしぬけに入口の垂幕が手荒にめくられ、男が二人入ってきた。先頭は上背のある大男で、だぶだぶのずぼんをはいて、袖なし上衣で胴を隠し、長く筋肉の盛り上がった腕をさらしている。ほぼ三角の顔に短い剛毛のあごひげと虎ひげをたてている。連れはつぎはぎの長衣を着たやせっぽちで、左目に黒い膏薬を貼っていた。そいつがは大男を肘でこづいて判事を指さす。

二人でつかつか寄ってきて、両脇からはさむように腰をおろした。

「だれがここへ座れって頼んだよ、この犬畜生め？」判事がうなる。

「うっせえんだよ、むさくるしい余計もんが！」大男がきつくやりこめる。あいくちの先が判事の脇腹をつついた。片目の男が密着し、にんにくとすえた汗の強烈な悪臭をふりまいてあざ笑った。

「見たぜ、市場でしょば代くすねやがってよ。勝手にひとの飯椀なめといてよう、おれら乞食衆に見逃してもらえるとでも思ってやがったんかい？」

たちどころに、判事は自分のばかさかげんを悟った。乞食同業組合以外の者が乞食すれば、古来連綿と続く仲間うちの掟を手ひどく踏みにじったことになる。

あいくちの先がいちだんと肌に食い込む。大男がしびれをきらす。「おもてへ出な！　裏の静かな庭へ行くんだ。てめえがここにいていいかどうか、このあいくちが決めてやる」

狄《ディー》判事はすばやく頭を巡らした。拳法も剣術も相当に遣うほうだが、裏社会でよくあるあいくちの決闘にはと不案内だ。この場合、身分証を見せるのはむろん論外だ。州全体の笑いものになるくらいなら死んだほうがましだ。いちばんいいのはこのごろつきどもを挑発して、今この場で喧嘩に持ち込むという手だろう。たぶん人夫どもが飛び入りして暴れるはずだ、そのすきに逃げだせる。そこで力まかせに片目のやつを突きとばして床に転がし、同時に背後めがけて右肘を突き上げ、脇腹に激痛を感じつつもあいくちを払いのけて席を蹴る。あいくち使いの大男の顔面に痛打をぶちこみ、座席を蹴とばし、卓の向うへ走り出ると腰かけをつかみ、脚を一本もいで棍棒がわりにあやつり、腰かけを盾よろしく構える。ごろつきふたりは大声で悪態つきながら、先を争って判事を襲う。二人ともあいくちを大っぴらにすっぱ抜いていた。人夫どもが振り向くことは振り向いたが、乱闘に加わるどころか、名勝負を高みの見物としゃれこむ気らしい。

大男があいくちを構えて突きにかかる。その突きを腰かけで払い、即席棍棒を連れの頭にぶちこむ。男がすかさず頭をさげてかわしたとたん、怒声が入口から飛んできた。

「ここで騒いでやがるのはだれだ？」

顔色が悪く、ちょっと猫背ぎみの痩せたやつがやってきた。ごろつきはどちらもあわててあいくちをおさめて頭をさげた。もうかなりの年輩で、こぶだらけの杖に手をのせ、その場につっ立って灰色のげじげじ眉の下から、小ずるい目で三人を品定めする。茶色の古長衣に脂でてらてらの頭巾をかぶっているが、ある種の権威を身に帯びているのはまちがいない。大男を見て苦り切る。

「何やってんだ、毛禄《マオルー》？　まち中の人殺しはおれの気に入らねえと知ってるだろう」

「余計もんは殺すきまりでしょうが」相手が不平がましく言う。

「うるせえや、誰に向かってものを言ってやがる！」老人が無愛想に言った。「乞食同業組合の束ね役にゃ、それ相応のつとめってもんがあるんだ。相手の言い分も聞かずに、決めつけるわけにゃいかねえんだよ。おい、そっちは何か言い分があるかね？」

「あんたに会う前に、ちょいと腹ごしらえしたかったたまでさ」狄《ディー》判事が仏頂面をする。「うぜえまちだね、まったく。着いてほんの二、三時間でこれだ。ここじゃ、おだやかに麺も食えねえってんなら、古巣へ帰らしてもらったほうがなんぼかましだぜ」

「こいつの言うとおりですよ、親分」あの給仕が横合いから口をはさむ。「今しがた訊いたら、彊北から来たんだってってましたぜ」

老人は思案顔で判事を見た。

「銭はあるかね？」

判事が袖から一緡出した。とたんに相手は目にもとまらぬ速さでひったくり、平然と述べた。

「みかじめ料は半緡だが、挨拶がわりにそっくりもらっとくぜ。紅鯉亭って旅館に毎晩顔出して、その日のあがりを一割納めな」番号と、何やら組合の印を書いた薄ぎたない木札を卓に投げ出して、さらに。「ほれ、鑑札渡しとくぜ。うまくやんな！」

大男が毒をこめた目でそんな親分をにらむ。

「頼まれたって——」と言いかけた。

「じゃかあしいや、かっこつけんじゃねえ！」乞食の親分が嚙みつく。「工匠組合を叩き出されたおめえを、拾ってやった恩を忘れやがんじゃねえ。どうせ、またぞろ何かやってやがんだろ。聞いたぜ、三樫島へ行ったんだってな！」

毛禄《マオルー》がまず連れを見て、ぶつくさこぼす。片目がせせら笑った。

「連れは裳裾ひいてやがんの！　女連れで行ったのはいいけどよう。仮病で相手してもらえねえんだよ。だからこいつ、あんなに荒れてやがんだよ！」

毛禄《マオルー》がひとしきり悪態をつく。

「行くぜ、ばかやろう！」と凄み、そろって親方に頭をさげて出て行った。

できれば灰色あごひげの親分ともっと話をしておきたいところだが、親分はもう狄《ディー》判事など眼中になく、きびすを返して給仕にうやうやしく見送られて出て行った。

さっきの席へ戻ると、給仕が麵のどんぶりと酒器を出して声をかけた。まんざら不人情でもない。

「ほんの行き違いってやつよ、兄弟！　ほれ、亭主からのおごり酒だぜ。ちょくちょく寄ってくんな！」

狄《ディー》判事は黙って麵を食った。食べてみると意外にうまい。そう、いい教訓だったとさっきの一幕を胸中で反芻する。もしまた変装で外出することがあれば、旅医師か易者にしよう。そういう連中は原則として一カ所に数日しかいないし、同業組合もない。食後、脇腹から血が出ていると気づき、勘定をすませて外へ出た。

市場の薬屋へ行って手当てしてもらう。薬屋の助手が傷を洗いながら評した。

「ついてたね、兄貴！　今回はほんのかすり傷だよ。さだめし、相手はこてんぱんだね！」

傷口に油膏薬を貼ってもらうと、判事は銅銭五枚を払ってまた街路へ出た。政庁への石段をゆっくりあがっていく。商店ではもう鎧戸をおろしにかかっている。政庁前にのびた平らな通りに来てようやく安堵の息をつき、付近に夜警がいないのを確かめてすばやく通りを横切り、脇口の裏路地にすべりこんだ。そこでふと立ちどまり、壁にぴたりと貼りつく。はるか先で、脇口に黒服の人影がいる。その男は前かがみになり、露骨に鍵をいじっている。

狄《ディー》判事は男の行動を見極めようと目を凝らした。すると男はやおら身を起こし、振り向いて裏路地の口を見た。黒布を巻いて隠しているので、顔は見えない。判事を見ると、あわてて身をひるがえして逃げだそうとした。だが狄《ディー》判事は三歩で男に追いつき、片腕をとらえた。

「放して！」黒い姿は叫んだ。「でないと大声を出しますよ！」

驚きのあまり手を放してしまった。女だったのか。

「心配するな」すかさず声をかける。「政庁の者だ。そっちは何者だ？」

女は言いよどみ、それから震え声をだした。

「でも、なりは追剝みたいだわ」

「特別な役目で変装して出たんだ」判事がしびれをきらす。「さあ話せ、ここに何の用だ？」

女が黒布をひきおろす。利発で愛くるしい顔があらわれた。若い娘だ。

「緊急の件で、どうしても知事さまにお目通りしたいんです」

「それなら、なぜ正門にしない？」

「他の方には絶対に伏せておかないとだめなんです」せかせかと述べた。「女中の注意を引いて、官邸へ案内してもらおうとも思ったんだけど」こちらをうかがう。「あなたが政庁の人だという証拠は？」

判事が袖から鍵を出して脇口の戸を開け、あっさり言った。

「知事だ。ついてきなさい」

娘が息をのみ、判事に近づいて口早にささやく。

「韓永漢《ハンユンハン》の娘で柳絮《りゅうじょ》と申します、閣下！　父の使いで参りました。父は襲われて負傷し、急ぎおいでを願っております。くれぐれも閣下だけにこっそりお伝えするようにと言いつかって参りました。このうえなく重大な件です」

「父上はだれに襲われた？」驚いて狄《ディー》判事はきいた。

「芸妓の杏花を殺した下手人です！　どうぞ、これからすぐご足労願います、閣下。遠くはございません」

判事は中へ入り、壁ぞいにしつらえた植込みの紅ばらを二輪摘んだ。そして裏路地へ戻ると、戸を閉めて鍵をかけ、娘にさっきの二輪を渡した。「これを髪にさして、おたくへ案内してくれ」

娘は言いつけ通りにすると、通りの角へ向かった。数歩遅れて判事がついていく。これで夜警か夜ふけの通行人に行き会ったとしても、客引きの娼妓が戻る途中だと思われるのがおちだ。

韓《ハン》邸の豪壮な門までは、歩いてもほんのわずかだ。娘は邸を回りこみ、さっさと厨房入口へ判事を連れて行った。胸もとから出した小さい鍵で開け、狄《ディー》判事をすぐうしろに連れて入る。二人して小庭を渡り、側棟へ足を向けた。柳《りゅ》絮《うじょ》が扉を開け、身ぶりで判事を中へとうながす。

小さいが贅をこらした部屋の奥には、彫り白檀のゆったりした高い寝椅子がほとんど壁全体を占めている。その寝椅子でいくつも大きな絹枕に埋もれて、韓《ハン》があおむけで寝ていた。窓ぎわの茶卓の銀燭が、青ざめてやつれた顔を照らしている。異様ないでたちをした判事を見て、ぎょっと悲鳴をあげて起きあがろうとした。そこへすかさず狄《ディー》判事が声をかける。

「心配無用。私だ、知事だ。どこを負傷なさった？」

「こめかみを殴られて倒れたのです、閣下」柳絮《りゅうじょ》が言った。

判事が寝椅子のそばの腰かけに座ると、娘は茶卓に行き、湯をはったたらいに手ぬぐいをつけ、父の顔をぬぐってやってから右こめかみを指した。狄《ディー》判事は間近にかがんで、ひどい青黒の打ち身があるのを見届けた。柳絮《りゅうじょ》が熱い手ぬぐいをそっと傷にあてる。もう黒布を脱いでいるので、なんとも上品で愛らしい娘だと見てとれる。父を見る心配そうな眼は、たいそう慕っている証拠だ。

韓《ハン》が驚きの目をみはって判事を見つめた。午後とはまるで人が違ったようだ。尊大さはすっかり影をひそめ、うつろな両目の下に袋がたるみ、口もとがこわばってひきつった線ができている。韓《ハン》はかすれ声でこう言った。

「わざわざのお運び、何より感謝いたします。今夜、てまえは誘拐されました、閣下」扉と窓に不安の目を投げ、声を低める。「下手人は白蓮教団です」

腰かけの狄《ディー》判事が背筋をこわばらせた。

「白蓮教団ですと！」大声でわが耳を疑う。「つまらぬたわごとを！　あの教派は何十年も前に一掃されたのですよ」

韓《ハン》はゆっくりかぶりを振った。柳絮《りゅうじょ》のほうは茶の支度に卓へ寄る。

判事はきびしい目で油断なく主人を見た。白蓮教団とはお上の転覆をもくろむ全国規模の陰謀だった。首謀者は不平をもつ高官数名だったが、天より超自然的な力を授かり、現在の王朝が倒れるという確かな予兆が出ているゆえに、新たな王朝をうちたてるべきだなどと公然と主張した。その秘密結社教団には野心過剰な不正官吏、盗賊のかしら、逃亡兵、脱獄囚が加わり、国中に組織を張りめぐらしていた。だが叛乱計画が漏れて、当局は強硬策を講じ、その陰謀の芽をはやばやと摘んでしまった。首謀者どもは族滅の憂き目に遭い、信者は草の根わけて追求され殺された。すべて先帝の治世だが、未遂に終わった叛乱は帝国の核まで震撼させ、今日なお危険を恐れられている、その名をあえて口にするものはほとんどいなかったので、またぞろ易姓革命をたくらむ者がでるなんて、ついぞ聞いたことがなかった。肩をすくめて尋ねる。

柳絮《りゅうじょ》が判事に茶をささげた。それから父親に渡す。韓《ハン》はむさぼるように飲んでから話し始めた。

「夕食後によく寺の前をぶらついて夜風にあたります。供は連れてまいりません。今夜も例によって、人はほとんどおりませんでした。ただ山門の前を行き過ぎましたところで、輿丁六人がかりで窓をとざした輿をかついでいるのに行き会い、出しぬけに厚い布が背後から私の頭上に投げかけられました。何が何やらわかりもしないうちに、両腕を後ろ手に縛られ、持ちあげられて輿に投げ込まれました。それから縄で両脚が縛られ、輿はそそくさと運ばれて行きました。

何かを聞こうにも厚い布が邪魔になり、おまけに窒息しかかり、縛られた両足で輿の側面をどんどん蹴りつけました。すると、だれかがほんのわずかに布をゆるめてくれて、また息がつけるようになりました。その遠出がどれほどだったのか、少なくとも一時間はかかりました。輿が地につき、男ふたりがかりで手荒に引っかかえ、階段を運びあげられて扉が開くのが聞こえました。そこへ私をおろして足首の縄を切り、歩いて入らせます。そして肘掛に押しこむと、てまえの頭から布をはずしました」

韓《ハン》は深く息を吸うと、またつづけた、

「そこは小部屋で、黒っぽい木の方卓に座っておりました。向かいには緑衣の男が座っていましたが、頭と両肩は白い頭巾でおおい、目に二本の切れ目があいているだけです。まだ半ば茫然としながらも、つかえつかえ抗議しかけましたら、男が拳で卓を叩いて怒り――」

「その手はどんなふうだった?」狄《ディー》判事がさえぎった。

韓《ハン》は迷うふうをみせ、ちょっと考えて返事した。

「かいもく見当もつきません、閣下。狩猟用の厚い手袋でしたので。身もとが知れるようなものは、何ひとつ。緑衣は身のまわりでふわふわし、身体にはまったく形がなく、声は覆面でくぐもっておりました。どこまでお話ししましたか？　ああ、さようで。その男は抗議をさえぎって、こう申します。『警告のしるしに呼んだのだ、韓永漢《ハンユンハン》！　おとといの晩、舞妓に他言無用の秘事を打ち明けられたろう。その女がどうなったかは知っているな。知事に話さなかったのは実に賢明だった。韓《ハン》よ、実にあぶなかったな！　白蓮教団は強いぞ、おまえの情婦杏花を処刑したやり口でもそうと知れるだろう！』」

韓《ハン》はこめかみの打撲傷に指で触れた。あわてて寄ってきた柳絮《りゅうじょ》にかぶりを振り、あわれっぽい声を出す。

「いったい何の話やら、まるで見当もつきません。人もあろうにあの舞妓が情婦！　しかもご存じのように、あの宴会では終始ほとんど話しかけてこなかった妓ですのに。まあそれで腹が立ち、ばかを言うんじゃないと逆ねじを食らわせましたら、男は声をたてて笑いました。覆面にこもってひときわ陰惨に響いたと申し上げてもよろしいかと。そしてこう申します。『うそをつくな、韓《ハン》！　むだだ！　女に言われたことをそっくり言ってやろうか？　聞け！　のちほど、大官さまにはぜひともお目にかかりとうございます。目下、剣呑な陰謀がこのまちで進行中ですので、その件で、と言った』あんまりばからしくて絶句していましたら、男が嫌みたっぷりにせせら笑って話をつづけました。『これには一言もあるまいが、韓《ハン》よ？　白蓮教団は何もかもお見通しだ！　しかも全能なのだ、今夜おまえが思い知ったように。わが命に従え、韓《ハン》よ、そして女の言ったことはこれっきり、きれいさっぱり忘れろ！』てまえの椅子の背についていたはずのだれかに合図をし、こうつづけました、『この女好きが忘れるのを手伝ってやれ、少々なら手厳しくしてかまわんぞ！』そこでしたたかに頭を一撃され、気絶したのでございます」

深い溜息まじりに語り終えた。

「ふと気づけば、拙宅裏口の前に横になっております。さいわいにも、あたりに人はおりませんでした。ほうほうのていでなんとかこの小さな書斎にたどりつき、娘を呼びにやりまして、ただちに閣下をお迎えに行けと言い含めました。ですが、今の話をご報告申しあげた事実は、くれぐれも伏せておいてくださいまし、閣下。私の命がかかっており、白蓮教団は至るところに間諜を放っておるというふしが多分にあります――政庁内部にさえ！」

韓《ハン》は枕によりかかって目を閉じた。

狄《ディー》判事は物思いにふけりつつ頰ひげをなでていた。それから、おもむろに尋ねた。

「室内のようすは？」

韓《ハン》が目を開いた。顔をしかめて考えこんでいるようだ。ややあってこう答えた。

「目の前にあった部分しかわかりませんが、六角形の小部屋だった印象がございます。庭園の亭だったような気もしますが、それにしては暑すぎました。家具は方卓のほかに、壁際に黒漆の用簞笥が覆面の男の椅子の背にありました。壁に色あせた緑の垂幕がかかっていたような気もいたします」

「思いだせますか」狄《ディー》判事がまた尋ねる。「下手人どもがどの方角へ連れて行ったか？」

「おぼろげながら。初めは襲われて混乱しておりましたから、あまり注意を払えませんでしたが、おおむね東に向かっていたのは確かでございます。坂道を登ったはずです。その後は、四のうち三まで平坦な道を進みました」

狄《ディー》判事は立った。脇腹の傷がうずく、家へ帰りたい。

「すみやかにこの件をご報告いただき、大変助かる。誰かのいたずらだと信じたいものだが。時もあろうにこんなことをする、無責任きわまる悪ふざけのできそうな敵に心当たりがおありかな？」

「敵などおりません！」韓《ハン》は憤然として声を張り上げた。「悪ふざけ、ですって？　その男は誓って真剣そのものでしたよ！」

「悪ふざけではないかという線のほうが強いが」狄《ディー》判事は穏やかに述べた。「あれから結局、あの芸妓を殺したのはたぶん水夫だろうという結論に達してね。事情聴取のさい、あのなかにそわそわと挙動不審なごろつきがいたんだ。それで律令にのっとって、そいつを政庁できびしく尋問するほうがよかろうかと」

韓《ハン》の表情がいっぺんに晴れた。

「あのとき、すぐさまそうと申し上げたではございませんか、閣下?」と、声を大にして勝ち誇る。「人が殺されたと聞いたとたん、犯人はあの水夫どもの中にいると察しがつきました。そうやって考えますと、あの誘拐もただのいたずらだったというご意見ももっともかもしれません。あんなひどい仕打ちをしそうなのはいったいどこの誰か、ひとつ考えてみましょう」

「こちらも若干の捜査を進めよう。むろん、きわめて慎重に。なにか出てくれれば随時お知らせする」

韓《ハン》は喜色を浮かべて娘に言いつけた。

「門番はもう寝てるだろうから、閣下を正門までお見送りしてきておくれ、嬢や。当地の知事さまともあろうお方を、うちの裏口からこそこそ泥棒みたいにお送りするのはどうかと思うんでね」

そう言って肉のたっぷりついた腕で腕組みし、深い息をついて枕に身を預けた。

10

案内の令嬢は遺物を示し
祖仏堂にて懇談にふける

柳絮《りゅうじょ》に合図され、そのあとについて側廊の闇に出た。

「蠟燭はつけません」とささやく。「そのへんで父づきの女中が寝ておりますが、ご案内は私がいたします」

判事の手を小さな手が探し当ててつなぐ。そうやって手を引かれて行くうちに、娘の絹衣が判事の上衣に触れてかすかなきぬずれをたて、あえかな蘭麝の香がした。こういう折はめったにない。

甃《いしだたみ》の大きな院子に出たところで柳絮《りゅうじょ》が手を放す。月明りのおかげであたりがよく見える。ふと見れば、右手に半開きの扉があり、灯が戸外へもれている。天竺渡り濃厚な香があたりに香ってもいる。足を止めてささやいた。

「ひとに気づかれずにあそこを抜けられるかな?」

「ええ、もちろん! あちらは父の曽祖父が建てた祖仏堂でございます。仏教に篤く帰依しておりましたもので、お仏前に常夜灯をあげて絶対に戸を閉めるなと遺訓がございました。あちらにはだれもおりません。中をごらんになりますか?」

ひどく疲れていたが、狄《ディー》判事はすぐに賛成した。あの不可解な棋譜の作者をよく知るいい機会だ、逃すわけにはいかない。

小さなお堂のなかは、奥壁ぎわに高くしつらえた煉瓦の方形須弥壇が半分以上の場所をふさぎ、手前に銘文を刻んだたてよこ四尺を越す緑玉の板状方形碑がある。須弥壇の上は蓮華座に結跏扶座した豪華な仏陀の金箔像が安置され、天井すぐ下の薄闇に、静かに微笑したみほとけのお顔がかすかに見えた。四方の壁には仏陀の生涯に材をとった壁画がある。須弥壇手前の床には礼拝用の円座が出ていた。鉄細工の燭台に灯明がともっている。

「このお堂は」柳絮《りゅうじょ》が見るからに誇らしげだ。「ご先祖さまがじきじきに監督して建てたものです。それだけの頭脳と信心をそなえた人物でございました、閣下。わが家では伝説的存在というような方です。科挙はけっして受けようとせず、ここで隠遁暮らしのかたわら多彩な趣味にふけるほうを好んだので、当地では韓《ハン》隠者で通っております」

そうやって熱をこめて語るさまはなんとも好もしかった。きょうび、家のしきたりやご先祖にそんなふうに敬意を払う若い娘はなかなかない。

「韓《ハン》隠者は碁の名手だったそうだが、父上やあなたも碁が得意かな?」

「いいえ、閣下。骨牌のほうが好きです。囲碁は時間がかかりすぎ、二人でしか遊べませんので。あの碑文をごらんになります? 韓《ハン》隠者はとても器用でした――かけねなしに彫物の名手で、あの碑文も手ずから刻んでこしらえました」

判事は須弥壇に寄っていって碑文を読んだ。

如是我聞仏曰若汝
欲随仏汝須伝大法
以済芸芸衆生得悟
我言菩提証即刧難
厭迫皆去汝謹記此
語以普度衆生乃得
玄妙七宝光照入此
門即得享吉祥永年

うなずいて述べた。

「韓《ハン》隠者の自作はみごとなできばえだし、文章も高邁だな。私個人は大先達たる孔子ひとすじだが、仏教の宗旨にもいろいろ見るべき点はあると認めるにやぶさかではない」

柳絮《りゅうじょ》がつつしんで玉碑を拝する。

「一枚板でここまで大きな玉材はまず見つかりませんので、韓《ハン》隠者は方形に切り出した玉の小片に一字ずつ彫りつけ、あとから寄木細工のようにつなげたわけです。つくづく非凡な人物でした、閣下。莫大な富があったのに、急逝後に見てみましたら、金錠をためておいたはずの金庫はからっぽでした。存命中に各種慈善事業にこっそり寄付したのではとされております。どうせ当家にはなくてもすむ金でした。いい地所をたくさん手に入れてあったので、いまだに相続で代々受け継いでもおりますし。そこからの地代だけで、十分以上ですもの」

狄《ディー》判事はあらためて娘に興味の目をあてた。まったく人をそらさぬ娘だ。すっきりした繊細な顔だちに気だてのよさがにじんでいる。

「歴史や由緒にそれほど興味があるなら、劉飛泊《リウフェイボ》さんのうちの素娥《そが》を知っているかな？　あちらの父上によると、そのお嬢さんも学問熱心だったそうだが」

「はい」柳絮《りゅうじょ》がしとやかに述べる。「よく存じておりました。うちの女棟によく遊びにきてくれました。お父さまがしょっちゅう旅に出られて淋しかったんですね。それはそれは丈夫で活発な子でした、閣下。狩猟と乗馬が上手で、男の子にしたいぐらいでした。お父さまはいつも娘さんのしたいようにさせていました。なかよし親子でしたよ。なのにどうして亡くなってしまったのか、本当に納得いきません。まだ、あんな若さで！」

「なぜかを見つけようと手を尽しているところだ。だから、在りし日の話をいろいろしてもらえれば大いに助かる。いまの話だととても活発で戸外を好んだようだが、蔣《チャン》進士の授業にも出ていたのでは？」

娘がちょっと笑う。

「奥向きでは誰知らぬものがないほどですから、お話ししてもかまわないと思いますけど。素娥《そが》ちゃんが書物に興味を持ったのは、蔣《チャン》秀才に会った日からですもの。まあ、ひとめぼれですわね。それで、あのお教室に出させてとお父さまを説き伏せ、蔣《チャン》秀才とひんぱんに会える機会を作ったんです。あの二人はしんから相思相愛でした。なのに、もうどちらも——」

やりきれなさそうにかぶりを振る。ややあって判事がこう述べた。

「素娥《そが》さんの姿かたちは？　話に聞いているだろうが、死体が消えてしまってね」

祖堂にて

「ああ、美人でした！」柳絮《りゅうじょ》が声を上げる。「私のように やせっぽちじゃありません、りっぱな体つきでした。かわいそうなことになった、あの舞妓の杏花にうりふたつで」

「あの芸妓も知人か？」狄《ディー》判事はびっくりして尋ねた。

「いいえ、じかに話したことは。でも父が大広間でお客様をするときはよく邸に呼んでいました。それで、機会があれば窓から透き見させてもらっていました。それはみごとな舞ですもの。杏花さんは素娥《そが》ちゃんそっくりで、三日月眉にうりざね顔、きれいな体つきまでそっくりでした。姉妹でも通るぐらいです！　ちがうのは杏花さんの目だけですね。あの目にはちょっとびっくりさせられました、閣下。私のほうはいつも外の暗い回廊に立って見ていましたから、あっちからは絶対に見えなかったはずです。それなのに、踊りながら窓にさしかかると、よくまともに目を見られました。刺さるように鋭い、謎めいた眼でした。お気の毒に、あの妓はどんな人生を歩んであなったんでしょう！　いつでも否応なく人目にさらされるなんて……あんなぞっとする死に方で、もう人生が終わってしまったなんて。閣下、湖が……その件に何か関係あるとお考えでしょうか？」

「いや。あの娘の死は蘇《スー》親方には痛手だろうな。本気で惚れていたらしい」

「遠くから崇めたてまつっていただけです、閣下」娘がにこやかに述べる。「思い出せる限りでは、蘇《スー》はうちへも来ようとしていました。とても人見知りで、いつも自分の強《ごう》力《りき》ぶりをもてあましているようです。いつかなど、父のきれいな古茶碗をうっかり握りつぶしてしまって！　蘇《スー》はまだ独身です、女の人が怖くてしかたないんですね。萬《ワン》親方は——全然別ですけど。女道楽がなによりお好きという評判です。でも、こういう話はよくないですね。閣下にたいへんなおしゃべり女だと思われてしまいそう。これ以上お引きとめするのもなんですし」

「いやいや、逆だよ！」狄《ディー》判事はすかさず述べた。「とても参考になる話だ。つねひごろの信条だが、犯罪事件の関係者全員の背景についてはなるべく多く知りたい。それにまだ、劉飛泊《リウフェイボ》の話は出ていなかったな。あの人なら死んだ杏花のことをいろいろ知っていそうかな？」

「そうは思えません、閣下。宴席といえば彼女の踊りですから、もちろんご存じではあったはずですけど。ですが劉《リウ》さんはご承知のように寡黙で謹厳な方で、浮わついた方面はお呼びでないみたいです。この漢源《ハンユァン》に夏別荘を建てるに先だって、一週間ほどうちに滞在したことがあるんです。宴席にはやや食傷気味でつまらなそうに座っていました。ご商売以外の趣味は古書や手稿本ぐらいです。都のお邸には、たいへんな蔵書をお持ちだとか。それにもちろん、娘さんが生きがいで！　父が娘さんの話を出して水を向けると、とたんに元気づいたものです。うちの父とはそれでうまが合ったんですね、父も私だけですし。素娥《そが》ちゃんの死で、劉《リウ》さんは再起不能に打ちのめされました。父など、人が変わってしまったと申しております……」

燭台に寄っていき、その下にすえた陶がめから油を足した。その繊細な横顔と、優雅でほっそりした手つきを見守って、狄《ディー》判事は考えこんだ。どうやら、この娘は父ときわめて仲がいいらしい――だが韓《ハン》のことだ、邪悪な本心を娘にけどらせまいと細心の注意を払っているだろう。さっきの韓《ハン》の話を聞いてから、芸妓殺害の下手人はあの男で、脅迫されたという狂言芝居を打って人目をそらそうとしているのではと疑っている。もっと聞きたいという未練を溜息とともに押し殺して尋ねた。

「さて、ひとわたり聞かせてもらったが、最後に。梁《リャン》老大官か甥ごに会ったことは？」

柳絮《りゅうじょ》がふと赤くなった。

「いえ」早口に答える。「父が表敬訪問したことならございますが、あちらさまはおいでになりません。もちろん無理にそうなさるまでもないですし。あんな御身分のお役人さまですもの……」

「なんでも、甥は若いのに放蕩者だとか」

「ひどいでたらめです！」柳絮《りゅうじょ》が声高に怒る。「梁 奮《リャンフエン》は本当にまじめな人です。いつも孔子廟の図書館で勉強していますよ」

狄《ディー》判事がその顔を探り見た。

「どうしてそれを？」

「そのう、ときどきは母と廟のお庭へ散歩にまいりますので。それで、梁《リャン》さんを見かけたんです」

狄《ディー》判事はうなずいた。

「さて、韓《ハン》さん。いろいろためになる情報を聞かせてもらって本当にありがとう」

戸口へときびすを返したが、いち早く寄ってきた柳絮《りゅうじょ》がそっと声をかけてきた。

「どうか、閣下のお力で、父をひどい目に合わせた恐ろしい連中をつきとめてくださいませ。いたずらだったとはとうてい思えません。うちの父はちょっと頑固で窮屈なところがありますけど、人は本当にいいんです。だれのことも悪く申しません。ですから、父が心配でならないんです。きっと自分では気づきもしないうちに、人さまの怨みを買ったんですわ。手を尽くして父を傷つけようと懸命なんですもの、閣下！」

「そっちは私がよく気をつけてあげよう。だから安心しなさい」

柳絮《りゅうじょ》がありがたそうに判事を見た。

「せっかく閣下が祖堂に寄ってくださったんですから、ちょっとした記念の品をさしあげたく存じます。でも、父には内緒にしてくださいませね。本当は身内にしかあげてはいけないものですので」

急いで須弥壇に近づき、横手のくぼみから巻紙を出した。一部をちぎりとり、ねんごろに頭を下げて判事に渡す。須弥壇正面の碑文をきれいに写した拓本だ。

狄《ディー》判事は紙を折りたたんで袖にしまい、大まじめに述べた。

「たいへん光栄な頂戴物だ、ありがとう」

さっきの紅ばらは、うれしいことにまだ柳絮《りゅうじょ》の髪を飾っている。よく似合って美しい。娘の案内で長い側廊をあちこち曲がり、門番小屋に出て手ずから門扉の鍵を開けてもらった。判事が黙って会釈し、門を出て無人の通りへ出ていく。

11

馬栄《マーロン》の思惑は見事はずれ
狄《ディー》判事は巡視行に出向く

あくる早朝に下男ふたりが執務室の床掃除に来ると、狄《ディー》判事は寝椅子で熟睡していた。ふたりともあわてて退散し、朝の茶汲み当番をつとめる書記にもひとこと注意しておいた。

狄《ディー》判事は一時間ほどして目を覚ました。寝椅子の端に腰かけて膏薬の隅をはがし、脇腹の傷をあらためる。快方に向かっていた。しゃんと立って適当に身づくろいをすませ、執務机につくと手を叩いて書記に朝飯を命じかたがた、副官三人を呼ばせた。

食事中に警部、馬栄《マーロン》、喬泰《チャオタイ》が腰かけに顔をそろえ、茶商人孔《コン》への聞き込み成果を洪《ホン》が報告した。蔣《チャン》秀才の帯が見つかったさい、孔《コン》も蔣《チャン》進士も心痛にかまけて発見者の漁師に名さえ尋ねず、まして所在などよほどのことがない限り、まずわかるまいとのことだ。

あとは馬栄《マーロン》が夜間の蔣《チャン》邸監視状況を述べ、特に異状なかったので、朝になって巡査二名を残して自分はいったんひきあげたと報告した。

箸を置いた狄《ディー》判事が食後の茶を飲みがてら、麵店での騒動を話してきかせた。話がすむと馬栄《マーロン》が露骨に失望をおもてに出して、大声で嘆いてみせる。

「あーあ、おれも連れてってくださりゃよかったのに!」

「いやいや、馬栄《マーロン》。それでなくても私だけで目立ちすぎたし、毛禄《マオルー》にはどうせ会うさ。連行役はおまえに任せたいのだからな。そうすれば従兄が殺された晩にやつも一緒にいたか、素娥《そが》の死について何か知っているか確認できる。紅鯉亭なる旅館へ行って、乞食組合の親分に毛禄《マオルー》の所在を訊け。見つけ次第しょっぴいてこい。それとあの老親分にこの銀粒二つをやってくれ。あいつには世話になったし、乞食仲間をきっちり取り締まっているのもよくわかった。だから、この金は政庁からくだされたほうびだとでも伝えておけ」

さっそく出かけようとする馬栄《マーロン》を、手を上げて呼びとめる。

「あわてるな！　まだ終わってないぞ。ゆうべはいささか多忙でな」

それから韓永漢《ハンユンハン》の一件を話した。韓《ハン》を誘拐した一味については、白蓮教団などという剣呑な名はひとまず伏せて、さる大きな賊の首魁を名乗ったと言うにとどめた。ひととおり聞き終わったところで、喬泰《チャオタイ》が大声を出す。

「そんなでたらめ聞いたこともない！　まさか、あいつの言い分なんか真に受けておられませんよね？」

狄《ディー》判事は平然としている。

「韓永漢《ハンユンハン》は狡知と冷血をあわせもつやつだ。むろん、あいつは画舫の宴でたぬき寝入りして、舞妓の話に聞き耳をたてていた。そうやって、自分の非道な陰謀をお上に通報しようという妓の意図を察知した。そして昨日の昼下がりには妓殺しをもみ消させようと説得をこころみ、無理だと分かると脅しに訴えることにした。ゆうべの一件がそれだ、うまい手だな。わざと荒唐無稽な話をしたのは目くらましが目的じゃない。そうではなくてだな、告発できないよう擬装をほどこした上で、ひたすら私を脅すのがねらいだ。かりにそんなよた話をたねに韓《ハン》を告発したら、上の覚えはどうなることやら想像はつくだろう。もしも本気でたばかろうというなら、もっと巧妙な話を仕組むはずだと言い渡されるのがおちだ。もっていきかたも堂に入ったものだ。娘の前で話をしたうえ、どちらにもこめかみの打撲傷を見せて——むろん自作自演の傷さ。それひとつとっても、どれほど危険なやつかわかるだろう」

「あの二枚舌のでぶめ、拷問にかけてやる！」馬栄《マーロン》が息巻く。

「残念ながら、使えそうな証拠が一片もない」狄《ディー》判事が応じる。「有罪だという手ごたえがない限り、拷問による尋問は使えん。それにだ、証拠集めは障害が山積みだぞ。ま、韓《ハン》には真に受けたふりをして、画舫の水夫の一人が疑わしいと言っておいた。これで首尾よく脅したと思いこみ、いずれ油断してぼろを出すだろうよ」

それまで全身を耳にしていた洪《ホン》警部がここで質問した。

「杏花がお話ししたさいに、卓の背後には絶対にひとがおりませんでしたか？　給仕や、芸妓のだれかれが？」

狄《ディー》判事が真顔で洪《ホン》を見ながら、おもむろに答える。

「いや、洪《ホン》、そっちは確信がない。少なくとも、給仕はあやふやだ。芸妓は絶対にいなかった。五人ともちょうど前方の視野に入っていたから。だが、給仕のほうは……連中の存在など気にかけるまでもないと、ふつうは思いがちだからな……」

考えこんで口ひげを引っぱる。

「もしもそうでしたら、閣下」洪《ホン》警部が重ねて述べる。「韓《ハン》の話が嘘でないという可能性も除外するわけに参りますまい。盗み聞きしたのは給仕かも知れません。ただし、相手は韓《ハン》だと勘ちがいしたんですな。杏花はおふたりにはさまれていましたし、背後からでは韓《ハン》のうたたねはわかりますまい。陰謀とやらにその給仕もぐるだったに決まっております。そいつが主犯に知らせ、杏花を殺させた。そのあとで杏花の話が韓《ハン》の口づてに閣下に届かないよう釘をさす必要が生じたので、韓《ハン》をさらって脅したというわけです」

「もっともな理屈だな、洪《ホン》！」いったんはそう述べた狄《ディー》判事だったが、すぐさま言い直す。「いや、待て！　その給仕に誤解の余地はない。はっきり覚えているが、大官さま、と杏花は呼びかけたんだから」

「もしかすると杏花の話をすべて耳に入れたわけではないかも。初めだけ拾って、すぐ離れたんですよ。囲碁の話までは聞いておりません。その証拠に、韓《ハン》をさらったやつもその話を出しませんでした」

狄《ディー》判事は答えるどころではなく、内心愕然としていた。かりに韓《ハン》の話が嘘でないなら、白蓮教団が復活したことになる！　どんな命知らずの下手人でも、でっちあげにあんな恐ろしい名をわざわざ使うまい。だとすれば、あの芸妓がつかんだのは社稷《しゃしょく》をゆるがす謀反計画だ。なんということだ、殺人どころの騒ぎではない。ひとつ間違えば国の安寧をゆるがしかねんではないか！　かろうじて落ち着きを取り戻し、うわべは変わりなく口を開いた。

「背後にだれかいたかという問題に答えられるのは銀蓮だけだ。馬栄《マーロン》、毛禄《マオルー》を捕縛したら柳街へ回って、銀蓮と話をするがいい、大立ち回りのほうびをかねた余禄だ！　韓《ハン》が居眠りしているのに気づいたのはどうしてか、どこからどうやって韓《ハン》に酒杯を持って行ったか、ひととおりくわしく説明させろ。その合間に、私の背後にだれが立っていたか、さりげなく引き出せ。せいぜいうまくやってくれよ！」

「ぬかりはありません、閣下！」馬栄《マーロン》はうれしそうだ。

「さて、もう出かけませんと。毛禄《マオルー》がねぐらを出ないうちに押さえてきます」

戸口を出ようとして、書類をどっさりかかえた上級書記と鉢合わせしかけた。机上にその書類がどさどさおろされると、洪《ホン》警部と喬泰《チャオタイ》が腰掛を寄せて仕分けにかかる。それがすむと、二人して判事の目通しを手伝った。行政案件に急ぎの件がだいぶあり、狄《ディー》判事が最後の書類を閉じたときには午前もかなり過ぎていた。

判事は椅子にもたれ、洪《ホン》に茶をいれてもらって口を開いた。

「あの誘拐の件がどうもひっかかる。馬栄《マーロン》が銀蓮から聞くのはいいとして、こっちはこっちでやりようがあるしな。洪《ホン》、公文書室から県の詳細地図を持ってこい」

警部が太い巻子を小脇にかかえてきた。喬泰《チャオタイ》の手を借りて机上に広げる。漢源《ハンユアン》県の詳細な彩色地図だ。狄《ディー》判事はていねいに調べ、目当ての場所を人さし指で示した。

「そら、韓《ハン》が誘拐されたという寺はここだ。それから東方面へ行ったそうだが、そのとおりらしい。まず山の手の別荘地区を水平に伸びる道をとり、山腹づたいに下の平地へ出る。かりに韓《ハン》の言い分が本当なら、道はこれしかない。下町へ出たのなら、あの急階段に韓《ハン》が気づかないはずがないし、北や西なら山奥へ分け入ったはずだ。だが韓《ハン》の説明では、下り坂のあとで平地に出て、道の角を三回折れたそうだ。ここにあるこの街道の道筋とぴったり符合する。この街道は県東部の稲作地帯を横断し、漢源《ハンユアン》と隣の彊北《チャンペイ》県をへだてる河にかかった橋のたもとの軍警察舗《こうばん》を通過する。

これが城壁に囲まれた普通のまちなら、東城門の守衛をちょっとただせばわかる話で、苦労はないんだが。ともあれ、実地検分は可能だ。韓《ハン》はゆうべのうちに、まちからその正体不明の家を輿で往復している。賊とそう話しこんだわけでもないから、遠出に一時間かかったとしても、さほど的はずれじゃなかろう。この道路を一時間行けば、輿でまちからどこまで行けると思う、喬泰《チャオタイ》?」

喬泰《チャオタイ》が地図にかがんで、なめるように見る。

「夜はいくぶん涼しいですからね。輿丁の足も軽いでしょう。この辺じゃないでしょうか、閣下」

平地のさる農村を囲むように、指で丸を描いた。

「ふむ、うまい見当だ! 韓《ハン》の言い分がうそでなければ、きっとその付近に別荘があるだろう。門までたくさん階段をあがったと言っていたから、おそらく小高い場所だな」

そこへ戸が開いて、馬栄《マーロン》が入ってきた。意気消沈のていで判事に挨拶すると、腰かけにどさりとかけながら、うなり声を上げる。

「あああああ、今日は一から十までついてない!」

「たしかにそうらしいな。どうした?」

「あのですね、まず魚市場へ行きました。百回ぐらい尋ね回って、迷路みたいな臭い路地裏でようやっと紅鯉亭をつきとめましたがね。へっ、旅館が聞いて呆れますよ。壁の穴ってだけです! 隅であの老いぼれが舟漕いでたんで、さきほどの口上通りに銀二粒を渡しました。喜んだ? とーんでもない。あの唐変木め、たちの悪いいかさまじゃなかろうな、と疑ってかかるんで、しょうがないから身分証を見せてやりました。それでもまだ贋金じゃないかと疑って銀粒を噛み、がたのきた歯を欠きそうになる始末です! ようやっと納めたあとで毛禄《マオルー》が女連れで近所の女郎屋にしけこんだと教えられ、真に受けてそっちへ行きました。で、女郎屋ですが。いやはや、きったねえ穴ぐらで! 人足や轎夫《かごかき》が幅きかせてるようなうちです。その吹きだまりをやってる因業ばばあが吐いたのはたったひとつ、けさ早く、毛禄《マオルー》と女と片目の仲間が彊北《チャンペイ》へ発っちまったってことだけでした。ざっとこんな塩梅ですよ。

そこで柳街へ行きました。われながら、それでご機嫌になってりゃ世話ないですよ！　いやもう、なんというか。あの銀蓮って妓は二日酔いの妓楼主とやりての介抱に追われ、虫の居所は最低でした。でも、もしかしたら閣下の後ろにだれかしらいたかもね、とは言ってました。ですが、給仕か宰相かまでは、あの鈍ちん女の手にゃ負えません。まあその、以上で報告終わります！」

「そうか、期待してたんだが」と狄判事《ディー》。「女扱いのうまいおまえなら、死んだ舞妓の話もうまいこと引き出してくれるかな、と」

馬栄《マーロン》が心外そうな顔をする。

「妓のほうが」ぼそりとこぼす。「妓楼主より、やりてよりひっでえ二日酔いだったんですよ」

「まあいい」狄判事《ディー》がまばたきして笑いをこらえる。「いつも順風満帆とはいかんさ、馬栄《マーロン》。さて、こいつを見てくれ。これからみなで県の東部を巡視にでかけ、韓《ハン》の話に出てきた家の所在をつきとめてみる。不首尾なら韓《ハン》の話がうそだとわかるし、その一帯を実地検分するいい機会だ。県の穀倉地帯なのに、これまで視察の時間がとれなかったからな。東の県境まで出て、夜は付近の村に宿を借りる。少なくとも田舎の景色は堪能できるわけだから、頭から蜘蛛の巣を払う足しにはなるだろう。馬を三頭選んでおいてくれ、馬栄《マーロン》。それと、今日の公判予定を取り消してくれ。どうせ二事件とも、民に進捗状況を教えるわけにはいかん」

馬栄《マーロン》はわずかに気を取り直したようすで、喬泰《チャオタイ》と退室した。判事は洪《ホン》警部に言う。

「暑いなかでの平地の遠乗りは、おまえには荷が重かろう、洪《ホン》。留守をひきうけて、公文書室を調べたほうがいい。おまえなら、萬《ワン》親方と蘇《スー》親方の記録をもれなく探し出せよう。そして、昼飯がすんだら王一凡《ワンイーファン》の住まう坊へ出張ってくれ。王《ワン》は劉対蔣《リウチャン》事件にも一役買っているし、大官の無茶遣いにもからんでいる。劉飛泊《リウフェイポ》ほどの名だたる豪商が、王《ワン》のようにうさんくさい周旋屋をひいきにするなど筋が通らん。わけても王《ワン》の娘の件で裏をとってくれ」

しばしあごひげをなで、また口を開く。

「私としては、梁《リャン》大官の件がどうにも気にかかる。甥が大官のありさまを耳に入れた以上は、今後、一族にあれこれ頼られて、あのご老体が全財産をどぶに捨てるのを知事の権限で阻止してくれとすがられかねない。だがなあ、甥が横領していないか、舞妓殺害にかかわりないか裏を取るまでは、こっちも動くに動けんのだよ」

「それでは、午後にその若者と会って参りましょうか、閣下？」警部がうかがいを立てる。「一緒に帳簿をくまなくあらため、王一凡《ワンイーファン》がどんな役回りか目星をつけられるかもしれません」

「妙案だ！」

狄《ディー》判事は筆をとり、梁奮《リャンフエン》あてに簡単な添え状を書いた。それから公用箋をとって数行書きつけ、政庁の大きな朱印を押した。

「こっちは山西省《シャンシー》平陽《ピンヤン》県の同役あて依頼状だ。范《ファン》家の詳細情報、とりわけ当地では杏花で通っていた荷衣《ホウイ》なる娘について折り返し早飛脚で送るよう頼んでおいた。漢源《ハンユアン》のような遠いまちに売ってほしいとたって願い出るとは不思議きわまる。おそらく、杏花殺害の根は生まれ故郷にある。急使を仕立ててこの手紙を送らせてくれ」

立ってこう述べる。

「軽い狩猟服を出しくれ、洪《ホン》、それと乗馬靴だ。ここはいったん政務を離れたほうがいい。気分転換すれば、流れを変えられそうな気がする」

12

副官両名は暴徒を散らし
いかさま師は謎を教える

院子で、馬を三頭引いた馬栄《マーロン》と喬泰《チャオタイ》が待っていた。

狄《ディー》判事が馬をあらためたのちに、三人して軽やかに馬上の人となり、重い正門を開けさせて政庁を出た。

東へ馬を駆ってまちを出るや、岬もどきに突き出した崖に出た。眼下に肥沃な平野がひろがる。

いっきに平野へと駆けくだり、道の両脇にどこまでも波うつ緑の穂を眺める。

「実入りはよさそうだ!」判事がうれしそうに述べる。

「ことしの秋は豊作だろう。だが、別荘は見あたらんな」

小さな村で馬をとめ、ひなびた旅館でつましい昼飯をとった。挨拶にまかりでた里正に別荘はないかと尋ねたが、老里正はかぶりを振った。

「この辺にはれんがの家なんかございません。地主の旦那衆は山の手です。涼しゅうございますから」

「韓《ハン》はいかさま野郎だって言いませんでしたかね」馬栄《マーロン》がぶつくさ言う。

「先へ進めば進展があるかもしれんよ」判事が応じた。

半時間後にべつの村についた。せまい道の両側にあばら家が建ち並ぶ。しばらく行くと、前方で騒ぎが起きている。そちらの市場の中央に立つ大樹の木陰に農民が群がり、てんでに杖だの棍棒だのを振り回して声をかぎりにわあわあと罵っている。判事が馬上でのびあがると、木の根元で倒れた男をよってたかって袋叩きにしているのが見えた。男は血まみれだ。

「こら、即刻やめんか!」狄《ディー》判事がどなりつけたが、だれも見向きもしない。怒った判事が馬上で身をひねって副官二名をうながす。「あの田舎者どもを追い散らせ!」

地にとびおりた馬栄《マーロン》が喬泰《チャオタイ》ともども群衆に殺到し、手当たり次第にその辺にいたやつの襟がみとずぼんの尻をひっつかんで頭上にさしあげ、暴徒めがけて投げ飛ばすや、自分も飛び込んで拳と肘鉄をふるって血路を開く。喬泰《チャオタイ》が背後につづき、またたくまにふたりして大樹にたどりつくや、呻き声をあげる男にたかっていた連中をひっぺがした。馬《マー》栄《ロン》がどなりつける。

「控えんかあ、この田吾作どもが！　知事閣下のご到着が目に入らんのか！」と、判事を指さす。

みないっせいに振り向き、堂々たる騎馬の判事を見てあたふた矛をおさめた。老人が進み出て、馬のわきにひざまずく。

「手前は」つつしんで言上する。「当村の里正でございます」

「いったい何ごとか、報告せよ！」判事は命令した。「そこで袋叩きに遭っている男が罪人なら、打ち殺すのでなく漢源《ハンユアン》政庁へ連行するのが里正のつとめだろう。勝手に律令をないがしろにするとは言語道断の重罪であるぞ。いやしくも里正ならば、それくらいのわきまえがなくてどうする！」

「なにとぞお許しを！　不届きには違いございませんが、それにはわけがございます。この村の者どもはのきなみその日暮らしで、食いぶちのために朝から晩まで汗水たらしておりますが、そこへあのばくち打ちがやってきては、なけなしの銭を好き放題に巻き上げるのでございます。しかも詰め物をしたいかさまさいころを振っており、あちらの若い連中が現場を押さえました。閣下、なにとぞなにとぞお裁きのほど！」

「いかさま現場を押さえた者を御前に出せ！」狄《ディー》判事が命じた。馬栄《マーロン》には、「あの袋叩きにあったやつをこちらへ連れてこい！」

腕っぷしの強そうな農民と、ひどいありさまのやつれた初老の男がすぐ路上にひきだされた。

「この男がいかさまを働いた証拠でもあるのか？」判事がただす。

「こちらでごぜえます！」袖から二個のさいころを取り出して農民が答え、判事に渡そうと立ちかけるや、それまで

里正の釈明

同じくひざまずいていたけが人も立ち、目にもとまらぬ早さでさいころをひったくって手玉に取りながら大見得を切る。

「このさいころに詰め物なんかしてあったら、天地もろもろの災いがこの痩せ首に落ちるがいいわい！」

その上であらためて最敬礼し、判事に渡した。

狄《ディー》判事のほうは掌で転がしてつぶさにあらためながら、そいつをじろりと睨む。五十がらみの男だった。骨と皮のひょろひょろで、あちこち白い筋の入った髪をざんばらに振り乱し、うらなりのしわっ面はむざんに殴られて形が変わり、額がぱっくり裂けて血がだらだら垂れている。左頬には銅貨大のほくろから三本の毛が数寸伸びている。狄《ディー》判事がにべもなく農夫に言った。

「これは詰め物さいころではないし、ほかに細工の形跡もない」里正に放ると、驚いてぶつぶつ言いながら受け、よってたかって調べにかかった。

その矢先に、判事がきついお叱りを浴びせる。

「以後は肝に銘じておけ！　賊や不正地主に脅かされることがあればいつでも政庁へ来るがいい。訴えの筋をわけへだてなく聞いてやろう。だが、ふとどきにも法を軽んじるなど二度と許さん。今度やったら厳罰だぞ！　そら、さっさと野良に戻れ。くだらん手慰みで金と時間をどぶに捨てるな！」

里正は地べたにひざまずいて叩頭し、寛大なお裁きをありがたく受けた。

けが人のほうは馬栄《マーロン》に命じて馬に相乗りさせてやり、また先を急ぐ。

つぎの村までくると井戸で男の身体と衣服を洗わせた。そのひまに狄《ディー》判事は里正を呼び、付近に小高い土地に立つ別荘の心当たりがないかとただした。が、ないという。あべこべに別荘のしつらえやら持ち主を訊かれ、この道のうんと先へ行けば、あるいはひょっとして、などという。それで、このまま先へ進むことにした。

けが人が判事に最敬礼して礼を述べ、ここでおいとましますと述べる。だが、見れば顔色はひどいし、びっこを引いている。それで、そっけなく言った。

「県境の舗《こうばん》まで同行せよ、そのざまでは医者が要る。賭博をなりわいにするのは感心せんが、このまま見過ごしにはできん」

午後たけて、県境の村にきた。馬栄《マーロン》に命じて土地の医者へ男を連れて行かせると、判事自身は喬泰《チャオタイ》を連れて、橋のたもとにある軍警察の舗《こうばん》に出向いた。

当直の伍長が兵十二名を整列させる。鉄兜やよろいはいずれもぴかぴかに手入れされている。兵たちの整列ぶりからもゆきとどいた軍規がうかがえる。武器庫に回りながら伍長の話を聞く。隣の彊北《チャンペイ》県は黄河を擁し、県境の河はその支流にすぎないが舟の往来はさかんだ。この流域は平穏無事だが、彊北《チャンペイ》のほうでは武装した賊に襲われる事件が四、五件も起き、最近になって舗《こうばん》も兵員増強されたという。

護衛かたがた伍長の案内で、小さな旅館へ行く。亭主が腰低く出迎え、馬は馬丁に預けて亭主自ら判事の重い乗馬靴を脱がせ、やわらかい藁鞋を貸し出す。狄《ディー》判事は二階の客室へあがった。ろくな家具はないかわり、掃除は行きとどいている。亭主が窓を開けると、屋根並みのかなたに、落日に赤く染まる大河が輝く帯となって伸びていく。

召使いが燭台と、手ぬぐいをひたしたたらいの湯を運んで来た。判事が顔や身体をぬぐっていると、馬栄《マーロン》と喬泰《チャオタイ》が入ってきた。馬栄《マーロン》が判事に茶を出すと、こう報告する。

「妙ないかさま師もいたもんですねえ。あいつは南者で、若いころは絹物屋にいたそうです。そしたら番頭と女房がぐるになって、店の物に手をつけたとでっちあげをお上に訴え、鞭打ち刑を食らいそうになって逃げたとか。留守中に女房は番頭の妾におさまり、ほとぼりがさめたころに戻ってきて逃げようとすがっても、鼻で笑って相手にしなかったとか。それ以来、国中を流れ歩いて何年にもなるそうです。進士顔負けのきざったらしい口きいて、周旋屋だとか言ってましたが、おれの勘じゃあ江湖の客ですね。早い話が渡り詐欺師ですよ!」

「そういう手合いは判で押したように悲しい身上話をしたがる」狄《ディー》判事が評した。「二度と会うことはあるまい」

そこへ戸を叩く音がして、人足ふたりがかりで大きな手さげ籠を四つさげてきた。そのうちふたつには、みごとな大魚三匹に生姜をきかせた煮つけ、それに塩卵の大鉢と飯の盛り合わせが入っていた。差出人の赤い名刺をみれば、さっきの伍長からの心づくしだ。あとの籠ふたつには鶏の丸焼き三羽、それに豚と野菜の煮物三品に湯《スープ》がそえてある。この村の里正以下おもだった顔役の歓迎のしるしだった。宿の亭主も気持ちばかりのおしるしに、給仕にもたせて酒壺三つをよこした。

料理がすっかり卓に並ぶと、狄《ディー》判事は赤い紙に銀を包み、祝儀として人足に与えた。それから副官二人に声をかけた。

「こうしてみんなで地方回りに出ているんだ、かまわんから無礼講でいこう。席について一緒に食べよう！」

馬栄《マーロン》と喬泰《チャオタイ》は固辞したが、たってのお声がかりで、とうとう判事のさしむかいに腰をおろした。遠乗りのおかげで、何もかもすばらしくおいしい。三人で気持ちよく飲み食いし、狄《ディー》判事も機嫌がいい。韓《ハン》の話はうそだと判明した。これで下手人は韓《ハン》と決まった。いずれ口実をもうけて逮捕しよう。なにもかもただのでっちあげ、白蓮教徒が復活したなどという懸念ももう無用だ。

食後にのんびり一服していると、給仕が狄《ディー》判事あての大封筒の手紙を届けにきた。差出人は陶侃《タオガン》なる人物で、端正で上品な筆跡文章で、礼を尽くして知事閣下に訪問のうかがいを立てている。

「おおかた村の三役だろう」狄《ディー》判事が言う。「お通しせよ」

意外や意外、入ってきたのはあのやせっぽちのいかさま師だった。医者にかかったのちに村の店でもかもにしたとみえ、額の包帯はともかく瀟洒な風采にさまがわりしている。黒紗襟をきかせた青衣をあっさり着こなし、悠々自適の老紳士をきどって黒紗帽を高々といただく。あらためて最敬礼しながら、上品な言葉つきでこう言った。

「数ならぬてまえは陶侃《タオガン》と申し、僭越ながらご挨拶にまかりこしました。いかな美辞麗句も意を尽くすに足りぬほどのご高恩をこうむ――」

「そのくらいにしておけ！」狄《ディー》判事の方はとりつくしまもない。「私より、神にでも感謝することだな！　同情しているなどと思うな、たぶん因果応報でいうとあんなものでは足りなかったはずだ。なにか小細工をして農夫どもをだましたのはまちがいないが、だからといってわが県で違法な私闘は困る。だから急場を救ってやったまでだ」

「仰せごもっともなれど」と、やせっぽちがしぶとく食い下がる。「ご高恩の一端なりとお返しいたしたく、閣下のためにいささか微力を尽くすお許しをいただきたく。おそれながら閣下には、誘拐事件捜査の途上とお見受けいたしますので」

狄《ディー》判事はかろうじて驚きを押し隠した。

「何のことだ?」と、鼻であしらう。

「はばかりながら、てまえどもの稼業では」陶侃《タオガン》が苦笑まじりに述べる。「一を聞いて十を知る眼力と血の巡りが欠かせません。さきほど閣下が田舎別荘にまつわるご下問をなさる様子をたまたま小耳にはさみましたが、どうもお見受けするところ、その別荘の体裁も持ち主もあまりよくご存じではなさそうで」

おもむろに頰のほくろ毛を人さし指に巻きつけ、さも当たり前のように話をつづける。

「かどわかしの手合いは獲物に目隠ししたのち遠くへ連れだし、あれこれ脅しつけて家族に便りを書かせて大枚の身代金をせしめます。そして金を受け取ったら人質を殺害するか、やはり目隠しつきで送り返します。後者ですと、そんなご難に見舞われたお方はどちらへ向けて運ばれていったやら、はっきりしない場合もございます。とらわれた家の外観内装はたまた持ち主の名などはましで思案のほかで。そんな卑劣なやつばらのかもとなったお方が閣下の政庁に訴えたのではと拝察し、僭越にもひとこと申しあげたく存じた次第です」

そう言って、やつれた顔でまたも最敬礼する。

こいつは侮れないと、狄《ディー》判事は内心見直した。

「便宜上、いまのが一応正しいと仮定しよう。で、言いたいことというのは?」

「まず」陶侃《タオガン》が答える。「この県内ならくまなく歩き回っております。この平野にお尋ねのような家はございません。逆に、漢源《ハンユアン》の北と西の山中でしたらそういう家がたしかにございます」

「では、道のおおかたは平たい道路だったと人質がはっきり覚えているとしたら？」判事が尋ねる。

世をすねた顔に、人を食った笑みがあらわれる。

「その場合は、閣下。お尋ねの家は漢源《ハンユアン》のまちにございます」

「そんな理不尽な話があるか！」狄《ディー》判事が一喝する。

「いえいえ、理はちゃあんとございますよ」すましたものだ。「その一味に欠かせないのは、うんと広く風情あるお庭と小高い土壇だけでございます。そうして輿で人質を敷地内にかつぎこみ、一時間ほどぐるぐるその辺を回ります。まあお芝居のうまい連中で、土壇を越えながらときたま、あっちの谷に気をつけろとかなんとか、いろいろ当意即妙なせりふの掛け合いをしまして、山地を抜けるように思わせます。ああいった賊どもは、日頃からそんな腕をぬかりなく磨き、ここぞという時と場所で出してきますので」

おもむろに頬ひげをなでてとつおいつしながら、やせた男をしばし見守り、そのうちにこう言った。

「なかなか面白かった！　後日のために覚えておこう。さて、出て行く前に私からもひとこと。足を洗え。それほどの頭があるのだ、なにも日陰の身でなくともじゅうぶん身は立つ」帰らせようとしかけて、ふと思いついた。「ついでながら、さいころの件ではどうやってあの農夫どもをだしぬいた？　ただ知りたいだけだ、とがめはせん」

やせっぽちがふっと笑い、給仕を呼んでいいつけた。

「階下から、閣下の乗馬靴を右足だけ持って来てくれ！」

給仕が靴を持ってくると、陶侃《タオガン》は器用に指をすべらせて、靴の折り返しからさいころを出し、判事に渡した。

「この詰め物さいころをあの田舎者からひったくり、掌に隠し持っておりました普通のさいころ一対とすりかえて閣下のごらんに入れました。閣下がそちらのさいころを調べておいでになり、皆の目がそちらへあつまったすきに、いかさまのほうは閣下のお靴に余裕でお預けできました。ま、急場しのぎでございますが」

狄《ディー》判事はもうたまらず、思わず声を出して笑ってしまった。

「かけねなしの話で」その口調にてらいがない。「裏社会の詐術策略にかけては、国中広しといえど小生の右に出る生き字引はおりますまい。公私文書に印章偽造、玉虫色の契約書申告書の文言作成、戸口や窓や金庫の通常秘密とわず各種錠前や鍵の破り方は、いずれも十八番にしておりますまた、隠し通路や隠し戸のようなからくりにも詳しゅうございます。さらに読唇術を用いて、遠く離れた者の話を悟り――」

「待て！」狄《ディー》判事は急いでさえぎった。「ご立派な目録の末尾だが、本当にそうできるのか？」

「はい、閣下！　婦女子でしたら、まあ、濃いあごひげや口ひげをたくわえた老人より簡単に読めるとだけ申し上げておきましょうか」

判事は絶句した。その方法ならなにも韓永漢《ハンユンハン》でなくとも、あの室内に居合わせたほかの人間に杏花の話を読み取られた可能性もでてくる。顔をあげると、陶侃《タオガン》が声を低めた。

「副官の方にはさきほど、世をすねるに至った不幸な過去の話を申し上げました。その苦悩にもがきまわったあげく、もう人間が信じられなくなってしまったのです。そうやって三十年がほども国中を流れ歩き、手当たり次第に人を欺くのを喜びとしてまいりました。ですが、誓って申しあげます。これまでいちども人を殺《あや》めたり不具にしたことはなく、また、再起不能の損害も与えておりません。そして本日こうして閣下のお人柄に接し、新たな目で人生を見るに至りました。つまり、江湖の客としてはすっぱり足を洗いたいと。これまで培った手と頭のわざは渡世に欠かせませんでしたが、おそらくは犯罪捜査や極悪人逮捕にもお役に立つのではないかと。以上の次第で閣下の政庁にまげてご奉公をお許しくだされたく、数ならぬ身ながらかく直訴にまかりこしました。家族はございません――はるか昔に愚妻の肩をもちましたので、もろともに縁を切りました。また、多少はたくわえもございます。世のお役に立つような人間になるべく、閣下の謦咳に接する日々こそ、なににもまさる報酬と心得ます」

あらためて、狄《ディー》判事がこの妙な男をひとにらみする。世をすねた顔の下に真摯ないろが透けて見える。しかも、すでにこの者の手で重要情報がふたつも寄せられ、ほかの副官にない特殊知識や経験の蓄積がある。鍛えようではこの男、自分の下でいかんなくその能力を発揮しないとも限らない。とうとう、こう声をかけた。

「わかってほしいのだが、陶侃《タオガン》よ、ここで即答するわけにはいかん。ただしその志を認め、試用期間としてわが政庁で数週間ほど勤務を許そう。希望をいれるかどうかは、あらためてその後に決定する」

陶侃《タオガン》は床にひざまずき、三叩頭して主従の礼かたがた謝意を示した。

「この者たちは」判事がつづけた。「いずれも副官だ。持てる能力を尽くして二人を助けるがいい。そうすれば、彼らのほうも、政庁の仕事をいろいろと教えてくれるだろう」

陶侃《タオガン》はどちらにもきちんと礼を尽くした。喬泰《チャオタイ》はどっちつかずの顔でやつれた顔をまじまじ見ていたが、馬栄《マーロン》は骨ばったその肩をぽんと叩いて大喜びで言った。

「そいじゃ、さっそく階下へおりようぜ、兄弟！　いかさまの手をいくつかご指南願おうかい！」

喬泰《チャオタイ》は一本だけ残して蠟燭を吹き消し、判事に挨拶して、ふたりのあとから階下へおりた。

そのあとも、狄《ディー》判事はひとりで卓についていた。蠟燭の炎にたかる羽虫の群れを、考えごとをしながら上の空で眺めている。

陶侃《タオガン》のおかげで、韓《ハン》の話がうそでない可能性もでてきた。韓《ハン》が誘拐された先をつきとめられなかったにせよ、白蓮教団が叛逆と腐敗の邪悪な網を帝国中に張りめぐらしにかかっているという可能性をまた考慮に入れねばならん。漢源《ハンユアン》は孤立した小さなまちだが、戦略上の要衝であり、国のかなめである都にもほど近い。ならば玉座をうかがう陰謀の本拠地には最適だ。漢源《ハンユアン》に着任早々、水面下で何やら邪悪な陰謀が進行しているような圧迫感を本能的に覚えたのも、虫が知らせたのだ。

すでに判明したように、画舫の食堂にいた客のだれかが読唇術で杏花の話を察知したのなら、そのなかに白蓮教徒がいて、殺す決意をかためてもおかしくはない。韓永漢《ハンユンハン》の潔白はありうるが、連中の首魁であってもおかしくないのだ！　劉飛泊《リウフェイポ》にもやはり両方の可能性がある。巨富を擁し、しじゅう旅し、政府に遺恨がある――こうしたもろもろを考え合わせると、いかにも下手人らしく思える。ああ、しかも、あの宴席につらなった全員で芸妓殺害を共謀した可能性だってあるのだ！

判事は憤懣やるかたなく、かぶりを振った。白蓮教団という名の恐怖が早くも片鱗をあらわし、筋道だった思考を妨げている。そもそもの発端から、すべての事実に再考を要する。すべて出直しだ、一からすべて……。

蠟燭が燃えつきかけてぱちぱちとはぜた。判事は溜息まじりに卓を離れ、上着と帽子を脱いで、木の寝椅子に横になった。

13

警部は柄にもなく疑われ
偽坊主は弟子で足がつく

翌朝の夜明けとともに、狄《ディー》判事と連れ三名は県境の村をあとにした。そして馬をひた走らせ、正午前には政庁に戻ってきた。

判事はまっすぐ官邸へ行って熱い風呂を使い、青木綿の薄い夏衣に着替えて執務室へ行くと、洪《ホン》警部に陶侃《タオガン》を引き合わせた。そこへ馬栄《マーロン》と喬泰《チャオタイ》も入ってきて、めいめい適当な腰掛をもらって執務机の前に勢ぞろいした。陶侃《タオガン》は新参者らしく控えめだが、必要以上に卑下するふうもない。どうやら、この風変りなやつはどこであれ与えられた場にすんなり溶けこめるらしい。

まずは、留守居役をつとめた洪《ホン》に狄《ディー》判事の口から道中のできごとを教える。田舎の別荘が見つからなかったが、陶《タオ》侃《ガン》のおかげで目から鱗が落ちたと語った。その後に警部の報告を求めた。

洪《ホン》が袖から手控えを出し、説明にかかった。

「萬《ワン》親方については、公文書室に子どもたちの出生届とか納税申告書など、お定まりの書類があるくらいです。ですが、上級書記から詳しい話を仕入れました。なんでも萬《ワン》はたいへんな大金持ちで、金と宝石を扱うまちいちばんの大店を二軒構えております。自他ともに認める酒と女好きですが、商いのほうはたしかだと目され、信用もあります。なんですか、近ごろ何やら資金繰りをしくじったらしく、複数の金仕入れ先にかなり多額の支払い遅延をよぎなくされたとか。ですが、萬《ワン》さんのことだからいずれ埋めあわせてくれるよ、と、みんなまったく心配しておりません。

蘇《スー》親方も評判は上々です。ですが、芸妓の杏花に手もなくのぼせて、しかも見向きもされなかったおかげで、世間からは小ばかにされています。蘇《スー》はその件で相当参っていました。蘇《スー》さんのためにはかえってよかったじゃないか。悲しみが癒えたら、堅気のしっかりした女をもらえばいいさ、というのが衆目の一致した見方です」

警部が手控えに目を落とし、先に進む。

「お次に王一凡《ワンイーファン》の自宅界隈へ出てみました。あまりよく言うものはおりません。いかさまもどきな契約で自分ひとりが得をしたがる、ずるくて得手勝手なやつとみられています。劉飛泊《リウフェイボ》お抱えの便利屋のようなもので、ときには代理で小額資金を募ったりもしています。むろん、箱入り娘の体面というものを考えて、ほうぼうでうわさを出す気はもとよりございませんでした。ところが街角で店を出している小間物売りのばあさんを見かけ、ひょんなことから話が出まして。あのての物売り女たちというのは奥向きに出入りし、たいていは事情通です。そこで王《ワン》さんとこの娘さんを知っているかと尋ねてみました」

そこで、きまり悪そうに判事を見ると、さりげないふうを装って話をつづけた。

「すぐこう言われました。だんなさん、そんな歳でお盛んなもんですね。そりゃもう、よおく知ってますともさ。寸の間で宵の口だけなら銭二緡、お泊りなら四緡が言い値ですけどね。精出してようく勤めますから殿方には評判いいんですよう、だそうです。いやそうじゃないんだ、西坊界隈で王《ワン》嬢さんの話がよく引き合いに出されるんで、そんなにいい方ならと青物屋に媒《なこうど》を頼まれたんだよ、と説明しておきました。すると、西坊の人たちって、なあんも知らないんですねえ、と、こうです――ここじゃ誰知らぬ者のない話ですよ。あそこの娘は生みのおふくろが死んだあとは放埒三昧なんだから。それでおやじがある進士の妾にあてがおうとしたんだけど、さすがは進士さまだけあってあっさり袖にされちゃった。いまじゃ、体で稼ぐ娘におやじは知らん顔です。王《ワン》はけちだからねえ、娘に出す金が助かるってんで、たしなめるどころか有卦《うけ》に入ってますよ、などと申しておりました」

「では、あの恥知らずめ、法廷でうそ八百を並べおったのか！」狄《ディー》判事が怒声をはりあげる。「いずれ思い知らせてやるぞ。それで、梁《リャン》大官の方の首尾はどうだった？」

「梁奮《リャンフエン》は若いのに勉強家のようですね。いっしょに二時間以上も帳簿を調べました。いろんな材料を考え合わせますと、あの者の言う通り、大官が急ぎまとまった金を手にするために捨て値であちこちの地所を売り飛ばしているという結論が出ました。ですが、得た金の使途については裏がとれません。あの秘書が気に病むのはもっともです」

それまで熱心に聞き入っていた陶侃《タオガン》が、ここで意見を述べた。

「俗に、数字は嘘をつかないと申しますが、閣下、要は使いようひとつです。ちょっとした処理ひとつで、本当にも嘘にもなります。ことによるとその甥が、帳簿に手を加えて使い込みをごまかしたんでしょうよ！」

「その可能性なら、とうに考えた」判事は言った。「だとすれば腹立たしいが」

「けさがた、まちへ戻る道すがら」陶侃《タオガン》がさらに述べる。「馬栄《マーロン》さんに、劉対蔣《リウチャン》の争いを話してもらいました。あの寺は無住で、よぼよぼの寺男しかいないのは本当に確かでしょうか？」

狄《ディー》判事が馬栄《マーロン》を目でうながすと、即答が返ってきた。

「絶対にたしかだよ。おれが寺中調べたんだ、庭まで全部！」

「おっかしいなあ！」と、陶侃《タオガン》。「こないだ、このまちへ来たことがあってね。たまたまあそこを通りすがりに見たら、坊主が山門の柱のかげから首をのばして境内をのぞきこんでんのさ。あたしは何でも知りたがるたちだから、その坊主んとこへ行ってのぞきこむ手伝いをしてやったのさ。そしたら、びっくりしてどっか行っちゃった」

「その僧だが、青白くてやせこけたやつか？」狄《ディー》判事がぜん身を乗り出す。

「いいえ、閣下。田舎じみた顔の荒くれです。はっきりいってほんものの僧には見えませんでした」

「だとすれば、新婚夫婦の窓をのぞいたやつとは違うな。それでだ、おまえ向きの仕事があるぞ、陶侃《タオガン》。工匠の毛源《マオユアン》は飲む打つが道楽で、もらった手間賃を懐に蔣《チャン》進士の邸を引き上げたとすでに判明している。死体は素寒貧だったから、殺されたのは金目当てかもしれん。いちおうの容疑者は蔣《チャン》進士だが、あらゆる筋から事件を追ってみんことには。このまちの賭場を回って、毛源《マオユアン》の聞き込みをしてくれ。蛇の道は蛇だ、賭場のありかならお手のものだろう。馬栄《マーロン》はすぐ紅鯉亭へ出向き、毛禄《マオルー》が彊北《チャンペイ》のどこへ行ったか、乞食の親分にきいてきてくれ。あの麵店のときに聞くには聞いたんだが、場所の名をど忘れしてしまった。洪《ホン》よ、正午公判の要処理案件にはどんなのがある？」

警部と喬泰《チャオタイ》が関連書類を机上に出しにかかったのをしおに、馬栄《マーロン》と陶侃《タオガン》は連れだって執務室をさがった。

院子に出ると陶侃《タオガン》が言う。

「よかった、あの工匠がらみの御用がさっそく回ってきて。裏社会ってのは噂が早いからねえ。おれがこんどから政庁方に回ったって話はじきに知れわたるよ。ところで、その紅鯉亭ってどこさ？　このまちならくまなく知ってるつもりでいたのに、そんなうちは見たことないよ」

「見逃して惜しいようなとこじゃ全然ないって！」馬栄《マーロン》が応じる。「魚市場の裏あたりで、人目をはばかる系のきったねえ安宿さ。じゃ、がんばれよ！」

下町へ足を向けた陶侃《タオガン》は西坊へ入り、ごたごたした路路裏を抜け、小さな青物屋の店先で足をとめた。細心の注意を払って漬物桶のすきまをすりぬけ、おやじにどうともとれるような声をかけて、そそくさと裏階段をあがる。

二階はまっくらだ。蜘蛛の巣だらけの漆喰壁を手さぐりし、ようやっと戸口を見つけた。が、開けてもすぐには入らずに、そこから天井が低くて薄暗い室内のようすをうかがう。さしむかいで円卓についた一組が、いずれ劣らぬ不景気面をさげて、さいを振っている。一人は恰幅がよく、えらのはったいかつい坊主頭で、これが賭場の胴元だった。対面《トイメン》のやせっぽちはひどいやぶにらみだ。こんな眼のやつは、どこに目をつけているのか傍目にはさっぱりわからないというので、賭場ではいかさまのお目付け役として大いに重宝される。

「よう、陶《タオ》のじゃねえか！」肥えた男がおざなりに声をかける。「いつまでもそんなとこにいねえで、構わねえからずっと奥へ通ってくんな。まだ開帳にゃ間はあるが、おっつけ客も来るだろうぜ」

「いや、せっかくだが」と陶侃《タオガン》。「ここでいいよ、ちょいと急いでるんでね。ここなら工匠の毛源《マオユアン》が面《つら》出してるかと思ってさ、のぞきに来たんだ。貸し金の取り立てがあるんでね」

二人とも腹を抱える。

「いやあ、そりゃあ」でぶの胴元が忍び笑う。「かなーり遠くまで行かにゃならんぜ、兄貴！　なんつったって地獄のお閻魔さまんとこだもんな。毛《マオ》じいさんくたばったぜ、知らねえのか？」

陶侃《タオガン》は派手に悪態を並べ、危なっかしい竹のぼろ腰掛けに座る。

「ああもう、泣きっ面に蜂だよ！」と、怒る。「よりによって金詰まりな時に限って！　あのくそじじい、どうしたってんだ？」

「まち中みんな知ってら」やぶにらみが口を出す。「寺にいたんだとよ。どたまにゃ、拳が出し入れできるような大穴あけてたとさ！」

「だれのしわざだよ？　なんならそいつをちょいとゆすっ

てやってもいいね。験直しにちょいと色でもつけてもらってさ！」

でぶが相棒をこづき、また一緒に腹を抱える。

「なんだよ、今度はなんだって？」陶侃《タオガン》が苦りきる。

「いやあ、笑わしてもらったぜ。あのな」胴元が説明した。「その殺し、たぶん毛禄《マオルー》がらみだぜ。何なら三樫島へすっとんでってゆすったらいい！」

「へへへえ、またも親分の一本勝ちだあ！」やぶにらみが爆笑する。

「ばかも休み休み言いな！」陶侃《タオガン》がどなる。「毛禄《マオルー》はあいつの従弟だぜ！」

でぶが床にぺっと唾を吐いた。

「まあ聞きなって、陶《タオ》の。その耳かっぽじってな、おめえでも解るように話してやるぜ。三日前の午後おそく、毛源《マオユアン》が顔を出した。ひと山終えたその足でな、手間賃のおかげで懐はあったけえ。しかも、ここでもつきに出くわして、袖ん中がちっとばかし重くなったって寸法よ。そこへ来たのが当の従弟よ。まあ、毛源《マオユアン》にしてみりゃ、ここんとこあんまし親類づきあいしたいようなやつでもねえが、酒と銭で袖やら腹やらがほかほかしてりゃ、そりゃ気も大きくなるわな。やあやあお見限りってわけで、兄弟同然に迎えて、さしむかいでいちばんの上酒を四壺もあけちまった。それから毛禄《マオルー》がどっかで飯にしようぜって誘って出てった。それがやつらの見納めよ。いいか、おれは毛禄《マオルー》がどうこうって腹はねえ。あったことをあった通りに話しただけよ！」

陶侃《タオガン》がうなずいて納得する。

「ついてないね」と、しょげる。「じゃ、このへんで」

腰をあげかけたところへ戸が開き、ぼろぼろの僧衣を着た荒くれが入ってきた。陶侃《タオガン》が、上げかけた腰をすとんとおろす。

「よう、坊主！」胴元が声をかける。相手は無愛想にうなって腰をおろした。胴元に茶を出された坊主が、そっぽを向いて、けっ、と吐き捨てる。

「こんな飲めねえもんじゃなくてよう、飲めるもんはここんちにゃ置いてねえのかい？」と、荒れる。

でぶが右手をかざし、親指と人さし指で輪を作ってみせた。

坊主がかぶりを振る。

「しょうがねえなあ！」と、げんなりする。「あの若造が音を上げるまで待ちなって。そしたら、たんと拝ましてやらあ！」

胴元は肩をすくめ、そっけなく言った。

「なら、茶にしときな、坊主！」

「どうも、この人とはこないだ会ったねえ」陶侃《タオガン》が口を出す。「寺の門前で会わなかったっけ？」

そいつがじろりと陶侃《タオガン》を探り見る。

「だれだ、このでくのぼう？」胴元に尋ねる。

「ああ、陶《タオ》のか。気はいいやつだぜ、血の巡りはよくねえけど。おめえ、寺になんか用か？　本気で頭を丸める気か、坊主？」

やぶにらみが爆笑した。坊主が大男にかみつく。「くすくすくすくす笑ってんじゃねえよ、おつむのねじでもはずれてんのかよ！」胴元ににらまれて迫力負けし、「ああもう、あんまり腹立つから、この際ばらしちまうぜ。おとつい、あの毛禄《マオルー》ってやつに会ったのさ。なにの裏……ほれ、どこだっけ？　おおそうそう、魚市場のへんだ。野郎、銭がざっくざくだ。金のなる木はどこかねって愛想ふったら、まだまだこんなもんじゃないぜ、ちょいと寺ん中をのぞいてきな、だとさ。で、そこへ行ったと」

坊主が茶をがぶ飲みし、顔をしかめた。

「そしたらなんだと思うよ？　おれよりおけらのもうろくじじいと、棺桶だとさ！」

胴元が笑いだし、坊主は目を怒らせたものの、悪態はひかえた。

「あーあ」と胴元は言った、「なら、この陶《タオ》のも毛禄《マオルー》と話《なし》があんだ、ちょっくら組んで三樫島へ行ったがいい」

「じゃあ、おめえも煮え湯飲まされたくちかい？」坊主がちょっぴり機嫌を直す。

陶侃《タオガン》がぶつくさと同感した。

「さっき話に出てきた若造ってのをぎゅうの目に遭わせたっていいけどね」陶侃《タオガン》が淡々と言う。「毛禄《マオルー》よりはちょろそうな相手だし」

「そいつが魂胆か、兄弟！」坊主がへそを曲げる。「その若造なら夜中に拾ったのさ、お閻魔さまに追われてますってな勢いで走ってきやがった。襟首ひっつかんで、そんなに急いでどこへ行くって訊いたらば、離してくださいだと。見たとこはいいうちのぼんぼんだね、銀箸で銀しゃり食ってやがる腑抜けだよ。なんぞやらかしたなとわかったんで、ちょいとおつむをなでてやって肩にかけ、うちまではるばる運んでやったのさ」

がさつに咳払いしてあらぬ方へ唾を吐き、茶瓶に手をのばしかけて思いとどまった。

「まあそれでだな、わけを話そうとしねえんだよ。で、結局、養うはめになったのよ。またとない鴨が葱しょってきたのに、肝腎のねたをしゃべりたがらねえ。説教が足りねえわけでもねえのによ」と、凶悪に笑ってみせる。

陶侃《タオガン》が立ちあがった。

「やれやれ」と、溜息つく。「金持ちはいつも幸せ、貧乏人はいつもしわよせ。そいつが世の中さ、坊主さん。それにしたってついてない。おれにあんたほどの腕っ節がありゃ、今夜は銀三十粒になるんだがな。ま、とにかくがんばんな」

そう言い捨てて戸口へ向かう。

「おい！」坊主が大声で呼ぶ。「なに急いでんだよ？　銀三十だって？」

「てめえの知ったことか！」陶侃《タオガン》がけんつくを食わして戸を開けた。

坊主がすっとんできて、襟がみをつかんで引きもどす。

「手出しすんじゃねえ、坊主！」胴元が叱る。陶侃《タオガン》には、「なに片意地はってんだ、陶《タオ》の？　手に負えねえやまなら、この坊主と組んで上前はねりゃいいじゃねえか？」

「そりゃ考えたさ」陶侃《タオガン》がつむじを曲げる。「けど、知ってのとおりおれはここじゃ新参だ。だから、落ち合う場所の名をど忘れしちまった。向こうは腕の立つやつがほしいって言うし。なら、それ以上聞いてもむだだろ」

「この、くそとんま！」坊主が詰め寄る。「銀三十だぞ！　頭絞ってみろや、ろくでなし！」

眉をひそめ、肩をすくめた。「無理だよ。鯉がどうこうぐらいしか思い出せん」

「紅鯉亭だ！」胴元と坊主が同時に大声を出した。

「行きゃわかるさ。ただ、場所がわからねえ」

坊主が立って陶侃《タオガン》の腕をとる。

「行こうぜ、あにい！　場所ならわかる」

陶侃《タオガン》が腕を振りほどき、片掌を上にして出した。

「五分だ」坊主がぞんざいに言う。

陶侃《タオガン》がすたすた戸口に行く。

「一割五分、さもなきゃ断わる」肩ごしに言い捨てた。

「おめえが七分、おれが三分だ」胴元がさえぎった。「ようし、決まった。坊主を連れてってやんな、陶《タオ》の。こいつの腕ならおれが太鼓判を押すって言ってやれ。さ、行ってこい！」

陶侃《タオガン》と坊主が一緒に出かける。

魚市場の東にあたる貧民街へ出た。坊主はすさまじい臭いの路地裏へ陶侃《タオガン》を引き入れ、いまにも崩れそうな木造小屋の戸口を指さした。

「先へ行けよ」やつが、がらがら声で耳うちする。

戸をあけた陶侃《タオガン》がほっとした。隅っこで馬栄《マーロン》が乞食の親方と一緒にまだ残っていたのだ。広い部屋にはその二人だけだ。

「会えてうれしいねえ、兄弟！」実感こめて馬栄《マーロン》に呼びかけた。「おたくの親分が探してるやつを連れてきたよ、こいつがまさしくその男だ」

坊主が愛想笑いしながら頭をさげた。

馬栄《マーロン》が席を立って坊主に近づき、上から下までじろじろ見た。

「うちの親分が、こんな薄汚ねえ犬畜生めにいったい何の用だ？」

「こいつ、寺の殺しの件にちょいと深入りしてたね」陶侃《タオガン》がすかさず口添えする。

坊主があわてて戻りかけたが、時すでに遅し。両手をあげるより先に馬栄《マーロン》の一撃が心臓に決まり、あおむけざまに小卓もろとも倒れた。

だが、坊主は場数を踏んでいる。起きあがろうともせずに電光さながらあいくちをすっぱ抜き、馬栄《マーロン》の喉もとめがけて投げつけた。ひょいとかわすと、あいくちは鈍い音とともに戸口の脇柱に刺さった。馬栄《マーロン》が小卓をかまえ、身を起こしかけた坊主の頭にたたきつける。卓は床に激突、坊主はぐったり気絶した。

馬栄《マーロン》が腰に巻いた細鎖をほどき、坊主を裏返して後ろ手に縛りあげた。陶侃《タオガン》が息せき切って言う。

「やつは、自分で認めるより毛源《マオユアン》と従弟の件をいろいろ知ってる。おまけにかどわかしの一味だ」

馬栄《マーロン》が破顔する。

「お手柄じゃないか」と感心する。「だがな、この悪党をどうやってここまで連れだした？　たしか、あんたはこの宿屋を知らなかったはずだろ？」

「そうとも」しれっと述べた。「ちょいとお話を聞かせてやったら、いそいそ案内してくれたのさ」

馬栄《マーロン》が横目でうかがう。

「こうしてみると、そんなにたち悪そうでもないんだけどなあ」と、思案する。「だがまあ、それはそれで随分とえげつない面もあるんだな、という気はした」

この感想を無視して、陶侃《タオガン》はつづけた。

「最近になって、いいうちのぼんぼんをかどわかしたんだと。たぶん、こいつは、韓永漢《ハンユンハン》が報告した一味の仲間だよ。こいつの隠れ家へ案内させよう。そうすれば、報告しがいのある材料が手に入るさ」

馬栄《マーロン》がうなずき、気絶した男を引きずり起こして壁ぎわの椅子へ投げた。それから乞食の親分をどなりつけて線香を持ってこさせた。老人があたふた裏へ消え、臭いのきつい線香二本を持ってきた。

馬栄《マーロン》が坊主の頭をわしづかみにして上げさせ、火のついた線香を鼻下へあてがう。すぐせきこんで、たてつづけにくしゃみが出た。血走った目で馬栄《マーロン》をにらむ。

「てめえん家へ連れてけ、このがまがえる！」馬栄《マーロン》が言う。

「言え、道順は？」

「胴元の耳に入ってみろ、てめえらひどい目に遭うぜ」坊主はだみ声で言った。「生き胆ぶっ裂かれっからな！」

「自分の面倒なら見られるさ」馬栄《マーロン》が笑う。「ほれ、きかれたことに答えろ！」

そう言いながら、線香を坊主の頬に近づけてみせる。坊主のほうが恐れをなし、あわててぼそぼそ述べた。寺裏のどこやらから裏道に折れ、まちを出ろという。

「ま、行くだけ行ってみよう」馬栄《マーロン》がさえぎった。「あとはてめえに訊く」

親分にいいつけて古毛布と、人足二名にかつがせて担架を調達した。

あとは陶侃《タオガン》ともども頭から足まで坊主を毛布にくるみこむ。ひどく暑いと文句を言ったが、そのあばらに陶侃《タオガン》が蹴りをくれた。「熱があるのがわからんのか、しょうがねえろくでなしだな?」

坊主を担架に載せ、そろって出かける。

「さっさと行きゃあいいだろ、このぐずども!」坊主がどなりつける。

「気をつけてやってくれよ!」馬栄《マーロン》が人足たちにどなる。「なんせ、この連れは重病人だからな」

馬栄《マーロン》は寺裏の松林で人足に担架を降ろさせ、手間賃をやって帰した。人足たちが見えなくなるとすぐ、坊主を毛布から出してやった。陶侃《タオガン》が袖から油膏薬を出して、坊主の口をふさぐ。

「近くまで来たら足をとめ、場所を教えろ」そうしておいて坊主に命じた。縛られた坊主が苦労しながら登りにかかる。「ああいう悪党どもは、特別の符丁とか急場を知らせる合図があるもんだよ」と陶侃《タオガン》に説明され、うなずいた馬栄《マーロン》が規則正しく蹴とばしながら坊主を急がせた。

坊主は小道をのぼり、山の中へ案内していく。小道が尽きると深い森の道をたどった。そこで足をとめ、頭をふりたてて、木立の前方にほの見える崖を示す。陶侃《タオガン》が坊主の口から膏薬をはがして凄んだ。

「のんきに野山の散策じゃねえだろうが。家に連れてけっつってんだよ」

「家なんざねえよ」坊主がつむじを曲げる。「あの洞穴で寝起きしてんだ」

「洞穴だとう?」馬栄《マーロン》が怒って大声を出した。「なめてんのか? 仲間の根城へ連れてきやがれ。さもなきゃ絞めるぞ」と、坊主の喉に手をかけた。

「ほんとだってば」坊主はあえいだ。「仲間なんざ、ぼくち仲間しかいやしねえ。このひでえまちに来てからこっち、ずっと一人であの洞穴暮らしなんだよ」

とりあえず坊主を先へ行かせ、馬栄《マーロン》はさっき坊主が投げつけたあいくちを出し、意味ありげに陶侃《タオガン》を見た。

「ちょいと刈り込んでやろうか？」

陶侃《タオガン》が肩をすくめる。

「ま、とにかく、あの洞穴を見てからでも遅くはないよ」

おじけづいた坊主は二人を崖へ案内し、ぶるぶる震えながら、草むらを漕いで行くうちに、岩壁に人の背たけほどの暗い裂け目が見えた。陶侃《タオガン》が腹ばいになり、細身のあいくちを危なっかしく口にくわえて、裂け目にはいこんでいく。

しばらくして、今度はまっすぐ立って出てきた。

「めそめそした若造しかいやしないよ」と、がっかりした声で報告した。

馬栄《マーロン》は陶侃《タオガン》のあとから、坊主を引きずるように従えてついていった。


暗い洞穴を十数歩進んだあたりで広くなり、天井の裂け目から光がもれている。右手には粗悪な板寝台とひしゃげた皮箱があり、左手に腰布ひとつの若者が床に寝ていた。手足は縄で縛られている。

「死なせて！　頼むから、このまま死なせてくれ！」若者が嗚咽する。

陶侃《タオガン》が縄を切ってやると、なんとか起きて座った。背中いちめんに打たれた生傷がある。

「だれにぶたれた？」馬栄《マーロン》が鼻息荒く尋ねる。

若者が黙って坊主を指さす。馬栄《マーロン》がゆっくり振り向くと、やつは腰を抜かした。

「ちがいます、だんな、後生です！　あいつのでたらめです！」

馬栄《マーロン》が坊主をさげすみ、冷たく言った。

「おまえの面倒なら巡査長がみてくれるさ。三度の飯よりこういう仕事が好きなやつだからな」

陶侃《タオガン》が若者に手を貸して、寝台に腰をおろさせた。見た目は二十歳ぐらい。頭を雑に剃られ、顔は苦痛にゆがんでいたが、いかにも良家の読書人らしい風采態度だ。

「どこのだれだね、いったいどうしてこんなことに？」陶《タオ》侃《ガン》が好奇心をあらわに詮索する。

「その男にかどわかされたんです！　お願いです、やつのいない場所に連れてってください」

「もっといいところさ」馬栄《マーロン》が言った。「知事閣下のもとへ連れてく」

「そんな、だめだ！」若者が大声をだす。「死なせてくれ！」

そう言って、立とうとした。

「まあまあ」馬栄《マーロン》がおもむろに声をかける。「いろいろあるようだな。政庁にいっしょに来るんだ、若いの！」そこで坊主をどなりつける。「こら、てめえ！　かどわかしの一味じゃないなら、見られる気遣いもなしってわけだな。じゃあ、下にも置かぬ扱いはもうやめた！」

そう言うと、弱りながらも抵抗する若者を寝台からひょいと抱えあげ、坊主に肩車させる。そして、片隅に落ちていた血まみれの柳の枝を拾い上げ、ふくらはぎをびしばし打ちすえた。「とっとと動け、この野郎」

14

秀才は数奇な経緯を語り
判事はやりてを尋問する

正午前に狄《ディー》判事は政庁公判を開廷した。法廷は大入り満員だった。そんな時間に開廷ってことは、きっと、漢源《ハンユアン》のまちなかで起きた二大事件でゆゆしい新事実が発覚したからだろうというわけだ。

ところが判事は、のっけから洪《ホン》警部や喬泰《チャオタイ》とその朝調べた案件の一つ、魚市場の値付けをめぐって漁師と市場の顔役が争っている件を持ち出して吟味にかかり、傍聴人をがっかりさせた。狄《ディー》判事は双方の代表者にそれぞれの立場を改めて説明させたうえで妥協案を提示し、双方協議をへて多少の微調整をほどこし、手打ちにこぎつけた。

租税案件審理に移る矢先、外で騒ぎが起きた。馬栄《マーロン》と陶侃《タオガン》がとりこをしょっぴいてくる。その後から、ふたりが帰る道すがら出くわした野次馬どもがぞろぞろついてくる。興奮した傍聴人たちがわっとつめかけ、四方八方から質問を浴びせる。法廷は収拾がつかなくなった。

狄《ディー》判事が警堂木を三度打つ。

「静粛に！」と、雷を落とす。「これ以上ひとことでも口を開けば、全員退去を命じるぞ！」

それで座がしんとし、とうに御前にひざまずいたちぐはぐな二人の尋問にそろって聞き耳をたてた。

判事は表情を消していたが、内心は平静とはいかなかった。その若者がだれか、ひとめでわかったからだ。

馬栄《マーロン》が報告を引き受け、陶侃《タオガン》ともどもその二人を逮捕したいきさつを報告した。狄《ディー》判事のほうは、あごひげをなでながら無言で聞いている。そのあとで、若者に呼びかけた。

「姓名職業を述べよ！」

「数ならぬ私めは」若者がぼそぼそと述べた。「蔣虎彪《チャンフーピアオ》秀才と申します」

法廷中から驚愕のつぶやきがざわざわとあがる。判事が怒って警堂木を打ち鳴らし、「注意するのはこれが最後だぞ！」とどなり、若者にこう述べた。「蔣《チャン》秀才なら、四日以上前に、湖に身を投げたと報告があったぞ！」

「閣下」若者は訥々と述べた。「私が愚かだったばかりにさような誤解を引き起こし、お詫びの言葉もございません。自らの軽挙妄動と優柔不断こそ元凶で、いくらお咎めを受けても足りぬほどだと痛感いたしております。ただひとつだけ、なにぶん特殊な事情を情状酌量のうえ閣下のお慈悲にすがれればと、それだけを願ってやみません」

ここで間をおくと、深い沈黙が法廷中に広がった。その後に本題に入る。

「私がそうだったように、初夜に歓喜の絶頂から絶望の奈落へまっさかさまに放りこまれ、取り返しのつかないことになる人が二度と出ませんように！　いとしいひとと交わったのはほんの刹那だったのに、とりも直さず私の愛ゆえに、あのひとは息絶えてしまいました」

かろうじて嗚咽を飲みくだし、供述を進める。

「動かなくなったむくろを眺めながら、悲しみと恐れで気が狂いそうでした。思いは千々に乱れるばかりです。これでは父に合わせる顔がない。一人息子の私をいつもこの上なく愛し、気にかけてくれたのに――そんな父から家を保ち、孫の顔を見る楽しみを奪ってしまった。この私のせいで。こうなったら命を絶って、せめてものお詫びのしるしとしよう。

あたふた軽い長衣を着て戸口に向かいました。ですがまだ祝宴中で、邸内はお客でごったがえしていることに、はたと思い至りました。こんなときに抜けだそうとしたら、どうしたって人目についてしまいます。そこで、ふっと思い出したことがありました。先日に部屋の雨漏りを直しにきた老工匠は、天井板の二枚ほどをわざと釘づけしないでおき、貴重品の隠し場所にいいですよと教えてくれたのです。私は腰かけの上に立ち、梁によじ登って屋根裏に這い込みました。板をもとどおりに置いて屋根に出ると、外の路上に降りたのです。

夜ふけで人影もなく、いつのまにか湖の岸辺に出ていました。水面に突き出た丸石に乗って絹帯をほどきました。衣服があると浮いてしまい、死が長びいて苦しいのではと心配になり、裸になろうとしたのです。そうして暗い水を見おろすうちに、おぞましい魔魅が湖をさまようという怪談をいくつも思い出し、ふがいないことにすっかり臆病風に吹かれてしまいました。おぼろな影がいくつもうごめき、凶々しい目でじっと睨んでいるのが見えそうなほどです。蒸し暑い夜なのに、がたがた震え、音を立てるほど歯の根が合わずに立ちつくしておりました。自殺など、私には無理です。

帯は水の中へ落ちてしまったので、長衣を手でおさえてかきあわせ、湖から逃げ出しました。自分でもどこに行くつもりかさっぱり見当がつかず、行く手に山門がぼんやり見えて、ああ寺だったのかとようやく心づきました。すると、その男がいきなり物陰からぬっと出てきて肩をつかみました。泥棒だと思って振りほどこうとしたのですが、頭を打たれて意識を失ってしまい、気がついたときにはあの恐ろしい洞穴に横になっておりました。翌朝になると、あの男はさっそく私の名や住所、どんな罪を犯したかを問いただします。私や気の毒な父を脅迫する気だと悟り、返事を拒みました。すると歯をむき出して笑い、その洞穴に運びこまれてよかったじゃないか、ここなら巡査も踏み込んでくる気づかいはねえぜ、と言うのです。そして私がやめろと言ってもきかずに私の頭を剃りました。坊主頭になれば新発意で通せる、人に見破られる気づかいはねえぜ、と言っていました。私を焚木拾いにやり、粥を作らせるとどこかへ行きました。

その日はずっと、身の振り方を思案しました。どこか遠い土地へ逃げて行こうと決心したり、家に帰って激怒した父に会うほうがいいと考え直したり。夜になるとやつが酔っぱらって帰ってきて、また尋問を始めました。なにひとつ教えずに黙っていると、縄で縛られて柳の枝でさんざん打ちすえられました。その後、生きているというより死んだようになった私は、床にころがしたまま放置されたのです。恐ろしい一夜でした。夜が明けると縄を解いて水を飲ませ、私がいくぶん回復しますと焚木集めにやりました。

あの残酷な男から逃げようと決心し、焚木を二束集め終わるとすぐさままちに逃げ帰りました。頭は剃られ、長衣はぼろぼろになっておりましたから、途中で私だと気づかれたりしませんでした。もう気力体力の限界にきていましたし、足と背中が炎症を起こして痛みます。それでも、ひとめ父に会いたい一心で、なけなしの力をふりしぼって自宅のある坊へたどりつきました」

そこで蔣《チャン》秀才はいったん供述をやめ、汗だくの顔をぬぐった。判事にうながされて巡査長が苦い茶をさしだす。飲み終えるとまた話し出した。

「門前に、政庁巡査を見かけて、どれほど恐ろしかったか。人にはわかりますまい！　家名に泥を塗った私の帰りが遅れたばっかりに、父は耐えきれず命を絶ったのだと思いました。どうしても確かめねば、と思い、薪束を踏み台がわりに塀を越え、菜園口から中へ忍び込みました。そして自分の寝室の窓をのぞきこみますと、この世ならぬ恐ろしいものが見えたのです！　閻魔大王がらんらんと燃える目で、じっと睨みつけておりました。地獄の幽鬼どもが、父殺しのかどで私を責めたてます！　すっかり動転して無人の通りへ出ると、森へ逃げたのです。森の中をさんざん探したあげくに、やっとあの洞穴が見つかりました。

なかではあいつが待っていて、私を見るなりかんかんになって、裸にするや、白状しろと叫びながら、またさんざん打ちすえられ、私は拷問に耐えかねて気絶いたしました。

あとはひたすら、おぞましい悪夢につぐ悪夢の連続でした。熱が出て、場所も時間もまるでわからなくなりました。男は水だけ飲ませてしばらくすると私を起こし、また気絶するまで打ちすえます。縄もはずしてくれません。肉体的苦痛をべつにしても、この世で最愛の父と新妻を自分のせいで死なせてしまったという恐ろしい事実が、熱に冒された頭から片時も離れませんでした……」

声が絶え入りそうにかぼそくなり、ふらふら揺れたと思うと、疲れ果てて気絶し、床に倒れた。

狄《ディー》判事は洪《ホン》警部に命じ、秀才を執務室へかつぎこませた。

「検死役人を呼んで、この不運な若者を蘇生させ、傷の手当てをしてやれ。そのあとで鎮静剤を与え、身分にふさわしい長衣と帽子を用意するように。回復しだい報告せよ。家に送り返すにさきだって、質問したいことがひとつある」

そこで身をのりだし、冷やかに坊主に質問した。

「釈明のすじはあるか?」

坊主は生まれてこのかた平穏無事とはほど遠い暮らしを送り、官憲とのつきあいをひたすら避けてきた。だから政庁の厳しい規則をくまなく周知徹底する手段にうとかった。蔣《チャン》秀才の供述の半ばあたりから憤慨してぶつくさこぼしていたが、そのたびに巡査長の蹴りをくらって口をつぐんだ。こうしてお声がかりがあったので、ここぞとばかり横柄に構える。

「仏弟子になんたる仕打ち、断乎抗議を申し入れ——」

狄《ディー》判事が巡査長に合図し、鞭の太い柄で坊主の顔を殴りつけてどなった。

「御前だぞ、口のききようを心得ろ!」

坊主は血の気が引くほど激怒し、やおら立って巡査長に襲いかかった。だが、そんなこともあろうかと思っていた巡査たちが、いっせいに棍棒をふるって襲いかかった。

「その男が口のききようをわきまえたら報告せよ」と狄《ディー》判事は巡査長に命令して、目の前の書類を処理にかかった。

しばらくすると、巡査たちが桶で坊主に水をかけて正気づかせ、石の床が水びたしになった。やがて、坊主が尋問に応じられると巡査長が報告した。

判事席越しに見れば、坊主頭があちこち裂けて血を流し、左目はつぶれている。あいている右目はうつろに判事を見つめていた。

「聞いた話だと」と判事は言った、「毛禄《マオルー》という男とつき合いがあると賭博師数名に話したそうだな。こうなると、完全な真相が知りたい。洗いざらい申せ!」

坊主は多量の血を床に吐き出し、もつれた舌で話しだした。

「先だって、第一鼓が鳴ったあと、まちへ散歩に行こうと思いまして、ちょうど寺の裏の小道を降りて来たところで、一人の男が木の下で穴を掘ってるのを見ました。月が昇って来て、毛禄《マオルー》だと分かったんです。斧を鍬みたように使って、精いっぱい急いでました。それで、毛《マオ》の兄弟め、何か汚いまねしてやがるなと。素手か匕首ならいつでも来いですが、斧は好きじゃねえんで、そのまま様子を見てました。

そいで穴ができあがると、やつは斧に続いて木箱を投げ入れ、両手で土をすくってかけだしたんで、のこのこ出てって手伝おうかと冗談めかして声かけやした。遅えんだよ坊主、ってのが返事です。何埋めてんだいときくと、古道具だけよ、だがな、あっちの寺にゃちったあましなもんがあるぜ、と袖を振ってみせればほんものの銭がちゃらちゃら鳴ってます。貧道に喜捨ってのはどうかね、ときくと、やつはこっちをじろじろ見て、言いました、今夜はおめえついてるぜ、坊主。あの連中、獲物の分け前を持って逃げるおれを追ったが、森ん中でまいてやった、いま寺には一人しか残ってねえ、ちょっくら急いであすこへ行って、連中がもどってくるめえに、とれるだけとってこい、おれはそうしたぜって言い捨てて行っちまいやがりました」

そこではれあがった唇をなめ、判事の合図で巡査長が渋茶を与えた。一息に飲み乾すと、唾を吐いて話しつづける。

「まずは、やつに言い忘れがねえか確かめようと、埋めた後を掘ってみたんです。ですが、そこだけはほんとでした。見つかったのは工匠の古い道具が入った箱だけだったんで。で、寺へ行ってみりゃ、われながらどじ踏んだもんで！　何もない門番小屋で眠りこけてるはげじじいと、空っぽな本堂にある棺桶しかねえじゃねえですかい！　あの犬め、おれを追っ払おうと口から出まかせ言いやがったんですよ。それだけでさ、お殿様。もっと詳しい話がよけりゃ、あの毛禄《マオルー》って野郎をとっつかまえてききゃあいい！」

狄《ディー》判事は頰ひげをなでていたが、そっけなく質問した。「おまえは、あの若い男を誘拐して虐待したと白状するか？」

「お上の手からあいつをかくまってやっただけじゃねえですか？」坊主が開き直る。「それに、赤の他人にただで世話してくれなんてあてこめますかい。無駄飯食らいで働きゃしねえから、しょうことなくちょっぴり喝を入れてやったまでで」

「屁理屈をこねるな！」判事が大喝を浴びせた。「無理やりかどわかして洞穴に連れ込み、柳の枝で何べんも打擲したと認めるか?」

坊主は横目でちらっと巡査長を見た。巡査長は鞭を指でひねっていた。坊主は肩をすくめ、ぶつくさ言った、「おうよ、白状したったらあ!」

判事が合図すると、書記が坊主の供述を読みあげた。蔣《チャン》秀才に関する部分は、坊主自身が話したのよりもいろいろ書かれていたが、正しいと認めて爪印をおした。そこで判事が言った。

「もっと厳罰に処すこともできる。しかしながら、毛禄《マオルー》に出会ったという供述の裏を取るまで裁決は延期しよう。さしあたっては入牢申しつける。もしもうそを述べたと判明すれば、どうなるかよくよく考えよ!」

坊主が引いて行かれると、洪《ホン》警部が入ってきて、蔣《チャン》秀才がいくぶん回復したと報告した。二人の巡査が御前へ連れ出したのをみれば、こざっぱりした青衣に着替えて、剃られた頭を黒帽で隠している。憔悴しきった様子にもかかわらず、瀟洒な美青年だ。

蔣《チャン》秀才は書記が彼の供述の記録を読みあげるのを注意ぶかく聞いてから、それに爪印をおした。狄《ディー》判事は厳しく彼を見つめて、

「自身で述べたとおり、蔣《チャン》秀才よ、そなたはこれまですこぶる愚かしく振舞い、それにより正義の道をいちじるしく妨げた。さりながら、過去数日間の君の悲惨な経験は、そのことに対する罰として十分であったと私は判断する。ところで、良い知らせがあるのだ。父上は存命だし、責めてもいない。それどころかそなたが死んだものと思って打ちひしがれている。花嫁の死を招いた罪で訴えられたのは父上で、それが家に巡査たちがいるのを見た理由である。部屋で見た幽霊というのは、私だったのだ。混乱した心理状態にあったから、私がいくぶん険悪に見えたのに相違ない。

遺憾ながら、花嫁の遺骸が不可解にも消え失せてしまったことを知らせねばならない。本法廷は、儀礼どおりに埋葬せられるよう、あげてその行方を追っている」

蔣《チャン》秀才は手で顔をおおって、小声で泣き出した。狄《ディー》判事が少し待って語りつづけた。

「帰宅を許すまえに、一つ質問をしたい。父上のほかに、竹林書生なる筆名を用いているのを知っているものがいたか？」

蔣《チャン》は抑揚のない声で返答した。

「嫁だけでございました、閣下。私がその筆名を使い始めましたのは、彼女に出会いまして以後で、彼女に贈る詩にはそれで署名したのでございます」

狄《ディー》判事は椅子に身をそらせた。

「それだけだ。おまえを虐げた男は投獄された。いずれしかるべき処罰を受けよう。もう行ってよろしい。蔣《チャン》秀才」

判事は馬栄《マーロン》に、垂幕を下ろした輿で若者を家に送り、家を監視している巡査たちを呼びもどし、蔣《チャン》進士に自宅拘束が解かれたことを告げるよう命令した。

それから警堂木を打って閉廷した。

再び執務室に座りながら、狄《ディー》判事は元気のない笑いを浮べて、洪《ホン》警部と喬泰《チャオタイ》とともに腰をおろそうとした陶侃《タオガン》に言った。

「よくやってくれた、陶侃《タオガン》。おかげで劉《リウ》対蔣《チャン》の事件は、消えた死体の問題を除けばもう解決した」

「それについては毛禄《マオルー》が万事教えてくれるでしょう、閣下」警部が言った。「どうやら毛禄《マオルー》は金目あてで従兄を殺しました。逮捕すれば、蔣《チャン》の若嫁の死骸をどうしたのか話すはずです」

狄《ディー》判事は同意したようすもなく、おもむろに言った。

「毛禄《マオルー》はなぜ死体をほかへ移そうとしたんだろう？　どこか寺の近くで従兄を殺害したのちに、寺の中で死体の隠し場所を捜して、脇講堂に棺のあるのを見つけたのだと想像できなくはない。棺を開けるのは簡単だった。従兄の道具箱があったんだし。だが、いったいなぜ、あの女の死体の上に工匠の死体を入れるだけにしなかったのか？　なんで彼女の死骸を移したのか？——それでは前とまったく同じ問題、死体をどう処理するかが残ってしまうのに」

黙って聞いていた陶侃《タオガン》が、頰から生えている三本の長い毛をもてあそびながら、ふいに発言した。

「おそらくはまだ知られていない第三の人物が、毛禄《マオルー》が棺を見つけるまえに花嫁の死体を移したのでしょう。何らかの理由で、死体が調査されるのを何としてでも妨げたかった人物に相違ありません。死んだ女が自分で歩いて行ってしまったなんて都合のいいことはありえないんですし」

狄《ディー》判事は鋭い眼差しを陶侃《タオガン》に投げた。袖の中で腕を組んで、肘かけ椅子に身を丸めると、しばらく深く考え込んだままでいた。

ふとまっすぐに身を起こした。卓を拳で打つと叫んだ。

「まさしくそうしたのだ、陶侃《タオガン》！　あの女は死んでいなかったのだ」

副官たちは仰天した。

「そんなことがありえますか、閣下？」洪《ホン》警部が言った。「本職の医師に死を確認され、経験豊富な葬儀屋が湯灌をほどこし、半日以上も閉じた棺の中に寝ていたんですぞ？」

「そうじゃない」判事が勢い込む。「まあ聞け！　あのような場合に若い女はよく気絶するが、死ぬ場合はまれだと検死役人が言っていたのを忘れるな。いいか、考えてみろ、神経の衝撃を受けて仮死状態になり、それで気絶したわけだ。医書にはそんな状態の症状が記録されている。呼吸は完全に停止し、手首の脈搏はなく、両目は輝きを失い、ときには顔が死相を呈することさえあるのだ。この状態は四、五時間つづくとされている。

さて、あの女は大急ぎで納棺され、ただちに寺に運ばれた。さいわいにも棺は薄板でできた仮棺だ。いくつも割れ目があるのは私も見た。さもなくば窒息死していたはずだ。さて、女の意識が戻ったのは、棺が寺に安置されてみんな引き上げてからにちがいない。大声で呼び、木の牢獄の壁を叩いただろう。だが、その場所は無住の寺の脇講堂で、寺男は耳が聞こえないのだ！

あとは推測にすぎないが、毛禄《マオルー》は従兄を殺して所持金を盗み、寺で死体の隠し場所を探していると、棺から声が聞こえて来た」

「さぞびっくりしたでしょうね」と陶侃《タオガン》が意見を述べた。

「なるべく早く逃げ出したんじゃありませんか？」

「やつは違ったと考えざるをえんな。毛禄《マオルー》は従兄の道具で棺を開け、女にいきさつを聞いたんだ、そして――」声がとぎれる。判事が顔をしかめ、腹立たしそうにまた話しだした。「そこで暗礁に乗り上げてしまう。女の話を聞いたら、蔣《チャン》進士が嫁を助けてもらった礼をたっぷりはずんでくれるだろうと即座に思いつきそうなものだ。なのになぜ、すぐ連れて帰らない？」

「女が工匠の死体を見たんでしょう」と陶侃《タオガン》が言った。「それで、毛禄《マオルー》の犯行の証人になってしまった。告発を恐れて連れてったんですよ」

狄《ディー》判事が大きくうなずいた。

「そうにちがいない。女をどこか離れた場所へ連れて行き、棺が埋められたと聞くまで留めておく気だったのだ。そうすれば、女に自分の身の振り方を選ばせてやってもいい。娼妓として売るか、あるいは家に連れ返すか。毛禄《マオルー》が助けたいきさつについては、蔣《チャン》進士に何か作り話をすると約束させた上での話だが。そうすれば、どう転んでも毛禄《マオルー》は金二錠の儲けがかたい！」

「ですが毛禄《マオルー》が道具箱を埋めたさい、蔣《チャン》の嫁はどこにいたんですか？」洪《ホン》が質問した。「坊主が寺中くまなく探しても、女を発見しなかったことは事実ですが」

「すべては毛禄《マオルー》を捕えれば明らかになるが、この数日間というもの、あの気の毒な女をどこに隠していたかはすでに分かっている。魚市場裏の娼家だよ！　片目の男が毛禄《マオルー》の女と呼んでいたのは、蔣《チャン》の嫁以外にはありえない」

お盆にのせた自分の昼飯がきて、書記の手で配膳中に、判事はさらにこう述べた。

「蔣《チャン》の嫁についての推理はすぐ確かめられる。三人ともここはいいから、もう昼飯にしてこい。すんだら喬泰《チャオタイ》はその娼家へ出かけ、妓楼主を連行してきてくれ。毛禄《マオルー》が連れて行った女の話をそいつにさせよう」

判事が箸を取りあげたのをしおに、副官三名とも退室した。

狄《ディー》判事のほうはそそくさとかきこんだので、ろくに味もわからない。こうしてわかったもろもろの新事実を咀嚼するほうに気を取られている。これでもう、劉《リウ》対蔣《チャン》事件はほぼ解決したも同然だ。未解決なのは、いくつか枝葉の細かい点だけだ。ただし、この事件と芸妓殺しのつながりをみつけるほうは大変だが。もう進士は潔白だとみていい。だが、事実がわかるにつれて劉飛泊《リウフェイポ》にはうさん臭さがどうしてもつきまとう。

書記が後片づけをして食後の茶をいれる。判事のほうは画舫殺人事件の関連書類を執務机のひきだしから出して、頬ひげをゆっくりとなでながら再読にかかった。

副官四名が執務室に入ってきたときも、その書類を読んでいた。馬栄《マーロン》が言う。

「でもまあ、あの進士が感情を出すのをやっと見ましたよ。息子を見て喜んだのなんのって！」

「ほかの者からすでに聞いたと思うが」狄《ディー》判事が馬栄《マーロン》に言った。「蔣《チャン》秀才の嫁のほうも生きていると仮定するに足る強い理由がある。妓楼主を連れてきたか、喬泰《チャオタイ》？」

「はい」かわりに馬栄《マーロン》が返事した。「外の回廊で待ってる美人を見かけました」

「呼んでくれ」狄《ディー》判事が命じる。

下品な顔つきの、背ばかり高い痩せっぽちの女を喬泰《チャオタイ》が連れてきた。女は最敬礼し、さっそく鼻にかかった声で泣き言を言いだした。

「着替えるひまもなくしょっぴかれたんでございますよ、閣下。こんなひどいなりで、どうして閣下の御前に参れますか！　ですからね、あちらのお方には、よくよく申したんでござ――」

「口をつぐんで知事の言うことを聞け」判事がさえぎった。「その気になれば、いつでもおまえの家を閉じられるのはわかっているな。それならよく心して、事実をありていに述べる方が身のためだぞ。毛禄《マオルー》がおまえのうちへ連れて行ったのはだれか？」

女はひざまずいた。

「あの悪党に面倒に巻き込まれるのはわかっておりました！」と、泣き声を出す。「ですが、かよわい女に何ができましょう、閣下？　あいつに喉をかっ切られちまいますよう、閣下！　お許し下さい、閣下！」

などと大声でわめきながら叩頭する。

「わあわあ騒ぐんじゃない！」狄《ディー》判事が怒る。「吐け、その女はなにものだ？」

「そんなの、どうしてあたしにわかりますか！」女がわめく。「毛禄《マオルー》が夜中に連れてきたんです。絶対に、それより前にはみかけたことない女です。変てこなひとえものを着て、肝をつぶしてるみたいで。そしたら、毛《マオ》にいさんの言いぐさったらこうですよ。小娘ってのは分別がねえからなあ、おれみてえないい亭主をいやがるなんざ、想像できるか？　けど、今からあいつの体に教えてやるんだ、ですって！　見たらわかりますよ、あの娘かわいそうに、具合が悪いってのはうそじゃなかったですね。だからその晩ぐらいはそっとしとけって毛禄《マオルー》に言ってやりました。あたしゃそういう女なんですよ、閣下。お題目じゃなく、いつでも人には親切にってのが売りなんですよ。小娘をいい部屋に寝かせてやって、上等な米のお粥と茶瓶いっぱいお茶をやりました。あんときにかけてやった言葉までしっかり覚えてますよ、閣下。ゆっくりおやすみ、ねえちゃん。心配いらないよ、あしたになりゃ何もかんもうまくいくさってね」

わざとらしく深い溜息をつく。

「まあねえ、閣下はああいう娘らをご存じないから。あくる朝にはせめて礼ぐらい言いそうなもんじゃないですか。とーんでもない！　大騒ぎして家中たたき起こしてねえ。えらい剣幕ですよ、戸を蹴っとばしたり、ありったけの大声でどなったりして。それで様子を見にあがって行くと、あたしにも毛禄《マオルー》にも悪態ついて、自分はいいうちの娘なのに、かどわかされたとかなんとか、途方もないでたらめをまくしたてて——ああいう娘にそのての話はつきものですからね。ですからああいう子を聞き分けよくする手はひとつしかありません。縄っきれの味ですよ。まあ、おかげでちったあ静かになりましてね、毛禄《マオルー》が戻ってきたら、おとなしくついていきました。誓ってこれで全部でございます、閣下」

狄《ディー》判事は軽蔑の目で見て、虐待のかどでこの女を逮捕しようかとも一瞬考えた。が、こいつなりに考えて行動しただけだと思い返した。そのての下等な娼家というのは必要悪だから、当局が締め付けを厳しくしても、行き過ぎを防ぐのが精一杯で、哀れな娘たちの虐待が完全にやむことはないのだ。だから、厳しく申し渡すにとどめた。

「重々承知のとおり、家出娘をおまえの家に泊めるのは違法だ。だが今回だけは許してやろう。ただし、いまの話を吟味してみて、本当でないとわかればおしまいだぞ」

女が大げさに礼を述べたて、また派手に叩頭を始める。判事の合図で陶侃《タオガン》がきて、女を退室させた。

狄《ディー》判事がけわしい顔になる。

「やはりな、思った通りだ。蔣《チャン》秀才の嫁は生きている。だが、おそらく毛禄《マオルー》の手中に落ちるよりは死んだほうがましだったかもしれんな。こうなったら一刻も早く毛禄《マオルー》を逮捕し、あいつの魔手から救い出してやらねば。ふたりは彊北《チャンベイ》県の三椏島なる場所にいる。具体的にはどのへんか知っている者は?」

陶侃《タオガン》が言った。

「実際に行ったことはありませんが、閣下、噂はいろいろ聞いております。黄河の真ん中あたりにある群れ小島というか沼地でして。沼地全体がびっしり茂った藪だらけで、小高いあたりは古木の森がうっそうと茂ってますが、一年の大半は水をかぶっているような場所です。そんなところへ人殺しだのごろつきがたむろしてまして、勝手知ったる水路やら小川づたいに自在に舟で往来できるのはそいつらだけです。船が通りかかればもれなく通行料を取りたて、ひんぱんに沿岸の村々を襲い、賊一味は四百人以上にのぼるとされております」

「なんで当局はそんな賊の巣を野放しにするんだ?」判事が驚く。

陶侃《タオガン》が口をへの字にする。

「大掃除はなみたいていじゃございませんよ、閣下。多数の死者覚悟で水軍を出動させませんと。しかも沼地をすいすい動けるのは小型船だけで、軍船じゃ水深が足りなくて立ち往生するのがおちです。身動きとれなくなったところを弓矢で狙い撃ちされたら、ひとたまりもありません。なんですか、聞いた話じゃ沿岸には軍警察がずらりと舗《こうばん》を設置し、兵がその地域一帯を巡回しているとか。沼地を封鎖して日干しにしてやれというわけですが、とてもとても。やつらは居ついて長年になりますから、ひそかにいろんなつてがあって、とてもじゃないが全部は追いきれません。ですから今日まで、賊どもは食糧その他の必需品にちっとも不自由しちゃいないわけです」

「実にどうもひどいありさまらしい」狄《ディー》判事がそこで馬栄《マーロン》と喬泰《チャオタイ》を見た。「おまえたちなら、毛禄《マオルー》と女を連れ出せると思うか?」

「喬《チャオ》の兄貴とおれで何とかしますよ、閣下!」と馬栄《マーロン》がはりきる。「おれたちならはまり役です。いろんな話を考えあわせると、すぐにも出かけたほうがいいですね!」

「よし! 彊北《チャンペイ》知事どのあてに添え状を持っていけ、全面援助されたしと書いておく」

判事は筆を取り、公用箋にさらさらと数行書きつけ、大きなましかくの政庁印を押して馬栄《マーロン》に渡した。

「くれぐれも気をつけてな!」

15

周旋屋は最後に仕事する
警部と陶侃《タオガン》は名士を訪ね

馬栄《マーロン》と喬泰《チャオタイ》が出て行くと、狄《ディー》判事は洪《ホン》警部と陶侃《タオガン》を相手に話をつづけた。

「うちの勇者どもを彊北《チャンペイ》にやっておいて、こちらだけ安閑としているわけにはいかんな。実はさっき、芸妓殺し最有力容疑者の劉飛泊《リウフェイポ》と韓永漢《ハンユンハン》について、食事しながらずっと考えてたんだ。どう考えても、あの二人の動きをただ待つだけというのも芸がない。だから決めた。今日、劉飛泊《リウフェイポ》を逮捕しよう」

「無理じゃないでしょうか、閣下!」洪《ホン》が仰天する。「こちらの手持ちは、漠たる疑惑のみですし。どうやってできる──」

「まちがいなく劉《リウ》を逮捕できるし、やるつもりだ」判事はさえぎった。「劉《リウ》はこの法廷で蔣《チャン》進士を相手取ってゆゆしい訴えを起こしたが、誣告だったと証明ずみだ。認めるが、あの件の吟味を中止しても非難は浴びまい。なんといっても告訴時の劉《リウ》は悲しみで度を失っていたし、進士のほうも名誉毀損で応酬して、事を荒立てるつもりがなかったしな。だが、律令では重罪の告発が誣告とわかれば、訴え出た者が有罪の場合に科される刑を受けるという定めがある。この条文の適用は、広範な自由裁量にゆだねられているが、本件の場合は字義通りの条文解釈をとるつもりだ」

そう述べて、洪《ホン》警部の心配顔にかまわず筆をとり、劉飛《リウフェ》泊《イボ》逮捕状を書いた。それからまた用箋をとり、さらさら書きながら述べる。

「あわせて王一凡《ワンイーファン》も逮捕する。娘と蔣《チャン》進士の件で法廷偽証したかどだ。おまえたち二人で巡査四人を率いて劉《リウ》家へ行き、逮捕してこい。出がけに洪《ホン》よ、巡査長に命じて、部下二名とともに王一凡《ワンイーファン》捕縛に出向かせよ。いずれも逮捕したら目隠し輿で政庁まで護送し、へだたった独房に拘禁するのだ。牢獄で厚遇をあてにできるなどと思わせるな。夕公判で二人を吟味する。そうすれば、新たな材料が一つ二つは出てくるだろうよ」

警部はまだすっきりしない顔だが、陶侃《タオガン》はにやりと笑って述べた。

「賭博と同じですな。壺振りの腕次第でいい目が来る、よくある話です」

洪《ホン》と陶侃《タオガン》が出て行くと、判事はひきだしを開けてあの棋譜を出した。副官二名に断言したほどの自信はないが、先手必勝で乾坤一擲の勝負に出なければどうにもならないのは痛感している。それにはあの二人の逮捕しかない。椅子のなかで背後の戸棚を見返って碁盤を取り、棋譜をまねて黒石と白石を置いてみた。死んだ舞妓に教えられた陰謀の鍵はこの棋譜にあると確信している。七十年以上も前に考案され、えりぬきの名手たちでも歯が立たなかった難問だ。杏花自身は碁をやらなかったので、これを持ち出したのは棋譜としてでなく、まるで無関係なべつの意味が盛り込まれている可能性があるからだ。暗号のようなものか？　眉をひそめて布石をなぞりながら、隠された意味を読み取ろうとした。

さて、洪《ホン》警部は王一凡《ワンイーファン》逮捕指示を巡査長に出すと、陶侃《タオガン》とともに劉飛泊《リウフェイポ》邸へ出向いた。あとから目立たないように距離をとって、巡査四名が無窓の輿をしたがえてついてくる。

洪《ホン》が高い丹塗り門を叩いて訪いを入れ、横桟をはめたのぞき窓のほうへ、身分証を示した。

「知事閣下のご意向で参上した。劉《リウ》さんとお目にかかりたい」

門番が出てきて、ふたりを門番小屋の控え小部屋に通した。すぐに老人が現われ、劉飛泊《リウフェイポ》の執事だと名のった。

「ご用向きでしたら」執事は言った、「てまえが承りましょう。主人はただいま昼寝中でございまして、起こすなといいつかっております」

「劉《リウ》さん本人以外に口外無用と、きついお達しだ」警部が言った。「行って、起こしたほうがいいぞ」

「とんでもない！」執事が怖気をふるう。「そんなことしたら、くびになってしまいます」

「じゃあ、そっちへ案内しなさいよ」陶侃《タオガン》が無愛想に言った。「そしたら自分たちで起こす。案内するんだよ、ほら。公務執行妨害は自分のためにならないよ」

くるりと背を向けた執事がごま塩の山羊ひげを怒りに震わせて色瓦《タイル》の院子を渡るあとから、洪《ホン》と陶侃《タオガン》がぴたりとついていく。曲りくねった回廊を四つ抜け、塀をめぐらした大きな庭園に出た。珍しい花を植えた陶鉢が、広い大理石の露台をとりまいている。その奥に、蓮池を中央に配した精巧な風致庭園が広がる。蓮池を迂回した執事が奥まった人工の岩山へ案内した。形も色もさまざまに趣きの違う大岩ばかりを取りあわせ、漆喰で固めてこしらえたものだ。その隣に、編み竹にすきまなく蔦かずらを這わせて壁にした亭があった。執事がそちらを指さしてつっけんどんに言う。

「主人は中です。手前はこちらで」

洪《ホン》警部が緑の葉をかきわけて入ったが、風通しのいい室内には籐の安楽椅子と小さな茶卓しか見あたらず、人はだれもいなかった。

ふたりがさっそく執事のところへ戻り、洪《ホン》が執事を難詰する。

「人をばかにするんじゃない。劉《リウ》さんはいないぞ」

執事がおびえた顔になり、ちょっと考えてこう言った。

「じゃあ、書斎でしょう」

「では、そちらへ」と、陶侃《タオガン》。「案内しろ！」

執事がまただらだら回廊をたどっていく。凝った花模様の飾り金具つき黒檀扉の前で止まった。そして何度も叩いたが、返事はない。ならばと押してみたが、鍵がかかっている。

「どけ！」しびれをきらした陶侃《タオガン》がどなり、何でも入っている袖から鉄具入りの小さな包みを出し、鍵にとりついた。まもなくかちりと音がして扉が開いた。広々とした豪奢な書斎があらわれる。どっしりした椅子や机や高い本棚はすべておそろいで、凝った飾り彫りの黒檀むくだ。だが、だれもいない。

陶侃《タオガン》はまっすぐ書きもの机に近づいた。ひきだしは残らず開けっぱなしになっていて、ふかふかの青絨毯には書類ばさみや手紙が散乱している。

「賊だ！」執事が大声を出す。

「なにが賊だい！」陶侃《タオガン》がやりこめる。「ひきだしはこじあけたんじゃない、鍵で開けたんだ。金庫はどこにある？」

執事のわななく手が、本棚ふたつにはさまれた古い軸ものを指さす。近づいた陶侃《タオガン》が絵を脇へよけた。その裏の壁に作りつけた四角い鉄扉は鍵がかかっていない。ただし、中はからっぽだった。

「この鍵もこじあけたんじゃない」陶侃《タオガン》は警部に言った。「いちおう家捜ししとこう。でも、鳥は飛んでっちまったって気がするね」

洪《ホン》が巡査四名を呼び入れ、みなで奥の女棟も含めて屋敷中を捜索した。だが、劉飛泊《リウフェイポ》はどこにもおらず、昼飯後はだれも見かけていない。

二人はむっつりと政庁にひきあげた。院子で巡査長に出会うと、王一凡《ワンイーファン》はあっさり逮捕され、すでに収監したという。

狄《ディー》判事は執務室にいて、まだ棋譜に夢中になっていた。

「王一凡《ワンイーファン》は厳重に拘禁いたしました、閣下」洪《ホン》警部が報告した、「ですが、劉飛泊《リウフェイポ》は消えておりました」

「消えた？」驚いて判事がきいた。

「おまけに、金やら重要書類もごっそり持って」陶侃《タオガン》が補足した。「きっと、誰にも知らせずに庭戸から出たんでしょう」

狄《ディー》判事は拳で机を叩いた。

「遅すぎたか！」くやしそうに叫ぶと、椅子からとびたって、怒りにまかせて室内をうろうろ歩き回りだした。少しして足をとめる。

「何もかも、あのばかでとんまな蔣《チャン》秀才の責任だ！　もっとはやく進士の潔白が分かっていたら――」腹立ちまぎれにあごひげをたぐる。それからふと、「陶侃《タオガン》、すぐ粱《リャン》家の秘書を呼んでこい！　開廷前に尋問するひまぐらいはまだある」

陶侃《タオガン》があたふた出ていくと、つづけて洪《ホン》警部に言った。

「劉《リウ》を逃したのは痛いな、洪《ホン》。殺人はなるほど重罪だ。だが、はるかに重大な罪もある！」

洪《ホン》はもっと聞き出そうとしたが、狄《ディー》判事の形相を見て思いとどまった。判事がまたひとしきり部屋の中を歩き回り、後ろ手を組んで窓辺にたたずむ。

陶侃《タオガン》があっという間に粱　奮《リャンフエン》を連れて戻ってきた。判事が前に会ったときより、いちだんと神経をすりへらしているようだ。狄《ディー》判事は机にもたれたが、粱　奮《リャンフエン》に席をすすめようとはしない。むんずと腕組みして、きわめて慎重に話しかけた。

「今回は率直に言おう、粱《リャン》君。君が卑劣な犯罪に加担の嫌疑があると告げておく。じきに始まる法廷のかわりにここで尋問するのは、老大官の体面を傷つけたくないからだ」

粱《リャン》が蒼白になり、何か話し出そうとしたが、判事にとどめられる。

「まず第一に、大官のでたらめな浪費についてさも同情をひくような話をしていたが、あれは大官のご病気をいいことに着服したという真相の隠蔽工作だと解することもできる。第二に、死んだ杏花の部屋で君の筆跡になる艶書を発見したが、最新の手紙では、あの妓と手を切りたがったふしが見受けられる。おそらくは韓永漢《ハンユンハン》さんの娘柳絮《りゅうじょ》さんと恋仲になったせいだろうな」

「どうしてそれを？」梁《リャンフェン》　奮が声をつつぬかせる。「私たちは――」

だが、狄《ディー》判事がまたもさえぎる。

「画舫に乗っていなかったのだから、じかに手を下して舞妓を殺せるわけはない。だが、自分の部屋で人知れず逢瀬を重ねた仲だった。花壇の裏口から引き入れるのはかんたんだ。いや、まだ話は終わってないぞ！　うけあうが、別によその私生活などに興味はない。柳街のきれいどころを総なめにしていたって一向に構わん。だが、死んだ妓との件は包み隠さず話してもらわんと。それでなくても頭の足りない若いのがもう一人いるおかげで、捜査が後手後手に回ってるんだ。このうえ邪魔されてはかなわん。このさいだ、ありていに白状せよ！」

「絶対に違います、本当です、閣下！」絶望した若者が身をもんで泣き叫ぶ。「そんな芸妓知りません。それに、主人の金だってこれっぽっちも着服していません！　ですが柳絮《りゅうじょ》さんは好きです、それだけは喜んで認めます。それにまんざら独り相撲でないという根拠もあります。じかに話しかけたことはありませんが、孔子廟の庭でよく会うたびに――。ですが、胸のいちばん奥底に秘めたことまで閣下におわかりでしたら、ほかがすべて根も葉もないというのもよくご存じのはずです！」

狄《ディー》判事は死んだ舞妓の手紙を一通わたした。

「君が書いたものか？」

梁《リャンフェン》　奮が丹念に調べ、判事に返しながら静かに言った。

「筆跡はよく似ております。手癖のいくらかまで上手にまねてありますが、私ではありません。これを細工した人物は、ふんだんに私の書いたものを手に入れて、手本にしたはずです。申しあげられるのは、これだけです」

判事が悪意をこめた目でひとにらみし、そっけなく言った。

「王一凡《ワンイーファン》は逮捕された、間もなく尋問にかかる。君も公判に出席せよ。もう法廷に行ってよろしい」

若者が退室すると、洪《ホン》警部が評した。

「どうも梁《リャン》は正直に話したようですな」

狄《ディー》判事は何も答えず、警部に合図して着替えを手伝わせた。

銅鑼が三つ鳴って夕方の開廷を告げる。狄《ディー》判事は洪《ホン》と陶《タオ》侃《ガン》を従えて登壇し、判事席についた。傍聴席には十数人しかいない。どうやら漢源《ハンユアン》の民らは、耳より情報はいましばらく先送りだろうと見切りをつけたらしい。だが韓永漢《ハンユンハン》と梁奮《リャンフエン》が前列に立ち、すぐ後ろに蘇《スー》親方の姿も見える。

点呼を終えるやすぐ牢番長あての書類に記入して巡査長に交付し、王一凡《ワンイーファン》を御前に出させた。

王一凡《ワンイーファン》は、逮捕されてもみじんも動揺のふうがない。ふてぶてしく判事をうかがうとひざまずいて、型どおり姓名や職業を問われれば、しっかりと答えた。そこへ狄《ディー》判事が話しかける。

「本官は、そなたが本法廷で虚偽を陳述した証拠を得ている。蔣《チャン》進士に、娘を買うようにもちかけたのはそなたであった。その委細を聞かされたいか、それとも白状するか?」

「てまえは」と王一凡《ワンイーファン》はうやうやしく述べた。「御前で偽証したことを認めます。公私ともにうしろだてをしてくださる友人劉飛泊《リウフェイボ》さんが進士を訴えました件で、なんとか劉《リウ》さんのお力になろうとするあまり、勇み足が過ぎた次第です。はばかりながら律令に照らして鑑みますれば、当該罪状では罰金刑相当で、刑が確定いたしますまで保釈金を積めば釈放いただけるとされております。ですから閣下にお かれましては、なにとぞ刑確定による罰金額設定および保釈を願い奉ります。保釈金および罰金全額につきましては、まちがいなく劉飛泊《リウフェイボ》さんがすすんで全額負担してくださるかと」

「第二に」と狄《ディー》判事は言った。「大官が還暦後に幼児返りしているのをいいことに、自分の私腹を肥やす目的で、でたらめな取引をもちかけて大損させている。証拠もあがっているぞ」

この告発も王《ワン》には蛙の面に水らしく、平然と切り返した。

「断乎否認いたします。梁《リャン》大官さまにこれまで金銭被害を与えた覚えはございません。そもそも大官さまにお出入りかなったのは、先様とご懇意な劉飛泊《リウフェイポ》さんのひきがあってこそですし、お手持ちの地所売却をお勧めしたのも劉《リウ》さんの助言に基づくものでした。専門家として劉《リウ》さんが、遠からず地所の実勢価格が暴落するだろうと見通しを述べておりましたので。閣下には、なにとぞ劉《リウ》さんの証言をお聞きくださいますように」

「それは無理だろうな」狄《ディー》判事がそっけなくあしらう。「劉飛泊《リウフェイポ》氏は、動産や重要書類一式を持参のうえ、無断で旅立った」

王一凡《ワンイーファン》は飛び上がり、死人さながら色をなくして大声でつめよった。

「行き先はどこです？　都ですか？」

王《ワン》を元の場所へひきすえようとした巡査長を、狄《ディー》判事がすかさず止める。

「行方不明だ、消えた。目下のいどころは家族も知らない」

王一凡《ワンイーファン》はみるみる余裕をなくし、額に汗粒を浮かべて独白のようにつぶやいた。「あいつ、逃げたのか……」そこで判事を見あげ、おもむろに、「さきほどおたずねの件につきましては、供述の一部を再考すべきかと」ためらうと言葉をつづけた。「そこばくの反省のゆとりをいただければ幸いです」

「よろしい」王《ワン》の目に必死の懇願を読みとり、狄《ディー》判事が即答した。

王《ワン》を牢へ戻し、公判を閉じようと警堂木を取りあげた矢先、蘇《スー》親方が、同業組合の朋輩を従えて進み出た。一人は玉工、もう一人は玉の仲買人だという。仲買人が玉工に璞《あらたま》(石原)を売ったが、割ってみたらきずが出てきて玉工が支払いを拒否した。だが、きずは璞《あらたま》を切らないとわからなかったので、いまさら転売はできない。そこで蘇《スー》が双方の仲裁を試みたが、どちらも折り合わないのだ。

双方の迂遠な説明を根気よく聞きながら目を廷内にさまよわせているうち、ふとみれば韓永漢《ハンユンハン》がいつのまにか引き上げていた。蘇《スー》があらためてかいつまんだ説明をおこなったのち、狄《ディー》判事は仲買人と玉工にこう伝えた。

「双方に落度がある。仲買人は璞《あらたま》売却時にきずがあると見抜くべきだったし、玉工は熟練職人として璞《あらたま》を割るまでもなくきずを見てとるべきだった。仲買人は璞《あらたま》を銀十粒で仕入れ、銀十五で売った。よって、仲買人から玉工に銀十粒の支払いを命ずる。切った璞《あらたま》は双方均等に分けよ。こうすれば、それぞれが職業上の不備に対して銀五粒の罰金を支払うことになる」

言い終えて警堂木を打ち鳴らし、閉廷した。

執務室にもどると、狄《ディー》判事は満足そうに警部と陶侃《タオガン》に言った。

「傍聴人のいる席ではあえて公言しなかったが、王一凡《ワンイーファン》は私に話したがっている。収監者を私的尋問するのは律令違反だが、この件に限っては特例で合法化されるだろう。いまからここへ連れてこさせよう。劉飛泊《リウフェイポ》が逃げたのか、と王《ワン》が言ったのに気づいただろう。さあ、その点をもっとくわしく聞こうじゃ――」

ふいに扉がばたんと開き、牢番長を従えた巡査長が飛びこんで荒い息をつく。

「王一凡《ワンイーファン》が自殺しました、閣下！」

狄《ディー》判事は拳を机に叩きつけ、牢番長をどなりつけた。

「四人の身体検査をさぼったのか、この大ばかもの？」

牢番長はがっくり膝をついた。

「誓って申しますが、入牢あらための際には菓子など持っておりませんでした、閣下！　だれかがあの毒入り菓子をこっそり独房へ差し入れたにちがいございません」

「ならば、外部の訪問を勝手に許したのか！」判事が雷を落とす。

「外部からの客はひとりもございませんでした、閣下！」

牢番長が泣訴する。「まるっきり、わけがわかりません！」

狄《ディー》判事が席を蹴って駆けだす。洪《ホン》と陶侃《タオガン》を従えて院子をつっきり、公文書室裏の側廊から獄舎に入った。牢番長がちょうちんをかかげて案内する。

王一凡《ワンイーファン》は長椅子手前の床に倒れていた。ちょうちんが断末魔の顔を照らす。唇は血泡まみれだ。牢番長が無言で、王《ワン》の右手わきに転がった小さな丸い菓子のかけらを指さした。もう半分がたなくなっている。明らかに、王《ワン》はひと口食っただけだ。狄《ディー》判事がかがんでよく見ると、豆沙《あずき》餡《あん》を詰めた丸い菓子だった。まちの菓子屋ならどこでも置いている、ありふれた菓子だ。だが菓子の上に押した焼き印は菓子屋のでなく、小さな蓮華の図柄だった。

判事は手巾《ハンカチ》に菓子を包んで袖に納め、きびすを返して黙然と執務室へ引き上げた。

机におさまった狄《ディー》判事の形相をみて、洪《ホン》警部と陶侃《タオガン》が気づかう。蓮華印は王《ワン》に見せるためではないと、判事にはわかっていた。王《ワン》に死をもたらす差し入れが届いた際、独房内部はまっくらだったからだ。あの蓮華印の矛先は知事たる自分に向いている！　白蓮教団からの警告だった。疲れた声で述べる。

「王《ワン》は口封じに殺された。毒菓子は仲間の一人が与えたのだ。ほかならぬこの政庁内部に謀反人の一味がいる！」

16

流れ者らが彊北《チャンペイ》を騒がせ
河ではだまし討ちに遭う

馬栄《マーロン》と喬泰《チャオタイ》は公文書室で省内地図を調べ、あわただしく道筋を決めた。

良馬をめいめい一頭選び、東さしてまちを離れた。平野に出て半時間ほど街道を進むと、馬栄《マーロン》が馬をとめて言った。

「ここで田畑をつっきって右に折れれば、県境の河はすぐだと思わねえか？　そうすると、橋んとこの舗《こうばん》から六里ぐらい下流に出るわけだろ？」

「まあ、だいたいそんな見当だな」喬泰《チャオタイ》も賛成する。

それで、一緒にあぜ道を馬でつっきった。油照りもいいところなので、小さい農園が見えたときにはほっとした。

百姓がくれた井戸水を手桶からたっぷり飲み、銅銭ひとつかみで馬を預けて世話を頼み、農夫が馬小屋へ引いて行くのを待ちかねて、そろって髪をほどいてぼろぎれで縛り、乗馬靴を鞍袋に入れ、持参の草鞋にはきかえた。腕まくりしながら、喬泰《チャオタイ》が言い出す。

「はっはあ、兄弟！　なんだか緑林の昔に逆戻りしたみたいだぜ！」

馬栄《マーロン》がその肩を景気よく叩き、垣根からめいめいの得物に太い竹を引っこ抜き、河さしてくだった。

漁師のじいさんが網を干していたので、銅銭二つで向こう岸まで渡してもらった。銭を払いながら馬栄《マーロン》が尋ねる。

「ここまでくりゃ、軍はいねえよな？」

老人は怯えた目つきで二人を見て、かぶりを振ると舟を戻した。

ふたりは丈高い芦原を抜け、つづら折りの田舎道に出た。喬泰《チャオタイ》が言う。

「気をつけろよ。地図だと、この道のさきに村がある」

そろって竹杖を肩にかつぎ、あたりはばからず猥歌をがなりながらどんどん歩いて行く。半時間ほどで村が見えてきた。

馬栄《マーロン》が先に立ち、小さな市場わきの旅館に入った。木の腰かけにふんぞりかえって大声で酒をいいつける。そこへ喬泰《チャオタイ》がきて、さしむかいで腰をおろして言う。

「まわりを見てきたぜ、兄弟。軍も巡査もいねえよ！」

ほかの卓を囲んだ老農夫四人がおどろいてこっちを見ている。一人が人さし指と小指を鉤に曲げて、追剝だよと身ぶりをすると、ほかの者がしたり顔でうなずく。

旅館のおやじが酒注ぎを二つかかえて駆け寄ってきた。その袖をつかんで、喬泰《チャオタイ》がいらだつ。

「そんなもんでどうすんだよ、あほかおまえは！　酒注ぎなんぞでけちけちすんなよ、どーんと壺ごと持って来いって！」

亭主はあたふた部屋を出ると、せがれと二人がかりで三尺の酒壺と長柄の竹びしゃくをかかえてきた。

「おお、これこれ！」と馬栄《マーロン》がどなる。「ごたごた酒器なんざ並べたってしょうがねえ！」ふたりしてひしゃくを壺に突っ込んではぐいぐいやる。暑い昼ひなかを遠出したせいで、喉はからからだ。亭主が漬物を大皿にどかっと盛って出した。喬泰《チャオタイ》が鷲づかみでむさぼり食う。にんにくと鷹の爪がきいていて、舌鼓を打ちながらこう悦に入る。

「いやあ、兄弟、こんなん食ったら、まちの見かけ倒しなんて食えたもんじゃねえぜ」

馬栄《マーロン》も口をいっぱいにしてうなずく。さしもの酒壺を半分あけてしまうと、しめに大鉢の麺を出され、爽快な苦みのある田舎の渋茶で口をゆすいだ。立って帯から金を出しかけると、亭主があたふた固辞する。おふたりさんにお越しいただいて光栄です、というのだ。だが馬栄《マーロン》はどうしてもと言いはって、たっぷり心づけを添えて全額払った。

あとはおもての大きなもみの木陰に並んで寝そべり、たちまち高いびきで酔余の昼寝としゃれこむ。

脚を蹴られて馬栄《マーロン》が目を覚ました。起きてあたりをうかがい、喬泰《チャオタイ》の脇腹をこづく。棍棒をかまえた四人が仁王立ちしている。村人たちが人垣をつくり、唖然としてみている。二人が立ちあがった。

「彊北《チャンペイ》政庁の巡査だ！」ずんぐりした男が咆えた。「何者だ、どこから来た？」

「その目は節穴か」馬栄《マーロン》が大きく出る。「おれは州長官だ、微行《おしのび》なのが分からんか？」

野次馬にはたいそう受けて、げらげら笑い出した。巡査長が棍棒を振りあげて脅しにかかる。馬栄《マーロン》はさっと上衣の前襟をひっつかみ、足が地面を二尺がた離れるほど持ちあげ、歯がかたかた鳴るまでゆすぶってやった。巡査たちが助けようとしたが、いちばんのっぽの両脚に喬泰《チャオタイ》の竹ざおがからんで派手に転倒する。おあとはその竹ざおを車輪のようにぶん回し、ほかの男たちの頭すれすれに舞わす。巡査たちは逃げ出し、群衆が口々にやじった。喬泰《チャオタイ》が声を限りに罵りながら追い回す。

とりあえず巡査長は臆病ではなかった。馬栄《マーロン》の手を振りほどこうともみあい、脚を何度も蹴りつけた。それでそいつを放り出し、あわてて竹ざおをかまえる。巡査長が棍棒で頭をねらったが、竹ざおであっさり払われ、あべこべに利き腕をぴしりと打ちすえられた。棍棒を取り落とし、馬《マー》

巡査を手玉にとる

栄《ロン》につかみかかろうとする。だが、竹ざおでのらりくらりと撃退されて間合いに踏み込めない。これでは勝負にならないと悟って、まわれ右していちもくさんに逃げて行った。

喬泰《チャオタイ》も少したって戻ってきた。

「悪党どもめ、逃げやがった」と息を切らせながら言った。

「いい稽古をつけてやんなすった」老農夫がしたり顔をする。

宿屋の亭主は目立たぬように人垣の後ろにいたが、喬泰《チャオタイ》に近づいてあわただしく耳打ちする。

「お二人さん、急いで離れたが上分別だよ。このへんにゃ州軍がいる、おっつけ来ますぜ！」

喬泰《チャオタイ》はぴしゃりと自分の頭を叩いた。

「気づかなかったぜ」と、悔やむ。

「心配しなさんな」宿屋の亭主がささやいた。「せがれについていってくだせえ、あぜを抜けて黄河に案内させます。舟がある、一、二時間で三樫島ですよ。そこの連中に加勢してもらったらいいや。肖《シャオ》のおやじの口ききだって言ってくんな！」


二人はあわてて礼をのべ、若者について這うようにあぜをたどる。泥田を長いこと抜けたあげく、若者は足をとめて前方の並木を指さした。

「舟はあそこに隠してある。心配ねえよ。水の流れに乗りゃあ、勝手に連れてってもらえる。ただ、渦巻だけには気をつけてくだせえよ」

藪に隠れた小舟はあっさり見つかった。ふたりで乗り込むと馬栄《マーロン》が竹ざおをとんと突き、低く垂れさがった枝の下から舟を離した。すぐそこは黄河だ。

馬栄《マーロン》はさおを置いて櫂を取った。泥色の濁流をゆらゆらくだり、岸がみるみる遠ざかっていく。

「あんな大きな河に、この舟じゃ小さすぎないか？」と、舟ばたをしっかりつかんで、喬泰《チャオタイ》が心細そうに尋ねた。

「心配すんなって、兄貴！」馬栄《マーロン》は笑った。「思い出せよ、おれは江蘇生まれ、舟をゆりかごにして育ったんだぜ！」

馬栄《マーロン》はしっかり漕いで渦巻を避けた。もう黄河の中ほどにきている。岸の芦原がかなたに細い線をひき、完全に消え、まわりは茫々たる褐色の水だけになった。

「水ばっかり見ていると、眠くなるぜ」喬泰《チャオタイ》は怒ったように言って、あおむけにひっくり返った。そうして一時間以上も口をきかなかった。喬泰《チャオタイ》は眠り込み、馬栄《マーロン》はやむなく舟にひたすら集中している。いきなり馬栄《マーロン》が叫んだ。

「見ろ、緑色のもんがある！」

喬泰《チャオタイ》は身体を起こした。ゆくてに緑の斑点が無数に見える。水面からわずか一尺ほど浮かぶ雑草の茂みだ。半時間後には藪だらけのもっと大きな島にきた。黄昏のあたりいちめん、水鳥のもの凄い声がする。喬泰《チャオタイ》が耳をそばだて、ふいに言った。「あの鳥の声はふつうじゃない！　軍隊が偵察のときに使うような秘密の符丁だぜ」

曲りくねった河に手を焼いた馬栄《マーロン》が何かぶつくさ言う。唐突に櫂が引っぱられ、手を離れた。小舟が荒っぽく揺れ、濡れた頭が船尾近くの水中からぬっと出てきた。背後にもうふたつ浮いてくる。

「おとなしく座ってろ、さもなきゃ舟をひっくりかえすぜ！」と、すごむ。「だれだ？」

声の主が舟ばたに手をかけた。泥水がしたたり落ちて、邪悪な水妖そっくりだ。

「上流の村から、肖《シャオ》のおやじの口ききだ」と馬栄《マーロン》が言った。「そこの巡査とちょいと揉めたんでね」

「話は大将に言え！」と言って櫂を返す。「あっちに見える灯までまっすぐ漕げ」

武装した男六人が、雑な船着場に立っていた。そのかしらがさげたちょうちんの灯で喬泰《チャオタイ》がみれば、みんな正規の軍装だ。だが、階級章はない。ふたりとも深い森の中へ連れこまれた。

間もなく、木々の間に点々と火が見えた。広い空き地に百人ほどの男が焚火を囲み、鉄鍋で粥を煮ている。全員が完全武装している。二人は空き地の遠いはずれに連れて行かれた。そちらで、見るからに老木の樫が三本並んだ木陰で、四人の男がかたまって折りたたみの椅子にかけていた。

「これが歩哨から報告のあった二人です、大将！」と、かしらがうやうやしく報告する。

大将と呼びかけられた男は幅広い肩をしたやつで、鎖かたびらの着込みにだぶだぶの黒革ずぼんをはいている。髪は派手な赤い首布でまとめている。残忍そうな小さい目で二人をじろじろ見てどなった。

「吐け、悪党ども！　名は？　どこからきた？　理由は？　洗いざらい吐け！」

きびきびした将校口調だ。喬泰《チャオタイ》のにらんだところでは、おおかた脱走兵だろう。

「庸保《ユンバオ》ってもんです、大将」と、馬栄《マーロン》が下手に出て愛想笑いする。「おれもこいつも緑林の兄弟でして」自分たちが巡査たちとひと悶着起こし、宿屋の亭主の口ききで来たのだといきさつを話し、もしも大将の配下になれるならこの上ない光栄だと言い添えた。

「そのまえに、きさまらの話を吟味する」と大将は言って、二人を護衛して来た連中に向って命令した、「こいつらを、ほかのやつらがいる囲いへ連れて行け！」

二人にめいめい粥入りの木椀がくばられた。それから森を抜けて、べつの小ぢんまりした空き地へ連行された。たいまつの光が、丸太小屋を照らしている。手前の草むらで男がうずくまって飯を食っていた。囲いの隅の木陰で、百姓女の青い上着とずぼんをはいた娘がしゃがんで同じようにせっせと箸を使っている。

「ここを離れるな」兵が釘をさす。馬栄《マーロン》と喬泰《チャオタイ》はうずくまった男の向かいにあぐらをかいた。男が不機嫌に二人を見る。

「おいら、庸保《ユンバオ》ってんだ」馬栄《マーロン》がまじめそうに声をかけた。「あんたは？」

「毛禄《マオルー》よ」不機嫌な声で応じ、からになった飯椀を娘に投げてどなった、「洗っとけ！」

娘は無言で立つと椀を拾い、馬栄《マーロン》と喬泰《チャオタイ》が食い終わるのを待って、から椀をふたつとも受け取った。馬栄《マーロン》が礼がわりに目くばせする。悲しそうな顔だし、どこか痛いらしくて立ち居がいささか不自由だ。だが、目立つほどの美人だ。毛禄《マオルー》は怒ったしかめ面で馬栄《マーロン》の表情を追い、荒々しく言った。

「ほっといてくれ！　あいつはおれの女房だぞ！」

「いい女だなあ」と馬栄《マーロン》が聞き流す。「おい、何でおれたちだけ離しとくんだよ？　これじゃ、まるっきり罪人扱いじゃねえか」

毛禄《マオルー》は地面に唾を吐き、すばやく周囲の物陰をたしかめて声をひそめた。

「ここの連中ったら血も涙もねえぜ、兄弟。おれがきたのは数日前だった。いい道連れもいた。で、仲間になりてえって言ったら、大将が根ほり葉ほり聞きやがる。そのうち、連れが面倒くさくなって、歯に衣きせずに言ったんだ。それでどうなったと思う？」

馬栄《マーロン》と喬泰《チャオタイ》がかぶりを振ると、毛禄《マオルー》は人さし指で喉をついと横切ってみせた。

「これだぜ！」苦りきる。「で、おれはここさ、牢屋とかわらんね。ゆうべなんざ、野郎二人連れが女房に夜這いかけてきやがって、見張り番がそいつらをしょっぴいてくまで大立ち回りしちまったぜ。まあ、きまりは守る連中だよ。でもな、そのほかはへどが出るぜ。だから、来るんじゃなかったと思ってるよ」

「やつら、何をたくらんでんだ？」喬泰《チャオタイ》がきいた。「おれたちほどのやつを大手を広げて迎えねえなんざ、いったい何様でえ？　けつの穴の狭い連中だぜ！」

「行って、あいつらにそう言ってみなよ！」毛禄《マオルー》はあざ笑った。

娘がまたきて、洗った椀を木陰に置いた。毛禄《マオルー》がどなりつけた。

「口がきけねえのか？」

「なんとでもご勝手に！」平然と答え、小屋に入って行った。毛禄《マオルー》はまっかになって怒ったものの、後を追おうとはしない。悪態をついただけだった。

「あの女の命の恩人はおれだぜ、なのに何か得したか？　仏頂面だけよ！　縄っきれでこっぴどくひっぱたかれても知らん顔だぜ」

「女にものをわからせようってんなら、縄が何里もいるってこった」馬栄《マーロン》がしたり顔で述べた。毛禄《マオルー》は立って、大木の木陰へ行き、落ち葉を蹴り集めて横になった。馬栄《マーロン》と喬泰《チャオタイ》は囲いの反対端で乾いた落ち葉だまりを見つけ、じきにぐっすり眠り込んだ。

寝顔を叩かれて喬泰《チャオタイ》が目を覚ますと、その耳元で馬栄《マーロン》がひそひそやる。

「偵察して来たぜ、兄弟。大型船二隻が河のなかほどにつないである。出帆はあすの朝、支度は全部すんでる。見張りは一人もいない。やろうと思えば、毛禄《マオルー》ちゃんの頭をぽかりとやって娘もろとも片方の船にのせられる。だが、あれだけの船となると、どこへ行くかも知らないってのはさておき、おまえとおれじゃ水路から河へはむりだ」

「船倉に潜んでりゃいい」喬泰《チャオタイ》がささやいた。「あした、悪党連中が船を河に出してくれたら、飛び出して不意をつくんだ」

「いいねえ！」馬栄《マーロン》は満足そうに言った。「やるかやられるか。そういう簡単なのは胸がすくよ。よし、およそ日の出前には船出するやつはいねえから、眠る時間はまだたっぷりあるよ」

すぐに二人ともいびきをかきだした。

夜明けの一時間前に馬栄《マーロン》が起きだし、毛禄《マオルー》の肩をゆすった。半身起こしたそのこめかみに拳を命中、あっさり気絶させた。そして腰まわりにからげた細引で毛禄《マオルー》の手足をふんじばり、やつの上衣を裂いて口に押し込んで猿ぐつわをかませ、喬泰《チャオタイ》を起こして一緒に小屋に入った。

喬泰《チャオタイ》が火種を取り出して灯をつけるひまに、馬栄《マーロン》が娘を起こした。

「漢源《ハンユアン》政庁の者だ、蔣《チャン》の若奥さん。あんたを助け出して連れ帰れと言われてきた」

素娥《そが》はかすかな灯で疑わしそうに上から下まで見て、そっけなく言った。

「勝手にでたらめ言ってなさいよ。ちょっとでも触ったら、大声を出すからね」

馬栄《マーロン》は溜息をついて、髪を縛ったぼろの中に隠し持っていた狄《ディー》判事の手紙を取り出した。一読すると、素娥《そが》はうなずいて早口に尋ねた、

「どうやってここから脱け出すんです？」

馬栄《マーロン》から計画を聞き、意見を述べる。

「夜明けがたに見張りが朝食を持ってきます。いなくなったとわかれば騒ぎになりますよ」

「夜のうちに一時間ばかりかけて、森の反対方面へにせの

足跡をつけておいた」馬栄《マーロン》が答える。「お手並みをみてからなびいてくれたっていいんだぜ、ねえちゃん」

「口をつつしみなさいよ！」娘がきめつけた。

「じゃじゃ馬だねえ」喬泰《チャオタイ》にそう言ってにやりとし、三人で小屋を出た。馬栄《マーロン》が毛禄《マオルー》を肩にかつぎあげる。森ならお得意だ、喬泰《チャオタイ》と娘をたくみに誘導して暗い森を抜け、水路に出た。大型船二隻の船影が、くろぐろと目の前に浮かぶ。

手前の船に乗り込み、馬栄《マーロン》は船尾の階段口へ直行し、急勾配の梯子づたいに毛禄《マオルー》をすべり落とし、自分も続いて飛び降りた。そのあとから喬泰《チャオタイ》と素娥《そが》がおりてくる。そこは狭い厨房だった。前方は船倉で、太縄で縛った大きな木箱が天井までぎっしりだ。

「あそこへ登ってろよ、喬泰《チャオタイ》」馬栄《マーロン》が言った。「二列目の上の箱がちょっとずれるか、押してみな。そしたら、隠れ場所にはちょうどいい。おれもすぐもどる」

隅の道具箱をつかみ、はしごを登っていく。娘が厨房を調べるまに喬泰《チャオタイ》は箱の山によじ登り、天井と箱にはさまれた狭い空間にもぐりこんだ。上のほうの箱をずらそうとがんばり、不平をこぼす。

「ばかに重いな。なかみは石かよ」

四人に十分な場所をあけ終えると、馬栄《マーロン》が帰ってきた。

「あっちの船のどてっ腹に、二つばかり風穴をあけてやったぜ」とほくそ笑む。「いまごろ船倉が水びたしなのに気づいたろう。そんな簡単には見つかるような穴じゃねえけどな」

喬泰《チャオタイ》が手を貸して、ふたりがかりで毛禄《マオルー》を箱の上に引きあげた。正気づいた毛禄《マオルー》が目をむいている。「窒息しないでくれよ！」喬泰《チャオタイ》が言った。「死ぬ前に、うちの知事さんが尋問したがってると覚えておくこった」

二つの箱の間に毛禄《マオルー》を埋め、馬栄《マーロン》が最前列まで這い出て、両手を出した。

「ここへあがってこい！」と素娥《そが》に言った。「手をかしてやる」

だが、娘は従わずに唇を噛んで考えている。いきなり尋ねた。

「こういう船には何人乗り組むの？」

「六、七人だ」馬栄《マーロン》がいらいらして答えた。「そら、早く！」

「私はここにいます」娘はきっぱりと言い、鼻にしわをよせて、「そんなきたない箱の上になんて、夢にも思いません」

馬栄《マーロン》が大声でののしった。

「こら、もしも見――」

ふいに重い足音が甲板に響き、命令が聞こえてきた。素娥《そが》が船尾の窓を押しあけて外をのぞく。箱の山に歩み寄ると、声をひそめて教えた。

「武装兵が四十人ほど、後ろの船に乗り込んでるわ」

「ここへあがってこい、すぐにだ、おい！」馬栄《マーロン》がきつく言う。

娘はからかうように声をたてて笑い、上着を脱ぐと上半身裸になって鍋を洗い出した。

「目の保養だぜ」と馬栄《マーロン》は喬泰《チャオタイ》にささやいた。「それにしたって、いったいぜんたい何やらかす気だよ、あのじゃじゃ馬？」

太綱がずしんと音を立てて甲板に引きあげられ、船が動きだした。水夫らがさおをさしながら、単調な歌を唄いだす。

急に、はしご段がぎしぎし音を立て、たくましい男が降りかけて立ちどまり、ぽかんと半裸の女に見とれていた。女が流し目して、なれなれしく尋ねた。

「ねーえ、手伝いに来てくれたの？」

「お……おれは積み荷を調べにゃ」そう言いつつも、眼は娘の乳房にくぎづけだ。

「へえ」素娥《そが》が鼻であしらう。「あんなきたない箱のほうがいいんだ、ご勝手に！　あたしは一人で十分さ」

「とんでもねえ！」大声を出し、急いで降りて娘に近寄ると、「いい女だなあ！」と、にやつく。

「あんたもなかなかよ」一瞬だけ好きに触らせてから、押しやった。「お楽しみのまえに、仕事、仕事！　水桶を取っとくれよ！」

「どこだ、劉《リウ》？」荒っぽい声が階段口から呼んだ。

「積み荷調べで忙しい！」と男は叫び返した。「すぐ行く！　おめえは帆の具合を見てくれ！」

「まかないがいるのは何人？」と娘はきいた。「兵も乗ってんのかい？」

「いや、あいつらは後ろの船さ」劉《リウ》と呼ばれたやつが水桶を渡しながら返事した。「おれにはうまいもんを作ってくれよ、ねえちゃん。おれが船頭で船長なんだから。舵手と四人の水夫はおこぼれでいい」

武具の音が甲板に響いた。

「あんた、兵はいないって言ってなかった？」

「最後の物見台にいる見張りたちさ。河へ出るまえに調べに来るんだ」

「あたし、兵がいいな。ここへ呼んでよ」

男は急いではしごをあがり、階段口から頭を突き出すと叫んだ。

「船倉はおれが調べといたぜ！　この下はまるで地獄みてえに蒸すぜ！」

ちょっと押し問答になった末に、男がほくそえんで降りてきた。「追っぱらってやったぜ。おれも昔は兵さ、かわい子ちゃん。楽しませてやるぜ」娘の腰を抱きかかえ、ずぼんの紐をほどきにかかった。

「ここじゃだめ」素娥《そが》は言った。「あたしは堅気なんだから。あの箱の上を見ておいでよ。気持ちのいい場所が隅っこのほうにあるかもしれないよ」

劉《リウ》がせかせか箱の山によじのぼろうとする。馬栄《マーロン》がその喉首をつかんで引きずりあげ、絞め落として厨房に飛び降りた。素娥《そが》が手早く船窓を閉めて上衣を着る。

「お手柄だぜ、ねえちゃん！」馬栄《マーロン》が大喜びでささやき、はしごの陰にしゃがむ。そこへ重い靴音が昇降口から降りてきた。「地獄ん中で何やってる、劉《リウ》！」怒って尋ねる。馬栄《マーロン》が後ろからその両脚をぐいと引き、男はまっさかさまに落ちて、頭を床にたたきつけ、動かなくなった。喬泰《チャオタイ》が上から両手をさしのばし、上と下からその男も箱の上に引きこむ。

「そいつを縛りあげたら降りてこいよ、喬《チャオ》の兄貴」馬栄《マーロン》がひそひそ声で言った。「おれは船窓から甲板へあがる。ほかの悪党どもをここへ送り込むから、受け取り準備よろしく」

馬栄《マーロン》は、船窓から抜け出し、錨綱にぶらさがって船腹をよじのぼり、外から音もなく甲板に踏みこんだ。だれにも見られていないのを見すまして、舵手のほうへのんびり寄っていく。舵手は両手で太い舵棒をつかんでいた。

「下の船倉はもう暑すぎるぜ」馬栄《マーロン》はそう言いながら、船がとうに河の中ほどに出たのを確かめた。二番船は後方だ。甲板にあおむけに寝て、思いきり手足をのばした。

舵手は仰天した表情で馬栄《マーロン》を見ると、警笛を吹いた。三人の頑丈な水夫が船尾へ駆けて来た。

「てめえ、どこのどいつだ？」と先頭の水夫がきいた。

馬栄《マーロン》は頭の下に両手を組み、特大のあくびを放った。

「護衛だよ。積み荷の見張りさ。劉《リウ》のだんなと箱を検査し終わったところだ」

「船頭め、おれたちにゃ一言もなしときやがる！」と、最初の水夫がつむじを曲げてこぼす。「自分だけが大事だと思いやがって。ちょいと行って、どのくらい速度をあげる気か、きいてくる」階段口へ向かった。馬栄《マーロン》もはねおきて、ほかの二人とともについて行った。

降り口に立って見おろした一瞬のすきをとらえて、馬栄《マーロン》が男をまっさかさまに蹴り落とす。稲妻よりも速く振り返り、次の水夫のあごに一発ぶちこみ、よろめいて欄干にもたれたやつの心臓あたりに突きをかまして河の中へ送り込んだ。三人めの水夫があいくちを構えて突いてくる。馬栄《マーロン》はひょいと身をかわし、あいくちをやりすごして相手の腹に頭突きを食わせた。あえいで馬栄《マーロン》の背に倒れかかるやつを立ってはねとばし、反動で欄干の向こうまで飛ばした。

「みんな、魚のごちそうになっちまえ！」舵手にどなった。「舵を取りつづけるんだよ、あんちゃん。さもなきゃ、おまえもあいつらの仲間入りだぜ！」

二番船に目を凝らしていると、はるか後方で立ち往生し、右舷に激しく傾き、斜めになった甲板の上でおおぜい右往左往している。「あれじゃあ、下着も濡れるわな」と、ごきげんで感想を述べ、大きなむしろ帆を調節しに行った。

喬泰《チャオタイ》が階段口に頭をつき出した。

「おれには一人しかよこさなかったな。ほかのはどこだ

?」

帆を直すのに手いっぱいな馬栄《マーロン》が河を指さす。喬泰《チャオタイ》が甲板にあがってきた。「蔣《チャン》の嫁さんが昼飯を作ってくれてるぞ」

しだいに追い風を受けて、船が小気味よく走る。喬泰《チャオタイ》は遠くの両岸をうかがって、舵手に尋ねた。

「舗《こうばん》へはいつだ？」

「二時間かからねえよ」と、仏頂面をする。

「どこへ行く気だった、ろくでなし？」また喬泰《チャオタイ》がきいた。

「柳　彊《リユウチヤン》、下流へ四時間行ったとこだ。そこでちょいと喧嘩をやるのさ」

「おまえ、運がいいぜ。喧嘩の仲間入りしないですむんだものな」

帆陰に腰をおろして一緒に昼飯を食べながら、馬栄《マーロン》が蔣《チャン》の嫁に夫の波乱万丈を話して聞かせた。話が終わるころには女がうるうるし、「そんな可哀想なことになってたなんて！」と、涙声で言った。

馬栄《マーロン》はちらっと喬泰《チャオタイ》を見て、耳うちした。

「こんなじゃじゃ馬が、あの口先だけの弱虫にこのざまだなんてなあ？」

喬泰《チャオタイ》はとりあわずにひたすら前を見ていたが、いきなり大声を出した。、

「あの旗、見えねえか？　舗《こうばん》だぜ、兄弟！」

馬栄《マーロン》が飛びあがり、舵手に大声で命じ、帆をたたみにかかった。半時間後には波止場についた。

馬栄《マーロン》は舗《こうばん》に当直していたあの伍長に狄《ディー》判事の手紙を渡し、三樫島の盗賊四人と船一隻を引っぱってきたと教えた。

「何を積んでるのか知らないが、ずいぶん重いぜ」

三人して、四人の兵士を連れて積み荷を見に行った。伍長同様、兵士たちも兜をかぶって革緒をしっかり結び、鎖かたびらをまとって肩と腕に鉄甲をつけ、剣の横におおげさな戦斧をさしている。

「どうしてそんなに金物だらけなんだ？」馬栄《マーロン》がびっくりする。

伍長は当惑し、ぶっきらぼうに返答した、

「うわさですが、下流のほうで武装した賊徒とこぜりあい

があるとか。ここに残ってる部下はこの四人きりです。あとは全員、隊長に率いられて柳《リュウ》彊《チャン》へ行ったもんでね」

そのあいだに、兵士たちが箱の一つをこじ開けた。鉄兜、革上着、剣、弩、矢といった武具がぎっしりだ。兜の前に小さな白蓮の印がつき、同じ文様の小さな銀色の記章が何百と入っている袋があった。喬泰《チャオタイ》が、それをひとつかみ袖に入れ、伍長に言った。

「この船は柳《リュウ》彊《チャン》へ行くはずだった。二番船には、武装した四十人の賊が乗り込んでいた。だが、上流で浸水して沈没した」

「そいつは吉報だ！」伍長は叫んだ。「さもなきゃ、隊長が柳《リュウ》彊《チャン》で立ち往生だ、三十人しか部下がいないんだから。で、何かお役に立てますか？　河を渡れば、あんたらの漢《ハン》源《ユアン》県の南端を守っている舗《こうばん》があります」

「急いでそっちへ渡してくれ」馬栄《マーロン》が言った。

自県にもどると、馬栄《マーロン》は馬四頭を徴発した。当直の士官の話では、湖水を回れば二、三時間でまちだという。

喬泰《チャオタイ》は毛禄《マオルー》の口から猿ぐつわをはずした。毛禄《マオルー》は悪態をつきかかったが、舌が腫れてかすれ声しか出ない。毛禄《マオルー》を鞍壺に縛りつけながら、馬栄《マーロン》が蔣《チャン》の嫁に言う。

「馬に乗れるか？」

「何とかするわ」と彼女は言った。「でも、ちょっと痛いの。上衣を貸してちょうだい！」

馬栄《マーロン》のたたんだ上衣を鞍にかけ、その上にひらりとまたがる。

そうして、騎馬の一行はまちへ向けて駆けだした。

17

お寺の殺しを明らかにし
大昔の棋譜に答えを出す

蔣《チャン》の嫁と捕虜を連れた馬栄《マーロン》と喬泰《チャオタイ》が、漢源《ハンユアン》めざして馬を駆っていたころ、狄《ディー》判事は政庁で午後公判を開いていた。

猛暑のひるひなか、厚い錦織の官服がじとっと汗を吸っている。疲れて短気になっている。前夜とその日の午前中いっぱいかけて洪《ホン》警部と陶侃《タオガン》相手に政庁全職員の経歴や暮らしをなめるように調べ上げたが、収穫はまったくない。分不相応な金遣いの巡査や書記にはいないし、ひんぱんに休みを取ったり胡乱なふしを挙動にみせるものもない。王《ワン》一凡《イーファン》はいちおう自殺と公表させ、検死を延期し、仮棺に納めて独房に置いてある。

公判はよくある案件がいくつもだらだらつづいた。とくにこれというものはなかったが、すぐ裁決しなければ、積もり積もってまちの行政がとどこおる。判事につきそうのは洪《ホン》警部だけだった。その午後、陶侃《タオガン》のほうは下町へ出かけ、まちの様子をそれとなく探っている。

やっと閉廷できるころには安堵の溜息が出た。執務室で洪《ホン》に手伝わせて着替えていると、陶侃《タオガン》が帰ってきて、心配そうに言う。

「下町はさながら嵐の前の静けさです、閣下。ちょっと茶店を回って来ましたが、民は乱が起きるものと思っています。具体的に何かといわれると、だれも知りませんが。漢《ハン》源《ユアン》たるうわさですが、すぐ隣の彊北県《チャンペイ》に賊が集結したそうですし、武装した賊どもが河を越えて漢源《ハンユアン》にやってくるぞと、こそこそ話している連中もいます。帰り道の商店では、もう鎧戸をおろしておりました。こんなに早い店じまいはいつも悪い兆候ですな」

判事は口ひげを引っぱり、おもむろに副官二人に言った。

「二週間前からそうだった、着任そうそうからうすうす感づいてはいたが。それがいま、はっきりした形を取りつつあるのだ」

「あとをつけられました」陶侃《タオガン》がまた話しだす。「そんなこったろうと思っていました。下町には顔見知りがずいぶんいますし、あの坊主の逮捕に一枚かんでいるともっぱら話のたねになっていますからね」

「つけてきた男は知ったやつか?」

「いえ、閣下。がっしりした身体つきの大男で、赤ら顔のぐるりにあごひげをはやしていました」

「政庁に帰りついてから、門衛に逮捕させたか?」と、判事が身を乗り出す。

「いえ、閣下」陶侃《タオガン》がしょんぼりする。「不覚をとりました。孔子廟の近くの裏道にさしかかると、もうひとりと合流して襲われまして。それでとある油屋の店先で、道端に置いた大きな油壺のわきに立っていると、その大男がかかってきたので小股をすくい、はずみでそいつが油壺を倒してしまいました。油が道路一面に流れ、頑丈な油しぼり職人四人が店から飛び出してきました。悪党は私にやられたと言い張りましたが、両方を見比べた油しぼりは、やつの方がうそだときめつけ、そっちへかかって行きました。最後に見たときには」と、悦に入る。「連中が大男の頭に石壺を叩きつけ、もう一人がほうほうのていで逃げていきました」

狄《ディー》判事はやせた男を探り見た。陶侃《タオガン》がおとり戦術で坊主をあの旅館へおびき寄せたいきさつを馬栄《マーロン》が話していたのを思い出す。一見すると人畜無害のでくのぼうだが、この男が敵だとすると、汚ない手も辞さない難敵である可能性は捨てがたい。

そこへばたんと扉が開き、馬栄《マーロン》と喬泰《チャオタイ》が蔣《チャン》の嫁をはさんで入ってきた。

「毛禄《マオルー》は牢にぶちこんどきました、閣下!」馬栄《マーロン》が意気揚々と復命する。「こちらが消えた花嫁です!」

「でかしたぞ!」と、屈託なく笑いながら狄《ディー》判事は言った。娘に合図して座らせ、優しく話しかける。「さぞかし早く家へ帰りたいでしょう、奥さん。いずれ、あなたには政庁で証言していただく。いまはただ、これだけお聞きしたい。

あなたが寺に安置されたあとで何が起きたのか、説明してもらえまいか。そうすればそこで起きた殺人事件の調べにかかれます。こんな困ったことになった原因の椿事は、もう分かっていますので」

素娥《そが》がぱっと赤くなり、しばし気を静めてから、話しにかかった。

「あの恐ろしい瞬間、もう棺ごと地面に埋められてしまったのかと思いました。そのあと、板のすきまから、かすかな空気がもれてきます。力のかぎりふたを押しあげようとがんばりましたけど、びくともしません。助けを呼びながら板を蹴ったり、叩いたり、最後には手足から血が出ました。空気がとても薄くなり、このまま窒息するんじゃないかと怖くなりました。そういう恐ろしい時を、いったいどれほど過ごしたやら。

そしたらいきなり笑い声がしたので、根限りの大声で叫び、板を蹴りつけました。はたと笑い声がやみ、中にだれかいるぜ、と、がさつな大声に続いて、ありゃ幽霊だ、逃げよう、と。幽霊じゃありません、生きたまま棺に納められたんです、助けて、と無我夢中で叫びました。そしたらすぐ金槌で棺を叩く音がして、ふたがあがって、ようやくまた新鮮な空気を吸うことができました。

職人らしい二人の男がおりました。年上の男は優しそうなしわしわのおじいさん、もう一人は陰気な顔。赤くほてった顔からすると、二人ともそれまでひどく酔っぱらっていたんでしょうね。でも、思いもよらないものを見て、酔いがさめてしまったみたいです。手を借りてお棺から出ますと、二人して寺庭に連れ出してくれ、蓮池のほとりにあった石の腰かけに座らせました。年とった男が池から水をすくって、顔にかけてくれました。若いほうは持参の瓢簞から、何やらよくきくお酒を飲ませました。それでいくぶん気分が良くなりましたから、自分がだれで、どういうことが起きたか話したのです。すると、年上の男が、自分は工匠の毛源《マオユアン》で、その日の午後は蔣《チャン》進士の家で仕事をしていたのだと申しました。まちで従弟に会ったんだとかで、一緒に食事して、夜がふけてから無人のお寺に泊ろうとしたんだと。そして、さあ、あんたを家へ連れてってあげましょう。そしたら、蔣進士《チャン》さまが何もかも話してくれますぜ、と申しました」

素娥《そが》はちょっとためらった。そして落ちついた声で話しつづけた。

「従弟は何も言わずにずっと私を見つめておりましたが、こう言ったのです。あせることたねえぜ、兄貴！　この女がいったん死んだと思われてんのは、天がきめたこった。高いとこできまったものを、何でおれたちがじゃまだてすることがある？　その男が私を欲しがっていると気づくと、また私はすっかり恐ろしくなり、老人に、私を守って、家へ連れて行ってと哀願しました。工匠は従弟を厳しく叱りましたけど、相手は恐ろしく怒ってひどい喧嘩になりまして、従弟がいきなり斧を振りあげ、恐ろしい勢いで老人の頭を打ちました」

話しながら女がみるみる青ざめる。狄判事《ディー》の合図で、警部が急いで熱い茶をすすめた。女は飲みほすと、大声をあげた。

「そんな恐ろしいもの、とても耐えられません！　私は失神して倒れました。気がつくと、毛禄《マオルー》がむごい顔にいやらしい目つきで私を見おろしていました。おまえはおれと来るんだ。口をつぐんでな、ちょっとでも口きいたら殺すぞと凄み、裏口から庭を出ると、寺裏の松の木に私を縛りつけました。もどってきたときには、もう道具箱も斧も持っていません。暗い通りを抜けて、安宿らしいうちへ連れて行かれました。恐ろしい女が出迎え、二階の汚ならしい小部屋へ案内します。おれたちの初夜はここだと毛禄《マオルー》が言いましたので、私はその女を振り返って置いていかないでくれと頼みました。女は少し事情がのみこめたようで、小娘はそっとしといておあげよ、あしたになりゃ自分から寄ってくるさ、と、がさつな口をききました！　それで毛禄《マオルー》もおとなしく出て行きました。女に古長衣をもらい、おぞましい死装束を脱ぎ捨て、お粥をもらって翌日の昼までぐっすり眠りました。

目が覚めると、ずっと気分が良くなっていたので、なるべく早くそこを出るつもりでした。でも、戸に鍵がかかっていて。戸を蹴って女がくるまで騒ぎ、私がだれの娘か、毛禄《マオルー》にかどわかされた、すぐに帰しなさいと話したのです。でも、女は笑ったたけでした。妓たちにはお決まりの言いぐさだね、今夜は毛禄《マオルー》の嫁になるんだよと大声で言われ、怒った私は女を叱りつけ、毛禄《マオルー》ともどもも政庁に訴えてやると言いました。すると女は私を下品に罵り、長衣を引きさいて裸にしました。でも、力は私のほうが強かったのです。それで、袖から縄を出して縛ろうとするのを見て、女を突き飛ばして逃げようとしました。でも、場数ではとうていかないません。いきなり腹を殴られ、二つ折りになってうめいているすきにやすやすと後ろ手に縛られ、髪をつかんで頭を床にこすりつけ、土下座させたのです」

素娥《そが》は深く息を吸い込み、話しつづけるにつれて、憤怒で両頰を染めた。

「女は余った縄の端で私の腰をびしびし打ちすえました。痛さと怒りで大声をあげ、はって逃れようとしました。が、あの恐ろしい女は私の背中を骨ばった膝でおさえつけ、左手で頭をぐいとのけぞらせ、右手で縄をふるってむごたらしく打ちすえにかかります。最後は血が腿にしたたり、恥も外聞もなく大声で憐れみを乞うまで、その屈辱から逃れられませんでした。

それから女は私を離し、息を切らしながらも私を引きずり起こし、寝台柱を背に立ち姿で縛りつけました。そこでやっとけがらわしい化物女は出て行きました、しかもごていねいに戸に鍵をかけて。後に残った私は立ったままで、苦痛にうめいておりました。そうやってどれほど時間がたったのか、とうとう毛禄《マオルー》があの女を連れて入ってきました。さすがに憐れをもよおしたようで、声をひそめて何かつぶやくと、縄を切ったのです。私のほうは脚が腫れて立とうに立てません。毛禄《マオルー》に手を借りて寝台に引き上げられる始末でした。やつは私に濡れ手ぬぐいをよこし、長衣を投げつけ、眠っとけ、あしたは旅だと申します。二人が出て行ってしまうと、私は精根尽きて眠りに落ちました。

翌朝目を覚ましてみれば、身じろぎするたびに焼けつくような激痛が走ります。恐ろしいことに、あの女がまた入って来たのです。でも、こんどは少しは優しくなっていて、毛禄《マオルー》にはずんでもらって情にほだされたからねえ、などと言いつつお茶をくれ、傷に膏薬を塗りました。そこへ毛禄《マオルー》が入ってきて、私に上衣とずぼんを着させました。階下に片目の男が待っています。歩いて外へ連れ出されると、一歩ごとに痛みましたが、二人の男がすさまじい剣幕で脅しながら、休みなく歩かせつづけ、通りで声をだすゆとりさえないほどでした。あとは農夫の荷馬車に乗って平地をひどく揺られ、舟で島へ行きました。その晩に毛禄《マオルー》に挑みかかられましたが、病気だと言ってことわりました。そこへあの賊の仲間が二人がかりで私をさらいにきましたが、毛《マオ》禄《ルー》が寄せつけないでいるうちに見張りが来て連れていきました。そのあくる日、こちらのおふたりの士官さんが来られて――」

「そこまでで十分だ、奥さん。あとは副官二人から聞きましょう」洪《ホン》に合図して、茶のおかわりを出させた。それから、顔色をあらためて、「きわめて耐えがたい状況ながら、あなたはみごとに貞節を示された、蔣《チャン》夫人。わずか数日のあいだに、あなたもご主人も心身の極限まで痛苦の限りを味わった。しかし、どちらも不屈の精神でみごと耐え抜いた。こうして災厄の時期はことごとく通り過ぎ、未曾有の試練をしのぎきったからには、お二人の前途は必ずや洋々たるものだろう。

こんなことをお知らせするのは心苦しいが、父上の劉飛《リウフェ》泊《イポ》さんが嫌疑中の身でありながらいきなり出かけてしまわれた。にわかな出立の心当たりでもおありかな?」

とたんに素娥《そが》の顔がさっと曇り、口が重くなった。

「父は仕事の話は全くしませんでした、閣下。父の商売はとても順調だといつも思っておりました。物心ついたころから、お金の心配などいちどもしたことがありません。ちょっと鼻っ柱が強くて、身勝手なところはありますけど。ですから一緒に暮らす人は大変です。母はじめ妻妾はみんな、あまり幸せでないのは存じております。その――でも、いつでも私にはとても優しい父でした。ほんとうに、見当もつか――」

「結構」と判事はさえぎった。「そちらはこっちで探すから」洪《ホン》に向かって、「蔣《チャン》夫人を門番小屋へお連れして、目隠し輿を用意させてくれ。先触れに巡査長を馬でやり、お

鬼婆の仕打ち

っつけ夫人が到着すると蔣《チャン》進士父子に知らせるのだ」

素娥《そが》はひざまずいて、判事に感謝をのべ、洪《ホン》警部につきそわれて出て行った。

狄《ディー》判事は椅子に深くもたれ、馬栄《マーロン》と喬泰《チャオタイ》に報告を求めた。

馬栄《マーロン》が手に汗握る顚末を述べ、蔣《チャン》の嫁の勇気と気転のくだりでは、ことさら力こぶを入れた。武装した一隊をのせた二番船と武器の積み荷に話が及ぶと、判事がはじかれたように身を起こす。馬栄《マーロン》は話をつづけ、伍長に聞いた柳《リュウチャン》彊の不穏な動きを引き合いに出した。兇の白蓮章については触れなかったが、他意はなく、単にゆゆしさがわかっていないだけだ。だが、相棒の話がすむと、喬泰《チャオタイ》が銀色の白蓮章をいくつか机上に置いて、心配そうに言った。

「見つかった兇にも、これと同じ印がついてたんです、閣下。ずっと以前、政治秘密結社の叛乱があり、白蓮と自称していたと聞いたことがあります。彊北《チャンペイ》の盗賊たちは民を手なずけるために、あの恐ろしい昔のしるしを引っ張り出してきたという気がしています」

狄《ディー》判事は銀章を一瞥したとたん飛び上がり、ぶつぶつ怒りながら部屋の中を大股で歩き回りだした。そんな度を失った判事を見たこともなかったので、副官たちはびっくりして互いに目配せし合った。

我に返ってむりに笑みを浮かべ、副官たちの前に立ちどまる。「すまんが、熟慮を要する案件ができた。みんな息抜きにふさわしいはたらきをしてくれたんだ、気晴らしがてら、ちょっと外へ出てきてくれ」

馬栄《マーロン》、喬泰《チャオタイ》、陶侃《タオガン》は無言で戸口へむかった。洪《ホン》はしばし決めかねていたが、主人の憔悴しきった顔にうながされ、やはり三人のあとを追った。彊北《チャンペイ》への使命が上首尾だったという、さっきまでの弾んだ気分は消し飛び、かわってとてつもない嵐の暗雲が前途にたれこめる。

皆が去ったあと、狄《ディー》判事はまたおもむろに腰をおろし、腕組みしてあごを引き、沈思黙考にふけった。恐れていた最悪の事態が現実になった。白蓮教団が復活して一斉蜂起の準備をしている。その根拠地の一つがほかならぬ漢源《ハンユアン》県にあるのだ。聖上よりお預かりした任地の危機を見抜けなかったのは明白だ。血なまぐさい乱が一触即発の危機をはらんでいる。乱になれば罪もない民の血がおびただしく流れ、にぎわうまちの多くが焦土と化す。むろん、県知事ごときにゆゆしい国難をとどめられるわけもない。白蓮教団は国中に網の目を張りめぐらし、漢源《ハンユアン》は数多い根拠地の一つでしかないのだから。だが、漢源《ハンユアン》は都に近く、謀反人どもには難攻不落、われらが天兵にとっては大事な要害だ。それなのに漢源《ハンユアン》で進行中の事態をなにひとつ都に報告していない。私の手落ちだ、全生涯もっとも重大な局面で痛恨の失態を犯してしまった！　絶望にうちひしがれ、手で顔をおおった。

　だが、間もなく持ち前の冷静沈着が戻ってきた。おそらく時間はまだあるだろう。柳　彊《リユウチヤン》での争いはたぶん、軍のお手並み拝見という逆賊どもの小手だめしというだけだろう。馬栄《マーロン》と喬泰《チヤオタイ》の獅子奮迅のおかげで、柳　彊《リユウチヤン》の叛徒たちに援軍は来なかった。どこか別のところでまた試してみようにも、兵を集めて態勢を整えるまで一両日はかかるだろう。柳　彊《リユウチヤン》の司令官は上に報告を上げたであろうし、当局は捜査を開始したにちがいない。だが、時間がかかりすぎる！　柳　彊《リユウチヤン》の叛乱が一地方にとどまらない重大事であり、さらなる重大事である白蓮教団の復活により全国規模の組織だった反乱に発展すると政府に進言するのは、漢源《ハンユアン》知事たる自分の責務だ。物証をそろえて本件を当局に報告しなくては。今夜のうちに、打ち消しようのない裏づけをそろえて証明するのだ。だが、そんな証拠の手持ちはない！

　劉飛泊《リウフエイポ》は失踪したが、韓永漢《ハンユンハン》ならまだ捕まる。ただちに韓《ハン》を逮捕して、拷問にかけて尋問しよう。そんな極端な手段に訴えてよい十分な証拠はない。だが、ことは社稷の存亡にかかわるのだ。それにあの棋譜はまっすぐ韓《ハン》を指しているではないか。疑いもなくあやつの祖先の韓《ハン》隠者は、昔に何か重大発見をしてある巧妙な工夫を思いつき、その鍵を棋譜に秘めたのだ――あたら有用な発見が堕落した子孫によって邪悪な陰謀に利用されようとしている。とはいえ、その発見とはいったい何なのか？　韓《ハン》隠者は哲学者で囲碁の名人であっただけでなく建築方面にもすぐれていた。あの祖堂はみずからの采配で建てたという。さらにおそろしく手先が器用で、須弥壇の玉碑銘文もかれの手になる作だ。

ふいに机の縁を握りしめ、椅子の中で背を立てる。目を閉じ、夜ふけの祖堂でのやりとりを鮮明に思い浮かべた。心眼にうつるあの美しい娘、向かい合って立ち、すらりとした手で須弥壇の碑文を指さす姿で思い起こした。碑文は正方形だった、はっきり思い出した。一字ずつ玉片に刻んであると柳絮《りゅうじょ》は述べていた。だから方形の碑文全体がさらに小さな方形の寄せ集めなわけだ。そして、老隠者のもう一つの遺品の棋譜も、多くの四角形に区分される一個の四角形からなっている……。

ひきだしを開け、中の書類をばさばさ床に投げ出して、熱にうかされたように急いで、柳絮《りゅうじょ》がくれた碑文の拓本を捜した。

あった、ひきだしの奥に巻いて入れてあった。急いで机上にひろげ、両端を文鎮でおさえた。それから棋譜が印刷された紙を碑文のすぐ横に並べて丹念につきあわせた。

祖堂の文章はぴったり六十四文字からなり、一行八字ずつ八行に配置されている。まさしく方形だ。狄《ディー》判事は太い眉をひそめた。棋譜も方形だが、こちらは一列十八ます十八列に区分されている。図柄が同一な点に特別な意味があるとして、祖堂の碑銘と棋譜にどんなつながりがある？

なんとか心を落ちつけて考えようとした。碑文はよく知られた仏教の古経典をそっくり引用している。文言を根本的に改変しないと、ある秘密をしのばせるのはまず無理だ。ゆえに、両者の関係を知る手がかりがかりにあるとすれば、棋譜なのはまちがいない。

彼はゆっくり頬ひげをなでた。棋譜が碁としてはでたらめだというのは、すでに疑う余地なくわかっている。布石といいつつ白と黒の石が盤上にごく適当に置いてあるだけらしいというのは、つとに喬泰《チャオタイ》が喝破している。とりわけ、黒の位置にはまったく何の意味もないというのだ。狄《ディー》判事は疑念に目を細めた。黒の位置に手がかりがこめられているのなら、あとから加えられた白の石は単なる目くらましか？

彼は黒の石が占めている点を急いで数えた。八掛ける八の四角い領域にひろがっている。仏典の六十四文字と、はかったように同じ配置だ！

判事は筆をつかみ、棋譜を参照しつつ黒石の示す場所にある仏典中の十七字を円でかこった。そして長大息する。順に読めば、十七字ぜんぶでたったひとつの意味しかない文章を作っている。謎は解けた！

　筆を投げ出し、額の汗をぬぐった。白蓮教団の本部がどこか、たったいま知れた。

　立つと、元気よく戸口へ向かった。副官四人は外の回廊の隅にかたまって、時ならぬ憔悴の原因を、声をひそめてあれこれと取り沙汰しながら、すっかり落ち込んでいた。その一団を手招きし、執務室に戻す。

　執務室へ入ったとたんに、危機をのり越えたのが副官たちにも解った。狄《ディー》判事は机の手前で、拱手して凛然と立っている。そして、らんらんと火を噴くような目で語った。

「今夜、芸妓殺しを解決する。たったいま、ついに言い残した謎が最後まで解けたぞ！」

18

怪異が邸を壊しにかかり
目当ての隠れがが現れる

　副官四名ともそば近く集めた上で声をひそめ、これからの手順を早口で明かした。「くれぐれも心せよ！」そう結んだ。「この政庁内にも叛徒一味がいる。壁に耳ありだ！」

　馬栄《マーロン》と喬泰《チャオタイ》が飛び出して行くと、判事は洪《ホン》警部に命じた。

「門番小屋へ行け、洪《ホン》、そして門衛と巡査から目をはなすな。外部からだれかに接触するのを見かけたら、ただちに両方とも逮捕するのだ！」

　それから執務室を出ると、陶侃《タオガン》をしたがえて政庁の二階へあがり、大理石の露台に出た。

狄《ディー》判事が空模様を気にする。月がくまなく照り渡り、大気は暑くよどんでいる。片手をかかげてみたが、そよとも風は吹かない。やれやれと息をついて欄干近くに腰をおろした。

両肘をつき、手を重ねてあごをのせ、眼下の陰気な夜景を見る。夜の第一鼓は過ぎ、まちの灯がぽつぽつと消えゆく。陶侃《タオガン》は狄《ディー》判事の椅子の背に控え、頬の長いほくろ毛をいじりながら遠くを見ていた。

長いあいだ、どちらも無言だった。下の街路から夜警巡邏の音がする。

狄《ディー》判事がやおら立った。

「遅すぎる！」と焦燥感をあらわにする。

「たやすい仕事ではございません、閣下」陶侃《タオガン》が力づける。「こちらの予想を越えて手間どることもございましょう」

その陶侃《タオガン》の袖を、判事がきつくとらえた。

「見ろ！」大声を出した。「始まったぞ」

東の方角で、煙が民家の屋根を圧するように、もくもくと灰色の太柱を立てる。ちょろりと炎があがった。

「ついてこい！」狄《ディー》判事が叫んで階段を駆けおりる。

下の院子に足がつくと同時に、政庁の門で銅鑼の警鐘が鳴りだした。たくましい門衛がふたりがかりで太いばちをふるって、火事発見を知らせている。

詰所からは、巡査や門衛たちがてんでに兜の緒を結びながらどやどやと駆けだしてきた。

「総員、火事現場へ向かえ！」狄《ディー》判事が命じる。「政庁には、門衛が二名残って門をかためろ！」

そして自分もまっしぐらに街路を駆け、陶侃《タオガン》があとを追う。

韓《ハン》邸の大門は開け放たれ、逃げ遅れた召使どもがめいめい私物の包みを抱えて逃げてくる。奥まった蔵の軒先を、炎の舌がさかんになめている。そして坊正の陣頭指揮を受けて表の通りに人が鎖のようにつらなり、水桶を順送りして庭塀に乗った巡査たちに届けていた。

狄《ディー》判事が門前に仁王立ちし、ひときわ声をはげます。

「門前に巡査二名が立て、火事場に乗じて賊どもの侵入を許してはならん！　私は邸内に入り、逃げ遅れた者がないかを見てくる！」

がらんとした邸内を陶侃《タオガン》とともに駆け抜け、あの祖堂へ直行した。

須弥壇の前に立った狄《ディー》判事は袖からあの拓本を出し、丸をつけておいた十七字をやつぎばやにさした。

「そら！　この十七字の文句が玉碑に秘めた錠を開ける鍵なんだ！　『曰若大難年悟我芸迫此以伝仏宝享吉祥』（わが意をくんで正しい言葉を押せば、この門を入って幸運をつかめる）、玉碑そのものが隠し部屋に通じる戸口だという意味にほかなるまい。拓本をあずかっていてくれ！」

手始めに第一行の「曰」字の玉板を人さし指で押すと、玉板が奥へひっこむ手ごたえがある。そこで両手の親指で思い切り押してみた。すると半寸ほど沈んでぴたりと止まった。次の行に移って「伝」を押すと、やっぱり同じ要領でひっこんでは止まる。そうやって順に押していき、最終行の「祥」まできていきなりかすかな掛け金の音がしたかと思うと、玉碑仕立ての隠し戸がおもむろに内側へと開き、四尺（一・三メートル）四方のにじり口がぽっかりあいた。

陶侃《タオガン》のちょうちんを取り、這うようにしてくぐりぬける。つづいて陶侃《タオガン》がくぐったあとで、背後の戸がいつのまにか閉じている。判事が気づいて、あわてて戸の内側についた把手を回してみる。さいわいなんなく開くとわかり、ひとまず胸をなでおろした。

そのまま十歩ほどで天井がぐっと高くなり、らくに立って歩けるようになった。ちょうちんでゆくてを照らしてみれば、急勾配のくだり階段が闇の底へと続いている。そこを数えながら降りて二十段まできたら、堅い岩盤を掘り抜いたおよそ十五尺四方の貯蔵庫に出くわした。丈夫な厚紙で口を封じた素焼きの大がめ十数個が、右壁にずらりと並んでいる。なかのひとつに紙ぶたを破って手をつけた形跡があった。判事が手を入れて中身をあらためると米だった。ゆきとどいた保存容器のおかげでまったく湿気を吸っていない。左壁は鉄扉をはめたまっくらな半月形の入口から、奥の通路に出る。鉄扉の把手を回してみると、油をよくさした蝶番がなめらかに動いて音もなく開き、虚をつかれてしばし棒立ちになった。

なかは六角形の小部屋になっており、一本だけとはいえ壁の蠟燭立てにあかりまでついている。中ほどに方卓をすえ、男が巻子仕立ての書類に目を通している。こちらからは猫背ぎみの広い背中しか見えない。

陶侃《タオガン》をすぐあとに従えて忍び足で入っていくと、その男がひょいと振りむく。萬《ワン》親方だった。

萬《ワン》が席を蹴って奥へ逃げざま、狄《ディー》判事の脚めがけて椅子を投げつける。跳んでかわすすきに、萬《ワン》が剣を抜いて方卓のむこうへ回りこむ。怒りにゆがんだその顔が向いた刹那、ひゅっと狄《ディー》判事の肩をかすめて飛ぶものがある。がたいに似合わぬ身ごなしで萬《ワン》が伏せ、あいくちが奥の戸棚に深々とつきたった。

狄《ディー》判事が卓上の大理石文鎮をつかみ、胸への突きをやりすごして渾身の力で方卓を倒した。よけきれなかった萬《ワン》が卓のふちで膝をぶつけて前にのめる。倒れながらも捨て身の剣をふるい、ざっくりと判事の袖を裂くのとひきかえに、無防備な後頭部を文鎮で割られた。血が流れ、萬《ワン》は卓に折り重なるように倒れた。

「くそっ、はずれた。もうちょいだったのに!」陶侃《タオガン》が声を上げて悔しがる。

「しっ、声が高い!」狄《ディー》判事がたしなめる。「ほかにもいたらどうする!」

かがんで萬《ワン》の頭を調べた。「この文鎮、思いのほかの手ごたえだったな。死んでいる」

立つ拍子に、扉の両脇に積んだ黒い革箱の山が目にとまった。南京錠と運搬用の皮紐で厳重に梱包したものが二十以上はある。

「こういう箱は、昔の人が金錠をおさめておくのに使ったものだが」判事が驚く。「どれも中身はからららしい」急いで部屋を調べて、「おおかたの真実に一片のうそを混ぜれば、いちばんばれにくい。韓永漢《ハンユンハン》はそのへんじつに巧妙だな。あの誘拐うんぬんの説明は、とりもなおさず韓《ハン》の自邸地下にひそんだこの白蓮教団の根城を念頭に置いている。首領は絶対にあの男だな。劉飛泊《リウフェイポ》は各地のおもだった一味に最後の指示を出す使いにやられたんだろう。萬《ワン》もいっぱしの地位にいたはずだ。ずいぶんな血だな。陶侃《タオガン》、その首布で血のはねを拭いてからやつの頭に縛り、すぐ死骸を隠せ。敵方にわれわれの存在をけどられてはまずい」

さっきまで萬《ワン》が読みふけっていた巻子を取り、灯に近づけて見る。整然とした細字がびっしり並んでいた。

陶侃《タオガン》のほうは方卓や文鎮についた血をぬぐって死人の頭を縛っていったん床に寝かせ、方卓を起こしにかかる。そこへ狄《ディー》判事が熱を帯びた声で述べる。

「これは、白蓮教団全体の蜂起計画だ！ 残念ながら人と場所の名はすべて暗号だが、解読の手引があるはずだ。その奥壁の戸棚を調べてみろ」

陶侃《タオガン》は戸棚の扉からあいくちを回収し、中をあらためた。下の段の棚には白蓮教徒のお題目を石材に彫りつけた大きな印がずらりと並んでいた。上の段にあった白檀彫りの小さな文箱を出し、判事に渡す。小ぶりな巻子の収納場所が二本分あるが、肝腎の中身はない。狄《ディー》判事が紫錦仕立てのさっきの巻子を巻いておさめてみる。巻物は箱にぴたりと納まり、横に対の巻子がもう一本入るだけのすきまがあいた。

「もう一本を絶対みつけるぞ！」狄《ディー》判事が意気込む。「そっちが手引のはずだ。壁に隠し金庫がないか、みてくれ」

自ら絨毯を上げ、石の床をこと細かに調べた。陶侃《タオガン》のほうは朽ちかけた壁かけをよけて壁をみる。

「堅い石壁だけです。上の方には割れ目がいくつもありますが、空気が流れてますね」

「通気孔だろう」判事がせっかちに片づける。「屋根のどこかへ通じてるんだろう。革張りの箱を調べるぞ」

二人で箱をひとつずつ揺すってみたが、どれもからだった。

「では、ほかの通路をあたってみよう！」判事に言われて陶侃《タオガン》がちょうちんを取りあげ、外へ出て初めの穴ぐらに戻り、火の気のない半月入口わきの床にある四角い穴を指さす。

「井戸のようです」

狄《ディー》判事はちょっと目をやってうなずいた。

「そうだな、韓《ハン》隠者はまったくぬかりがない！ どうやらこの穴ぐらは戦乱や天災の用心に家族の隠れがとしてしつらえたんだな。全財産や米や水の備蓄はここにあったんだ。ちょっと照らしてくれ」

陶侃《タオガン》がちょうちんを高く掲げ、半月入口の内部に光が届いた。

「こっちの通路はずっとあとで掘られたんですよ、閣下！　岩盤はこの部屋どまりで通路は土壁ですし、木の支柱はまだ新しいものです」

狄《ディー》判事は陶侃《タオガン》の手からちょうちんを取って壁に近づけ、通路の床にすえた長櫃を照らした。「そいつを開けてみろ」

陶侃《タオガン》がしゃがんで、ふたと櫃のすきまにあいくちを差し入れた。そして、ふたをあげたとたんに櫃から吐きそうな悪臭が襲ってきて、あわてて顔をそむけた。狄《ディー》判事も首布で口と鼻をかばう。櫃の中に、腐りかけた死骸が横たわっていた。頭はされこうべと化して歯をさらし、腐りゆく胴体に長衣の残骸がまとわりつき、ぞろぞろたかっていた虫どもがあわてふためく。

「ふたをおろせ」判事はそっけなく言った。「いずれ、この死骸を検死しよう。いまは時間がない」

階段を十段降りて、六丈（約二十メートル）ばかり進むと、細長い鉄扉にさえぎられた。把手を回して開け、外を見ると、月光に照らされた庭園の手前に蔦壁の亭が見えた。

「劉飛泊《リウフェイポ》の庭です！」背後の陶侃《タオガン》が声をひそめ、首だけ出して見回すと言葉をついだ。「この扉の外側に岩のかけらをびっしり貼りつけてあります。そこの亭は、劉《リウ》がいつも昼寝していた場所です」

「この隠し扉で、劉《リウ》が姿を消したからくりがはっきりした。さあ、戻ろう」

だが、陶侃《タオガン》は立ち去りかねるようすで扉に感心していた。遠くで、韓《ハン》邸消火中の人声が騒がしい。

「扉をしめろ！」狄《ディー》判事がささやく。

「うまい手だなあ！」扉をしめながら陶侃《タオガン》は名残惜しそうだった。判事について通路をひき返す途中で、陶侃《タオガン》のちょうちんが壁のくぼみを照らす。無言で判事の袖を引き、くぼみにおさまった白骨を指さした。頭蓋骨が四つあるのを調べて、判事は言った、

「白蓮教団が穴ぐらで殺したのはあきらかだ。この骨はもうかなりのあいだ、ここに置かれていたにちがいない。最新の犠牲者は箱の中の死体だ」

急ぎ足で階段を登り、六角形の部屋に入った。

「萬《ワン》の死体を井戸へ落とす。手伝ってくれ」

二人でぐったりした死体を穴ぐらに運び、暗い井戸に落とした。はるか下で水音がする。

狄《ディー》判事はまた六角形の部屋に行き、壁の蠟燭を消して外へ出ると扉を閉じた。二人で穴ぐらをつっきり、急な階段をあがって須弥壇への通路に出る。ふりだしに戻って祖堂に出ると、玉碑が音もなく閉まった。

陶侃《タオガン》がでたらめに碑銘をあちこち押してみる。だが、ひとつ押して間髪いれず次に行っても、最初のが奥で止まらずに元に戻ってしまう。

「韓《ハン》隠者っておっ人はつくづく名工ですよ」と、溜息をもらした。「鍵の文句を知らなければ、白髪になるまで延々とむだ押ししてるかもしれん」

「あとにしろ!」狄《ディー》判事が小声をかけ、陶侃《タオガン》の袖を引いて祖堂を出た。

まちからもどったばかりの召使どもと院子ですれちがう。

「火事はおさまったぞ!」と、二人して声をかけてやった。

正門前の路上で普段着の韓永漢《ハンユンハン》に出くわし、ねんごろな挨拶を受けた。

「ご配下の機転のおかげでぼや程度ですみました、閣下。倉屋根の大半は焼け落ち、米梱はすべて水でだめになりましたが、被害はそれだけで。軒下の乾草が熱をもって発火したらしゅうございます。副官さんお二人があっという間に屋根に登ってくださり、類焼を食い止めてくださいました。てまえがいちばん恐れていたのは風ですが、なくてさいわいでした」

「同感です!」と、心から判事は言った。

あとは鄭重に切り上げ、陶侃《タオガン》をつれて政庁に帰った。

執務室では、まんべんなくひどいことになった二人が待っていた。服はずたぼろ、顔はすすだらけだ。

「何がいやかって」馬栄《マーロン》がしかめっ面で言った。「鼻と喉が煙にいぶされるのがつらいですねえ。火事を起こすほうた。

が、消すよりなんぼか楽だとつくづく思いましたよ」

狄《ディー》判事は力なく微笑し、机におさまって二人にこう話した。

「またも二人の大手柄だ。だが、残念ながら休ませてやるわけにはいかん。二人とも、あれだけの働きをしたあとなのにねぎらってもやれず心苦しいが、これからが胸突き八丁の峠なんだ」

「望むところですよ！」馬栄《マーロン》が気持ちよく言った。

「喬泰《チャオタイ》とふたりで身を清め。軽く腹ごしらえしてこい。そして鎖帷子と兜をつけてもどってきてくれ」陶侃《タオガン》には、「洪《ホン》警部を呼べ！」

一人きりになると狄《ディー》判事は筆を湿し、おろしたての巻紙を出した。そうして、あの隠し部屋で発見した巻子を袖から出して目を通しにかかった。

洪《ホン》と陶侃《タオガン》が入ってくると、判事は顔をあげた。

「死んだ舞妓の一件書類をまとめてこの机に持ってきてくれ。それを必要に応じて読んでもらおうか」

副官たちが支度しているひまに早くも書きにかかり、達筆の草書体でまたたくまに巻紙を埋めて行った。書くというより紙の上を飛ぶような筆使いをときたま休めてはふたりに声をかけ、一言一句たがえずに引用したいと思うくだりを記録から読み上げさせた。

とうとう書きあげて腹の底から息をつき、報告書をしっかり巻き、あの巻子を添えて油紙で包み上げ、洪《ホン》に言いつけて大きな政庁印で封印させた。

馬栄《マーロン》と喬泰《チャオタイ》がはいって来た。鉄の肩あてと剣尖飾りの兜をつけ、重い鎖帷子をまとっているせいで、ふだんにもまして大男に見える。

狄《ディー》判事は二人に銀三十粒ずつ渡し、真剣な目を交互にあてた。「これから即刻、早馬を飛ばして都へ行ってもらう。馬はひんぱんに替え、宿駅に馬がなければ借りてでも調達しろ。路銀はこれで十分たりるはずだ。何もなければ夜明け前には都に着くだろう。

大理寺丞官邸に直行し、門前の銀の銅鑼を叩け。日の出から一時間のうちは、民は誰でもその銅鑼を鳴らして長官に直訴する権利がある。執事が出てきたら、おまえたち個人のこうむったゆゆしい不正を訴えにはるばる来たと告げろ。そして、長官の御前でひざまずくさいにこの巻物をじかにわたすのだ！　あとは説明するまでもない」

狄《ディー》判事が封印した巻物を手わたすと、馬栄《マーロン》が笑ってこう言った。

「わけなさそうですよ。そんなら狩猟服とか軽装のほうがよくないですか？　こんな金物ずくめは馬が可哀想ですし」

狄《ディー》判事が厳しい顔を二人に向け、おもむろに述べた。

「容易と至難のどっちに転ぶかわからん。途中で伏兵に遭ってもおかしくないんだ、その格好で行くほうが無難だぞ。軍にも官にも助けを求めず、万事独力でやれ。引きとめようとされたら斬って捨てろ。万が一にもどちらかが殺されたり、負傷したら、残る一人が都へ巻子を届けるのだ。長官本人だ、他のだれにも渡してはならん」

喬泰《チャオタイ》が剣帯を締め直し、おちついて述べた。

「よほどの書類なんですね、閣下！」

狄《ディー》判事が拱手して威儀を正し、声音をあらためた。

「社稷と天命がかかっている」

それで喬泰《チャオタイ》は悟り、やはり威儀をただして呼ばわった。

「万歳《ワンスエ》！」

馬栄《マーロン》のほうはまごついた顔のまま、それでも習い性でしきたりどおり応じた。

「万歳《ワンスエ》！」

19

恐ろしい人の来訪を受け
大それた企てを暴露する

翌朝はめったにないほど晴れわたった夏日だった。夜のうちにおりた山霧が、陽ざしで散ったあとまでも朝の大気にすがすがしい涼感を残している。

これなら狄《ディー》判事は露台だろうというのが洪《ホン》警部の予想だった。が、二階へあがりかけて書記に出くわし、判事さまなら執務室ですよと教えられた。

判事を見て、洪《ホン》は仰天した。背を丸めて机にもたれ、血走った目で虚空をにらんでいる。部屋の空気が濁っているし、長衣はくしゃくしゃだ。どうやらゆうべは寝にも行かず、まんじりともせずに机にいたらしい。警部のとまどいに気づいた判事が、力なく笑う。

「昨夜は、うちの勇者を都に送り出したあと、眠ろうにも眠れなかった。それでここに残って現時点でわかっている事実関係を再検討してみたんだ。韓永漢《ハンユンハン》の隠し根城と、そこから劉飛泊《リウフェイポ》の庭に出る地下通路が発見され、陰謀のかなめは韓《ハン》と劉《リウ》だとわかった。こうなればおまえには言っていいだろう、洪《ホン》よ。陰謀の矛先はまっすぐ聖上に向いており、ひとつ間違えば国全体に惨禍が及びかねん。状況は深刻だが、まだ間に合うと思うに足る材料も皆無ではない。いまごろは、あの報告書が大理寺丞の手に渡っているはずだし、お上はただちに必要な手段をすべてとるはずだ」

判事は茶を一口すすって、言葉をつづけた、

「昨夜はまだ鎖の輪がひとつ欠けていた。ここ数日で何やらささいな違和感を覚えた点を漠然と思い出したのだ。ほんの一瞬のことだったので、きれいに忘れていたが。どうでもいいと思っていたが、ゆうべになってふと、それこそ肝心かなめの点であり、思いだしさえすれば謎がすべて解けると思い至ったんだ！」

「で、おわかりに？」警部がせん身を入れて訊く。

「ああ」判事は返事をした。「わかった！　けさの夜明け前に忽然と浮かんだ——雄鶏がときを告げ始めたころに、やっと。洪《ホン》よ、雄鶏は曙光がきざすより先にときをつくると思ったことはないか？　動物というのは敏感なものだな。さて、窓を開けてくれ。書記に言って、青唐辛子の漬物と塩魚を朝飯のおかずにつけさせてくれ。食欲をそそるものがいい。それと、大きな茶瓶に濃いめの茶を」

「けさは政庁の公判をなさいますか、閣下？」と洪《ホン》がきいた。

「いや。馬栄《マーロン》と喬泰《チャオタイ》が帰りしだい、そろって韓永漢《ハンユンハン》と梁《リャン》大官の邸に行く。なにぶん、ことは急を要するから、いますぐでもそうしたいくらいだが。だが、芸妓殺しが国の一大事だと判明したからには、地方知事ふぜいが勝手気ままに処理していいものでもない。もはや都からの指示がなくては先へ進めんのだ。いまはひたすら馬栄《マーロン》と喬泰《チャオタイ》が早く帰ってくれるよう願うばかりだ」

朝食をすませると洪《ホン》警部を公文書室へやり、そちらの通常政務を陶侃《タオガン》とふたりで監督させ、自身は二階の露台へあがった。

大理石の欄干に拠ってしばしたたずみ、眼下ののどかな日常をつくづく眺めた。漁師の小舟が波止場に数えきれないくらい集まり、灰色にけぶる湖ぞいの路上を農夫らがせわしなく往来し、市中に肉や野菜を運び込んでいる。いつもと変わりなく、働きものの田舎の人びとが急いで仕事に出かけていた。一触即発の乱という危機をもってしても、民が日々の糧を得るためにたゆまずつむぐ日常を中断できない。

隅の日陰に肘掛椅子を引っぱっていき、そこへ腰を落ち着けた。じきに寝不足がわがもの顔にあらわれ、いびきを連れてきた。

洪《ホン》警部が昼食の盆を運んで来るまで、判事は目を覚まさなかった。起きあがると欄干に近づき、扇子を目にかざして遠くを眺めた。だが、馬栄《マーロン》と喬泰《チャオタイ》が帰って来るきざしはない。落胆して言った、「いまごろには帰っていて当然なのだがな、洪《ホン》よ」

「たぶん、お上からいろいろおたずねがあるんですよ、閣下」警部がとりなす。

狄《ディー》判事は心配顔でかぶりを振り、そそくさと飯をすませて執務室へ降りた。執務机をはさんで洪《ホン》と陶侃《タオガン》が判事の向かいにかけ、手分けしてその朝届いた書類にとりかかった。

半時間ほどすると、重い足音が回廊に響き、馬栄《マーロン》と喬泰《チャオタイ》が入ってきた。暑さと疲労で消耗している。

「ああよかった！　帰ってくれた！」狄《ディー》判事は叫んだ。

「大理寺丞さまに目通りしたか？」

「しました、閣下」馬栄《マーロン》がしゃがれ声で言った。「書類を手わたすと、すぐその場で目を通されました」

「で、何と言われた？」緊張して判事が尋ねた。

馬栄《マーロン》は肩をすくめた。

「書類を巻いて袖に入れ、いずれ調べるつもりであると閣下にお伝えするように、と」

狄《ディー》判事はうなだれた。悪い知らせだ。むろん、知事の副官ごときと話し合うような問題ではないが、そんな手軽な反応も予想外だ。じっと考えて言った。

「そうか。ともあれ、二人が無事でなによりだ」

馬栄《マーロン》は汗だくの額から重い鉄兜をあみだにずらし、がっかりして言った。

「ほんとうに何も起こりませんでしたよ。でもまだ状況ははかばかしくなさそうですね、閣下。けさがたおれたちが都の西門を出たとき、騎馬の男が二人追いついてきました。どっちも年輩で、西回りをする途中の茶商人だ、漢源《ハンユアン》まで同道願えないかっていうんです。言葉つきもていねいだし、丸腰です。だったらいいよと答えるしかないでしょう？　でもねえ、年上のほうは目が合うたびに寒けがするような、いけ好かない顔をしてました。ですが、とくに面倒はありませんでした。道中ひとっことも口をきかないのには驚きましたがね」

「君たちは疲れていた」と狄《ディー》判事は感想を述べた。「おそらく、少々疑い深くなりすぎていたのだよ」

「それだけじゃありません、閣下」と今度は喬泰《チャオタイ》が言った。「半時間後、三十騎ほどの一団が脇道から現われたんです。そのかしらが言うにはやっぱり商人で、同じように西巡りの途中だというんです。いやあ、あれで商人がつとまるんなら、おれなんか乳母でもいけますよ！　あれほどの手練れが勢揃いする機会なんて、まずお目にかかれませんね。長衣の下はまちがいなく剣をさげてましたよ。ですが、連中を先頭に立てて前を走らせても、さほどまずいとは思わなかったんですが、そのあと半時間ぐらいたって、またまた三十人の自称商人が来て、騎馬隊のしんがりが膨れあがったときには、馬《マー》の兄弟もおれももうだめかな、とは思いました」

判事は椅子の中で背筋を立て、話をつづける喬泰《チャオタイ》をじっと見守っていた。

「もう書類は届けましたから、その点は気が楽でした。かりになにかあっても、どちらか一方は血路を開いて畑に逃れ、舗《こうばん》から救援を連れて来られるだろうと思ったんです。ところがあいにく、連中はぜんぜん攻撃を仕掛けて来ません。ほかに確たる目的があったんですよ。どう見ても、たかが使者二名を殺すより大きなことで頭がいっぱいなんです。おれたちに急を告げさせさえしなきゃいいってのが見え見えでした。どだい無理なんですけどね、途中の舗《こうばん》はどこも無人だったんですから。兵はひとりも見かけませんでした！　で、湖を回りこむあたりで五人とか六人ずつになって消えだし、まちへ入ったときには最初の年輩の男二人しかいませんでした。だから、しょっぴくぞと声をかけて二人とも政庁へ連行しました。なのに、二人ともへっちゃらなんです。あの悪党どもときたら、無礼にも、閣下とさしで話したいとかほざくし！」

「おれたちについてきたあの悪漢ども六十騎はぜったい謀反人ですよ、閣下！」馬栄《マーロン》が言う。「まちが近づくと、騎兵の長い二列縦隊になって馬首をまちに向け、山中を通過するのを遠目に見ました。おそらく奇襲攻撃でここを占拠する腹でしょう。でも政庁は頑丈な作りですし、場所もいいです。防御方は楽ですよ」

狄《ディー》判事は拳を机に叩きつけた。

「お上ときたら、なんで私の報告を受けても手をこまねいてるんだ！」と憤る。「だが、何がどうなろうと、あの卑劣な逆賊どもにやみやみとまちを引き渡すものか。まさか破城槌はなかろうし、こっちだって熟練兵が三十人はいるんだ。武器の備蓄はどうだ、喬泰《チャオタイ》?」

「武器庫に矢がたっぷりあります、閣下」喬泰《チャオタイ》が力強く答えた。「少なくとも一両日は足止めさせられますし、さんざんな目に遭わせてやるますよ」

「その逆賊二人を連れてこい!」狄《ディー》判事は馬栄《マーロン》に命じた。「私と取引できると思っているのだ。漢源《ハンユアン》はやつらの根城だから、できれば戦わずにまちを明け渡してほしいんだろう。どれほど間違いか思い知らせてやる。だが、まずはその二人の賊に吐かせてやろう。叛徒の兵力と布陣をな。とにかく連れてこい」

馬栄《マーロン》が愉快そうに笑って退室した。

連れて来られたのは青の長衣に黒頭巾の二人連れだった。年長のほうは長身細身で、無表情な冷たい顔を貧弱なあごひげが囲む。眠たげな半眼は内心を容易にうかがわせない。もう一人は鋭く皮肉な顔のずんぐりした男だった。漆黒の口ひげと短い剛毛のあごひげを生やしていた。油断のない妙に明るい目で、判事と副官四人を見る。

だが、当の狄《ディー》判事は絶句して年長の男だけを見ていた。数年前に都の内閣文書局に勤務当時、この恐ろしい人物を遠目に一度だけ見たことがあった。名のほうは、だれかの怯えたささやきで知った。

長身の男が顔をあげて、青みがかった灰色の風変りな目をしばし狄《ディー》判事の上にとめた。それから判事の副官たちのほうへ向けてかぶりを振ってみせた。それで判事は有無をいわさず、四人の男たちに目くばせで人払いをかけた。馬栄《マーロン》と喬泰《チャオタイ》は啞然としたが、もどかしげにうなずいて催促され、しぶしぶ戸口へ向った。洪《ホン》警部と陶侃《タオガン》がそれにつづいた。

二人は側壁を背にして、貴賓用に置いてある対の高椅子に腰かけた。狄《ディー》判事は二人の前にひざまずき、額を床に三回触れた。

年長の男は袖から扇子を出し、悠然と使いながら抑揚のない妙な声で連れに言った。

「これが狄《ディー》知事だ。ほかならぬ自分の任県たるここ漢源《ハンユアン》に剣呑な陰謀の根城があると発見するのに二ヵ月かかった。

知事たるものが任県内のできごとを知らんではすまされんのだという事実を、どうやら知らんらしい」

「ほかならぬ膝元の政庁で起きていることさえ知らんのですからな」もう一人が言った。「報告書の中で、うかつにも叛徒が部下の中に間諜をまぎれこませているなどと述べております。無為無策もここまでくると罪ですな」

年長の男はあきらめの溜息をもらした。

「こういう若手官吏が都の外へ任じられると」そっけなく述べた。「とたんにだらける。直上の目が届いておらんのだろう。ここの州長官を召喚するから、あとでそう思い出させてくれ。この不面目な件に関しては、あの男と話をせんと」

話がとぎれ、狄《ディー》判事は沈黙したままだ。高官には発言を求められてはじめて口がきける。この人物は弾劾が仕事なのだ。年長の男はおもてむき巡察使だが、陰では御史大夫に匹敵するほどの実権を握っている。孟奇《モンキー》といい、綺羅錦繡を身にまとう高位高官たちでさえその名に恐れおののくほどだった。その苛烈な忠誠と完璧なまでの清廉、人情や利害を超然と踏み越える酷薄ぶりが無制限の権威を帯びている。国の文官武官を統率する巨大組織への最終審査や制御を一手に担う人物なのだ。

「不幸中の幸いにも、閣下が常同様に励んでおられましたので」あごひげの男が言った。「十日前、わが手の者どもがこの県において白蓮教団が復活したといううわさを報告するや、州軍の総司令官に指示を出され、ただちに必要措置を遺漏なくすまされました。そしてこの狄《ディー》知事がようやく惰眠から目を覚まし、叛乱の根城がここ漢源《ハンユアン》にあると報告すると、都の禁軍を山間部と湖畔に配置されました。目下のところ、賊は閣下をだしぬくまでに至りません」

「こちらはこちらでできることをするまでだ」と巡察使。

「お上にあっては地方官吏は最ももろい。叛乱は粉砕されるが、かなりの流血をともなう。かりにこの狄《ディー》なる男がもっとお役目に精出していれば、首魁どもをあっさり逮捕し、暴動を未然に叩き潰せたものを」いきなり裏返るほど声高になり、じかに判事を叱責した。「おまえは申し開きのできぬ失策を四つは犯したのだぞ、狄《ディー》よ！　一つ、みずから容疑者と目していた劉飛泊《リウフェイポ》をみすみす取り逃した。二つ、獄舎の監督を怠り、正確な情報を引き出しもせぬうちから叛徒の手先を殺されてしまった。三つ、存命のまま捕えて尋問すべきなのに、萬《ワン》を殺した。第四、暗号手引も収集せず、都に不備な報告を送りつけた。ありていに申せ、狄《ディー》よ、手引はどこにある？」

「罪を告白申しあげます」と狄《ディー》判事は言った。「手もとにはございません。ですが、愚考いたします――」

「推測はよせ、狄《ディー》！」巡察使がさえぎる。「くりかえす。どこだ？」

「梁《リャン》大官の家にございます、閣下！」狄《ディー》判事は答えた。

巡察使が憤然と立つ。

「正気か、狄《ディー》よ？」怒って尋ねた。「梁《リャン》大官の廉直に疑いを持つな！」

「罪を告白申しあげます」と、きまりどおりにくりかえした。「大官はご自宅でのできごとをご存じないのです」

「時間をかせぎの魂胆ですよ」あごひげの男が愛想をつかす。「こやつを逮捕し、自分の牢にぶちこんでやりましょう」

巡察使は答えず、袖を憤然とひるがえしてうろうろ歩き始めた、それから、ひざまずく判事の前に足をとめ、そっけなく質問した、

「あの書類は、いかにして大官の家に移ったのか？」

「白蓮教団の首領が移しました、閣下。万全を期したのです。おそれながら申しあげます。ご配下のかたがたに大官の邸宅を占拠させ、大官自身ならびにそれに関知せぬ少数のものども以外の全員を逮捕なさいますよう。しかるのちに、小官が使者を韓永漢《ハンユンハン》および康仲《カンチュン》に遣わして大官の使いを装い、大官が緊急の要件にて即刻会いたい旨を伝えさせたく存じます。しかるのちに、閣下もご臨席のうえで小官をお供の一端にお加えくださいますよう」

「なぜそんな回りくどいことを、狄《ディー》？　まちはわが部下の掌中にある。ただちに韓永漢《ハンユンハン》と康仲《カンチュン》を逮捕しよう。しかるのち、一同そろって大官邸に行くのだ。ご説明は私がしよう。書類のありかだけを申せ！」

「手前は、白蓮教団の首領を逃がさぬよう確実を期したい

のでございます。韓永漢《ハンユンハン》、劉飛泊《リウフェイポ》および康仲《カンチュン》を疑っておりますが、陰謀において彼らがいかなる役割を演じておるのか存じません。おそらく首領は、目下のわれらには未知の人物でございましょう。他の者どもを逮捕すれば、用心したそやつを逃がしてしまいます」

巡察使はあごを縁どる薄いひげを引きながら少し考え、連れに言った。

「部下に申して韓《ハン》と康《カン》を大官の家へ連行せよ。極秘にはからえ」

あごひげの男は不賛成らしく眉をひそめた。だが、巡察使にかさねてせきたてられてあわてて腰を上げ、一言もなく部屋を出て行った。

「立ってよし、狄《ディー》」巡察使はそう述べてまた腰をおろすと、袖から書類を出して読みだした。

狄《ディー》判事は茶卓を示しておずおずと言った。

「おそれながら、閣下にはお茶でもいかがでございましょう?」

巡察使はいらいらした様子で書類から目をあげ、横柄に言った。

「ならぬ。自分の召使いが用意したものしか飲み食いしないのだ」

また書類にかかり、判事のほうは直立不動で控えていた。宮中の作法で定められた通りだ。そうして、どれほど立っていたのやら。叛乱に対してお上がただちに動いてくれたと知って救われた思いがしたが、こうなっては自分の推理が正しいのかと不安がつのる一方だ。看過したかもしれない手がかり、完全に正確と証明されたとは言いがたい結論を捜し求めながら、すべての可能性をめまぐるしく再検討にかかる。

かさかさした咳払いで現実に引き戻された。巡察使が記録を袖にもどし、立ちあがって言った。

「時間である、狄《ディー》よ。梁《リャン》家の屋敷はここからどれほどか?」

「徒歩わずかでございます、閣下」

「では、目立たぬよう歩くとしよう」巡察使がそう決定した。

外の回廊で、馬栄《マーロン》と喬泰《チャオタイ》がしょぼんと判事を見た。元気づけるように笑いかけ、早口で言った。

「外出する。私が帰るまで、二人で表門をかため、洪《ホン》と陶侃《タオガン》は裏口を見張れ。何人たりとも出入りさせるな」

まちはいつも通り、仕事にいそしむ民でにぎわっている。べつに不思議はない。密偵というのは恐ろしくむだのない動きをするから、手中に落ちた人間にそれと悟らせるようなへまはしない。大股で急ぐ判事のすぐあとから巡察使がつづいた。簡素な青衣を着たこの二人の主従に注意をはらうものは一人もいなかった。

見たことのない痩せた無表情な男が梁《リャン》屋敷の門を開いた。巡察使の部下がその家を占拠しているのは明らかだった。その男が巡察使にうやうやしく言った、

「この家のものは残らず逮捕いたしました。客二名が到着し、大官ともども書斎におります」

それから無言で薄暗い回廊を通って案内して行った。

暗い書斎に入ったとき、老大官が窓辺の赤漆の机で肘かけ椅子に座っているのが見えた。反対側の壁ぎわの肘かけ椅子には、韓永漢《ハンユンハン》と康仲《カンチュン》がぴんと背を立てて腰かけていた。

老大官は重い頭をあげた。帽子のまびさしをちょっと押しあげ、戸口の方角を見た。

「またかの！」と、もぐもぐ言った。

狄《ディー》判事は机に歩み寄って深く礼をした。巡察使は入口に立ったままだ。

「知事でございます、閣下」判事は言った。「突然の訪問をご容赦くださいませ。ごめんをこうむりまして——」

「手短にな、狄《ディー》よ」老人はうんざりしたように話した。「薬の時間なのでな」重い頭ががくりと前に垂れた。

判事は金魚鉢に手を入れて、水中で花仙女の小さな像の台座を探った。金魚たちが怒って泳ぎ回り、冷たい小さな身体が指をすりぬけた。台座の上半分は回せる。そっちがふた、花仙女の彫像はふたのつまみの役目をはたしている。彼は彫像を持ちあげた。中身はふちが水面のわずか上に出ている銅筒になっている。さらに中へ手を入れて、紫錦表装の小ぶりな巻子を取り出した。

大官、韓永漢《ハンユンハン》、康仲《カンチュン》は微動もせずに座っていた。「ま、

かけたまえ！」ふいに銀の鳥籠の中で、九官鳥がきんきん騒ぐ。

狄《ディー》判事は戸口に近寄り、巻物を巡察使にわたしながら声をひそめた、

「鍵となる書類でございます」

巡察使はそれを解いて、手早く冒頭部分に目を通した。

狄《ディー》判事は振り向いて、部屋を見まわした。老大官は金魚鉢を見つめて彫像のようにじっとしている。韓永漢《ハンユンハン》と康仲《カンチュン》は戸口わきの長身の男を見つめていた。

巡察使が手で合図を送ったとたん、きらめく甲冑に身をかためた禁軍近衛兵たちが回廊にあふれた。韓永漢《ハンユンハン》と康仲《カンチュン》を指さして、巡察使が命令した。

「あの男どもを捕えよ！」兵士たちが突入すると、狄《ディー》判事にはこう言った。「韓永漢《ハンユンハン》はこの名簿にのっていないが、いずれは逮捕するのだ。背後にひかえておれ、閣下には私から申しあげる」

巡察使の後ろにひかえたかと思うと、ふいに判事は無断で前へ出て、机に近づいた。机ごしに身をのりだして、大官の額からまびさしをはぎとって申し渡した。

「立て、劉飛泊《リウフェイポ》！　梁孟広《リャンモンクワン》大官謀殺のかどで告発する」

机の向うの男はおもむろに腰を上げ、傲岸に肩をそびやかした。にせのあごひげと頬ひげと化粧にもかかわらず、劉飛泊《リウフェイポ》の倣岸な顔はすぐ見分けがついた。その目は告発した判事ではなく、兵の手で鎖につながれた韓永漢《ハンユンハン》をらんらんと見すえていた。

「おまえの女を殺したのはおれだよ、韓《ハン》！」と、大声であざ笑う。そして、小ばかにしたように左手であごひげを持ちあげてみせた。「この男を逮捕せよ！」巡察使が兵たちにどなった。

狄《ディー》判事は脇へどいた。四人の兵が机に近づき、先頭の兵士が縄を振る。劉《リウ》は腕組みして歩み寄った。

いきなり劉飛泊《リウフェイポ》の右手が袖から走り出ると短剣が閃き、血が喉からほとばしる。立ったまま揺れ、そののち長身がどさりと床に倒れた。

白蓮教団の首魁、不遜にも一天万来の玉座をうかがう者は、こうしておのれの生命に終止符を打ったのだ。

下手人捕縛

20

判事と副官は釣りに出て湖の怪異を詳らかにする

つづく数日で、お上の手は白蓮教団を容赦なくおさえつけた。

都や各州省の高官から末端にいたるまでの官人や豪商どもが多数捕えられ、すみやかに吟味の上、日ならずして刑場の露と消えた。中央だけでなく地方のかなめまで失った叛乱側は再起不能に陥った。組織だった大規模叛乱のきざしはなくなり、僻地の県で若干の騒乱はあったものの、地方軍に手もなく黙らされた。

漢源《ハンユアン》では、巡察使配下のあごひげが全行政を一時的に引き継いだ。巡察使自身は劉飛泊《リウフェイポ》自殺の直後に急ぎ都にひきあげたのだ。引き継ぎを受けた冷笑家の黒いあごひげが狄《ディー》判事を雑役係兼よろず相談役に採用した。県の破壊分子は一掃された。康仲《カンチュン》の白状により、政庁内部で白蓮教団の密偵をつとめていた書記が発覚した。そのほか萬《ワン》親方の雇い人数名、劉飛泊《リウフェイポ》が荒っぽい仕事のために雇ったごろつき十数名もつかまり、もれなく都へ護送された。

狄《ディー》判事は停職中、とはいえ毛禄《マオルー》処刑の立ち会いを免れるという余禄もあった。当局からは、初め、鞭打ち死刑というお沙汰が届いたものの、毛禄《マオルー》が蔣《チャン》の嫁を犯さず、あまつさえ三橙島で夜這いの賊二人から操を守ったと具申して、苦しみの少ない斬首刑にさしかえてもらった。坊主は北方前線で十年間の徒刑処分になった。

毛禄《マオルー》が斬首された朝は豪雨が降った。まちを守る城隍神《じょうこうしん》のお清めだと漢源《ハンユアン》の民らはうわさした。ほんのにわか雨ですぐにやみ、おかげで午後の日がさしてもわりあい涼しかった。

行政上の全権限はその日の夜にあらためて狄《ディー》判事に戻されるはずだった。だから、気ままな自由時間はその午後で終わりだ。というわけで、湖に釣りに出ることにした。

馬栄《マーロン》と喬泰《チャオタイ》が船着場に行って平底舟を借りた。桟橋に舟を回したところへ、徒歩の狄《ディー》判事が到着した。頭に大きな菅笠をかぶり、洪《ホン》警部と陶侃《タオガン》がお供だ。釣道具一式は陶侃《タオガン》が持っている。

そろって乗り込むと、馬栄《マーロン》が船尾で艪をとった。舟がさざ波たててのんびり進んでいく。だれもかれも無心になって、さわやかに湖面を渡る風にしばし吹かれていた。

そのへんで、ぽつぽつと狄《ディー》判事が話し出した。

「この一週間というもの、密偵たちの仕事ぶりを実に興味深く見せてもらった。短いあごひげのあいつ――実は官職どころか名前さえいまだに知らんのだが！――来た当座はとりつくしまもなかったが、あとのほうではいくぶん軟化して、それなりに重要書類なども見せてくれたよ。あれは利け者だな。取り調べの手法が組織的で、また徹底している。そばで見ていてじつにいい勉強になったよ。とはいえ、そのおかげでずいぶんこき使われたから、いまごろになってみなと水入らずの時間がとれたわけだ」

冷たい水に手をつけ、さらに述べる。

「昨日は韓永漢《ハンユンハン》に会いに行った。厳しい尋問を受けた衝撃もさることながら、おらが故郷《くに》さの漢源《ハンユアン》が謀反の中心地だったという事実が、あのお国自慢にとってはなにより痛手でね、いまだに気持ちの整理がつかずにいる。先祖が作ったとはいえ、韓《ハン》自身は家の地下にあんなものがあるなんて知らなかったわけだが、われらがあごひげ君はまるで信じようとせず、すっかり心証を損ねて二日間というもの責めに責めたらしい。それでも、恐ろしい脅迫にも負けずに白蓮教団に誘拐された顚末をすぐ知らせてきたと私が口添えしたせいで最後には釈放されたがね。韓《ハン》に非常に感謝されたので、その機に乗じて梁奮《リャンフエン》と娘が相思の仲だと伝えておいた。初めのうちこそ、梁奮《リャンフエン》なんぞ不釣り合いだと憤慨していたが、なんとか説き伏せて、当人次第だと言質をとった。梁奮《リャンフエン》は正直でまじめな若者だし、柳絮《りゅうじょ》は利発でかわいらしい。似合いの一対だと思う」

「ですが、韓《ハン》は杏花とわけありだったのでは？」と警部が尋ねた。

狄《ディー》判事が苦笑する。

「ここで率直に白状するが、韓《ハン》の人となりをとことん誤解していた。いたって古風でいささか偏屈、つまりは器の小さい人間だ。気はいいが、頭の切れはない。総じて薄味、人としていささか塩けが足りない。いやいや、韓《ハン》は死んだ舞妓となんのわけもなかった。あっちは女ながらひとかどの人物だったからね！　情も――憎悪も傑出していた。そら、ずっとあっちに見えてるだろう。柳街の緑の木立に囲まれて、聖上じきじきのお声がかりで杏花の遺徳をたたえる貞節碑がじきに落成する。はなやかな華表《かざりぼり》の白大理石柱に『忠孝模範』と刻むはずだ」

いまは湖上の中ほどに出ている。判事が釣糸を投げたかと思うと、あわてて取り込んだ。緑色の水中で大きな黒いものが舟の真下あたりを通りざま、小さい目をちろりと光らせたのをやはり見届けて、馬栄《マーロン》が悪態をつく。

「ここじゃ釣れまい」狄《ディー》判事がいまいましがる。「あの畜生が魚をよせつけまい。そら！　あそこにも一匹いる」四人がぞっとしているのに気がつき、こうつづけた、「初めからそうじゃないかと思っていたよ。湖で溺死した者たちの遺体があがらないのは、ああいう大亀のせいだろう。いちど人肉の味になじんでしまうと……まあ心配には及ばん、生きた人間までは襲わんから。舟をもっと出せ、馬栄《マーロン》。あっちのほうがかかりそうだ」

馬栄《マーロン》がぐいぐい漕ぎだした。判事のほうは袖の中で腕組みし、はるかかなたのまちの岸辺を眺めて物思いに沈んでいる。

「劉飛泊《リウフェイポ》が老大官を殺害して取ってかわったと、いつごろ気づかれたので？」洪《ホン》警部が質問した。

「ぎりぎりの土壇場になってだよ。馬栄《マーロン》と喬泰《チャオタイ》を都に送りだしたあと、眠れぬ夜を机に向かってすごしたときだ。そうはいっても大官の浪費の件は枝葉にすぎず、本題はあくまで舞妓殺しだ。根の深い事件で、ことの発端は野心たっぷりな劉飛泊《リウフェイポ》が科挙に挫折した何年も前にさかのぼる。だが、この漢源《ハンユアン》で目にした末期状況では娘の素娥《そが》と情人の杏花という女ふたりに翻弄されて、かんじんの陰謀がすっかりお留守になってしまっていた。事件の核心はこの女性関

湖上のひととき

係だとさえ悟れば、あとのもろもろは自明の理だった。

劉飛泊《リウフェイボ》は才覚も機転も度胸も並みではなく、精力的な生まれついての器量人だった。だが、科挙落第がいたく自尊心を傷つけ、その後に商売で大成功をおさめても傷をいやしきれなかった。折に触れて古傷がうずき、ついにはお上に根強い怨恨を抱いた。

そんなころ、ある偶然の出会いがきっかけで、昔の白蓮教を再興してお上を倒し、みずから新しい王朝をうちたてようという野望を呼びさました。あるとき、都の骨董店でたまたま韓《ハン》隠者の手になる古手稿を買ったら、隠れがの設計図も多数入っていたのだ。この手稿は、巡察使さまがやつの都の邸で書類の中から見つけ出した。韓《ハン》隠者はその中で、乱世にそなえて子孫が難をさけて隠れひそむ場をもうけておくつもりだったと述べている。手記によると、そこに全財産として金錠の箱を二十隠し、井戸を掘り、乾物食品を備蓄するようはからっていたし、祖堂須弥壇の隠し戸につける文字錠の設計図も末尾に付してあった。秘密は韓《ハン》家の一子相伝たるべきこと、という遺訓の注記つきだ。

これを読んだ当初は、おそらく老人の酔狂にすぎまいと思っていただろう。だが、韓《ハン》隠者が本当に計画を実現したのかどうか確かめるために漢源《ハンユアン》を訪ねてみるのも一興だと思った。そして韓永漢《ハンユンハン》にたくみに取り入り、一週間ばかり邸に滞在させてくれるように仕向けた。それで韓《ハン》が先祖のもくろみを何も知ぬまま、遺訓を守って祖堂はけっして閉ざさず、お灯明を切さずにいると判明した。韓《ハン》は先祖の敬虔さによるものと思いこんでいたが、隠者の真意はいうまでもなく、突発的有事のさいに昼夜問わず子孫が隠し戸に出入りできるようにという配慮だ。きっと劉《リウ》は夜ふけにこっそり祖堂にお詣りしたんだろう。そして手稿通りの隠れ家はじめもろもろが実在すると確かめた。老隠者の急逝により、長子にあたる韓永漢《ハンユンハン》の祖父に秘密を伝えそびれたのを察したはずだ。それでも囲碁の手引書の印刷元は、不可解な棋譜の最終頁も含めて韓《ハン》隠者の草稿どおり正確に刊行した。劉飛泊《リウフェイボ》、それにおそらく死んだ舞妓のほかに、棋譜が祖堂の文字鍵だと気づく者はいなかった」

「つくづく隠者は知恵者ですなあ」陶侃《タオガン》が大声を出す。

「棋譜が刊行されたから、鍵が失われずにすんだ。それでいて初心者ならずとも真意をけどられずにすむとは」

「まったくだ。韓《ハン》隠者は博学多才を絵に描いたような人だった。会えるものなら会ってみたかったな。が、話をつづけよう。そうやって劉飛泊《リウフェイボ》は韓《ハン》家の財宝を手に入れ、全国規模の叛乱を組織する必要資金を得たと同時に、秘密の根城兼会合場所にうってつけの、気がねなく使える場所を確保した。韓《ハン》邸と梁《リャン》邸にはさまれた空き地に山荘を建て、四人の工匠に隠れ家と自宅の庭を結ぶ地下道を作らせた。推測だが、そのあと劉《リウ》はその不運な四人を手にかけた。あの通路には四人分の男の骨があったからな。

だが計画が大きくなるにつれて劉《リウ》の出費は増大していった。腐敗官人どもに大枚の袖の下をつかませ、賊の首領たちに金をやって手下どもに武装させねばならん。劉《リウ》の手持ちも隠者の隠し金もみるみる消え、べつの資金源を捜さないといけなくなった。で、梁《リャン》大官の資産を横領しようともくろんだのさ。あいつはいつも老人といっしょに梁《リャン》邸の庭を散策していた。だから、小所帯の習慣をやすやすとのみこんだ。そして、およそ半年前に老人を隠し通路におびきだして殺したに相違ない。そして、死骸をありあわせの長櫃におさめた。陶侃《タオガン》と私が見つけたのがそれだよ。そのとき以来大官は病気になり、目がさらに弱くなって物忘れがひどくなり、ほとんどの時間を寝室ですごしはじめたというわけさ。この擬装で劉飛泊《リウフェイボ》による一人二役が可能になった。自邸の庭へ出て隠れ家で変装し、大官の家へこっそり入ったにちがいない。秘書の梁　奮《リャンフエン》が使う居室は屋敷の別の隅にあり、住み込みの老夫婦ははっきり言って耄碌していたのでね。というわけで、万事が大官を演ずるのに好都合だったが、ときおり予想外の事態が生じて、予期より長く演技をつづけるはめになる。隠れ家の白蓮教団の部屋で行なわれる会合に劉《リウ》が出席していたことと考え合わせると——輿丁が洪《ホン》警部に語ったように、劉《リウ》家の人びとの注意を引いた消える術のたねあかしになる。

やつは手下の王一凡《ワンイーファン》といっしょに大官の資産内容を丹念に調べあげ、大官の荘園を売り飛ばしにかかった。こういう手口で蜂起までに要する準備基金を稼いだんだ。すべて順調に運び、蜂起にふさわしい時機を腹心たちに諮るまでになった。だが、その矢先につまずいたんだ。きっかけは劉《リウ》の私生活だな。ここで芸妓の杏花こと范荷衣《ファンホウィ》が登場する」

舟が波間をただようにまかせて馬栄《マーロン》は船尾に胡座をかき、ほかの三人とともに判事の話に聞き入った。狄《ディー》判事は菅笠をあみだにずらし、また話し出した。

「陰謀は山西省《シャンシー》にもひろがり、范《ファン》という平陽《ピンヤン》の地主が一味の仲間になった。だが、やがて悔い改めて陰謀を当局に通報しようと決意し、教団側にその意図を悟られてしまった。范《ファン》はやつらの毒牙にかかり、大逆罪を犯したというにせの自白書にむりやり署名させられて自殺に追い込まれた。全財産は白蓮教団にのっとられ、遺された後家と娘の荷衣《ホウィ》と年端のいかぬ息子は乞食同然の身に落ちぶれた。それで娘は進んで身売りして芸妓になったのだ。そうやって得た金で母は平陽《ピンヤン》に小さな農園を買えたが、あとになっても杏花は収入の大部分をきちんと仕送りし、幼い弟の教育にあてていた。こうした情報は、密偵たちが平陽《ピンヤン》地方の白蓮教団の首領どもを逮捕し審問した結果、昨日送り届けてきた報告書にのってたんだ。

あとの身の上話は容易に想像がつく。死ぬ前に父親は彼女に陰謀について何かしら話したにちがいない。本拠地が漢源《ハンユアン》にあり、劉飛泊《リウフェイポ》が首魁だというのも含めてだ。そこで、一途な孝行娘は父の仇討ちかたがた陰謀を暴こうと決意した。たって希望して漢源《ハンユアン》に転売されて来たのも、劉飛泊《リウフェイポ》を情人として受けいれたのも、明らかにそのためだった。狙いは劉《リウ》から白蓮教団の秘密を引き出し、一味をまとめて当局に告発することだった。

忘れがたい神秘的な美貌に加え、そら恐ろしいほど強靭な精神力の持ち主だった。その一家は平陽《ピンヤン》でも良く知られた名族の一つだったと私は思う。平陽《ピンヤン》では、左道を使いこなす玄妙な秘訣を母子相伝で受け継ぐ場合があるんだ。とはいえ、杏花が劉《リウ》のひとり娘素娥《そが》に瓜ふたつでなかったら、劉飛泊《リウフェイポ》のようなおそろしく我の強い野心家を手玉に取れたかどうか。

男女の暗い情のもつれを理解分析できるふりをするつも

りはないがね、諸君。娘に対する劉《リウ》の愛情は、侵すべからざる社会規範によれば、血の絆によって結びついていない女子にのみ寄せてしかるべき感情がひそんでいたと述べるにとどめよう。娘に対する劉《リウ》の激しい愛情は、冷酷非情なやつの唯一の泣きどころだった。全力を尽して道ならぬ情熱にあらがったはずだ。当の娘は知らなかった。この情熱が妻妾との関係にどれくらい響いたか知らないが、家庭生活がきわめて不安定な緊張をはらんだ不幸なものだったとしても驚かないね。たとえそうだとしても、あの芸妓との情事のおかげで彼の魂に猛威をふるっている葛藤から逃避でき、それゆえに、ほかのどんな女ともたぶん経験しなかった激しさをもたらしたのだ。

二人がひそかな逢瀬をかさねているあいだに——萬《ワン》親方の庭の亭だったと判明しているが——杏花は、情人から白蓮教団に関する事情をいろいろ聞き知った。棋譜に秘めた意図も含めてだ。劉《リウ》は艶書を書いた。そうでもしないと憑かれたような情欲にはけ口が見つからなかったのだ。だが、そういった手紙を自分の筆跡で書くほど愚かではない。そこで大官の秘書梁奮《リャンフエン》の筆跡をまねた。家計簿を調べるうちになじんでいたからだ。署名に娘の恋人蔣《チャン》秀才の筆名を使ったのは、どんなねじけた気まぐれによるのかは天のみぞ知る。再度くりかえして言うが、そういう暗い衝動は私の理解を越えている。

劉《リウ》は娘を嫁にやる気は毛頭なかった。娘が手もとを離れてほかの男のものになるなど、思うだに耐えられない。彼女が蔣《チャン》秀才と恋に落ちたとき劉《リウ》は猛然と反対し、手下の王《ワン》一凡《イーファン》に命じて蔣《チャン》進士を中傷させ、結婚の許可を保留するだけの口実を作らせた。だが、そこで素娥《そが》が病気になってしまった。劉《リウ》は娘が不幸のどん底に陥るに忍びず、おそらくは猛烈な葛藤の末にしぶしぶ同意を与えた。素娥《そが》との別れがさし迫ったときの尋常ならざる胸の内は容易に察しが付く。しかも舞妓あての艶書によると、ちょうどそのころ舞妓の魂胆を疑い始めた。彼女が白蓮教団についての情報を熱心に得たがったからだ。彼は関係を切ろうと決心した。こうして愛する二人の女を同時に失いかけていたのだから、内心の揺れは容易に想像できる。あまつさえ、財政上の心配も日ごとに増大していたのだ。大官の役を演じて梁《リャン》家の荘園の大部分を売りはらい、叛乱決起の期日は近づきつつあった。金が、さらに多額の金が必要だ、しかも早急に。それで一味の萬《ワン》親方のもとでを取りあげ、康仲《カンチュン》に命じて兄を丸めこんで王一凡《ワンイーファン》に多額の貸付をさせようとした。これが約二ヵ月前に、われわれが漢源《ハンユアン》着任当時のおおよその状況だったと思う」

狄《ディー》判事はちょっと一息つくと、陶侃《タオガン》が尋ねた。

「康仲《カンチュン》が白蓮教徒の仲間だと、どうしておわかりになりました？」

「何とか貸付させようと骨折っていたからにすぎないよ。康仲《カンチュン》ほど世故にたけた商売人が、王一凡《ワンイーファン》のようないかがわしい零細周旋屋に多額の貸付をするよう兄に助言するというのが、そもそも奇異な感じを与えたんだ。王一凡《ワンイーファン》が陰謀の仲間にちがいないとわかったとたん、康仲《カンチュン》もぐるに相違ないとわかった。何とか現金を手に入れようと劉飛泊《リウフェイポ》が必死で悪あがきしたおかげで重大な手がかりがつかめたんだ。つまり、劉《リウ》の失踪と大官の急病とをつなげて一人二役を悟るに至った。異常なまでに黄金に執着する老大官のさまが、一味の萬《ワン》の金詰まりに結びついたのだ。大官が高齢ゆえに殺しの容疑外である以上、可能な結論はたった一つしかないわけだよ」

陶侃《タオガン》はうなずいて、左の頬に生えた三本のほくろ毛をおもむろに引いた。狄《ディー》判事が話をつづける。

「ようやく芸妓殺しにたどりついた——いよいよ土壇場になるまでわからなかった、いちばんこみいった事件だ。素娥《ソが》が蔣《チャン》秀才へ嫁いだその翌日、画舫で宴が催された。舞妓に疑いを抱いていたから、劉《リウ》はその夜ずっと彼女を見まもっていた。それで杏花が韓《ハン》と私との間に立って、陰謀について私に話しかけたとき、劉《リウ》はその唇を読み取った。ただし、韓《ハン》に話しかけていたと誤解した」

「ですが、そんな誤解はむりじゃないでしょうか」と洪《ホン》警部がさえぎった。「閣下、と呼びましたのに！」

「もっと早く見ぬくべきだった」狄《ディー》判事は力なく笑った。「こちらを見ずに話しかけ、しかも早口で話したことを思い出してくれ。それで劉飛泊《リウフェイポ》は、『大官さま』を『永漢《ユンハン》さま』と読みそこねたのだ。さだめしこの一事で劉《リウ》は冷たい怒りにかられたとみえる。情婦が自分を密告《さ》そうとする、しかも、みそか男の韓永漢《ハンユンハン》とつるんで。なれなれしく名を呼ぶなど、ただならぬ仲でなくてなんだろう。このことが、誘拐と脅迫によって韓《ハン》の口をふさぐために講じたそのまた翌日の卑劣な手口を説明してくれるし、さらにまた、劉《リウ》があいくちを喉に突っ込むまぎわの言葉が、恋敵と誤解した韓《ハン》を嘲笑するものだった理由を説明してくれる。幸運にも、囲碁うんぬんという舞妓の言葉は劉《リウ》の目にとまらなかった。そのときには銀蓮が主卓にもどって彼の視線をさえぎったからだよ。もしも劉《リウ》がその二番目の言葉までとらえたとしたら、絶対に根城をただちに引き払ったはずだ。

舞妓が裏切ろうとした以上、すぐにでも始末しなければならなかった。彼女の踊りを見ていたときの劉《リウ》の目を見れば、真相を読み取ることができたはずなのだ。殺さなければならなかったが、女ざかりの目もくらみそうなあでやかな姿を金輪際見られなくなるのだとわかっている。あの目には憎しみ、裏切られた恋人の憎悪があったと同時に、愛する女を失なう男の深い絶望があったのさ。

彭《ポン》親方の具合が悪くなったので、食堂から出て行くのに格好の口実ができた。右舷の甲板に彭《ポン》を連れて行き、吐き気をもよおした状態で欄干によりかからせておく。そのあいだに劉《リウ》は左舷に行って、窓越しに杏花に合図して船室に連れ込む。殴って失神させ、彼女の袖に青銅の香炉を仕込んで水中に入れる。そのあとで彭《ポン》と合流する。それまでに彭《ポン》は気分が良くなっているから、彼と連れだって食堂へもどる。死体が湖の底へ沈まず、殺人が発見されたと聞いたときの劉《リウ》の胸中いかばかりか。

だが、さらなる凶事が劉《リウ》を襲った。翌朝になって鍾愛の素娥《そが》が新床で死んでいるのが見つかったと聞かされる。情のありったけを注いでいた女をふたりとも失なったわけだ。その偏った精神がもたらす憎しみは、蔣《チャン》秀才ではなく父親に向かう。劉《リウ》自身の禁じられた情熱のせいで、進士も素娥《そが》に対して罪深い欲望を抱いているとすぐさま邪推させたというわけだ。少なくとも私に理解できるかぎりでは、蔣《チャン》進士を告訴した劉《リウ》の異常な行動に対するたった一つの説明だよ。素娥《ソーが》の死は恐ろしい痛打だった。そして遺骸が忽然と消えてしまうと、劉《リウ》はとうとう自制心を完全に失ってしまい、それ以来憑かれたように自分の行動にほとんど責任が持てなくなってしまった。

取巻きの康仲《カンチュン》の自白によると、いちどなど、部下全員に娘の死体を探せと命令した。彼の行動がおかしくなって以来、康仲《カンチュン》、萬《ワン》親方、王一凡《ワンイーファン》は自分たちのかしらに不安を覚えるようになった。連中は韓永漢《ハンユンハン》の誘拐にも強く反対した。危険が大きすぎるし、芸妓が殺されたことで韓《ハン》は十分警戒しているから、彼女に聞いた話があったところで口を割るまいと。しかし劉《リウ》は耳をかさなかった。どうしても恋敵に一矢報いたかった。というわけで、韓《ハン》は劉《リウ》の手下どもに目隠しした輿に押しこめられ、劉《リウ》の庭に運び込まれ、あげくに自邸の地下にある隠れ家に連れ込まれた。韓《ハン》は六角形の部屋のことを正確に述べたし、劉《リウ》の通路から隠れ家へ出る階段を十段運びあげられたことも覚えていた。白い覆面をした男は劉《リウ》自身にほかならない。この好機を逃さずに、杏花ともども自分をだましたと思い込んでいる男を侮辱し虐げたのだ。

この陰惨な話ももう終りが近い。素娥《ソーが》の死体は見つからない。劉《リウ》の手もとはひどく逼迫し、私が疑いの目を向け始めたことを恐れてもいる。進退きわまって破れかぶれで決意する。劉飛泊《リウフェイボ》は失踪し、梁《リャン》大官の役割を演じつつ、叛乱の総仕上げを指揮するつもりだ。

劉《リウ》が計画的失跡を知らせるよりさきに王一凡《ワンイーファン》が逮捕されてしまった。劉《リウ》が逃亡したと教えると、王《ワン》は劉《リウ》が大それた陰謀を放棄したのだと思い込み、私に何もかも話そうと決めた。自分だけは助かりたいからだ。だが、劉《リウ》の息がかかった書記が急を告げ、差し入れの毒菓子をこっそり届けた。菓子についていた蓮華の焼き印は王《ワン》あてではない。独房の中は暗かったことを思い出そう——そいつは私あてだ。私を怯えさせ、混乱させよう、そうすれば蜂起までの数日を稼げるというわけだ。

同夜、劉《リウ》は萬《ワン》親方と康仲《カンチュン》に、以後は大官の邸宅でのみ接触しろと連絡した。萬《ワン》と康《カン》は話し合った。劉《リウ》は指導力を失いつつある、萬《ワン》が取ってかわるべきだと合意した。それで萬《ワン》は暗号手引書を盗みに隠れ家へ行った。それがあれば組織を牛耳る力を握れるからだ。だが、劉《リウ》はすでにその書類を金魚鉢の隠し場所に移したあとだった。そこを陶侃《タオガン》と私に不意を襲われ、萬《ワン》は死んだ」

「その書類が金魚鉢に隠されているとどうしてわかったんですか？」と喬泰《チャオタイ》が熱心にきいた。

狄《ディー》判事がにっこりする。

「初回に自称大官を訪問して書斎で待たされたとき、はじめ金魚はまったく自然な様子で動き回っていた。私がそばに立って鉢をのぞき込むと、連中はあっという間に水面に浮かびあがった。餌がもらえるものと期待したんだね。だがあの彫像に手をのばすと、にわかにひどく騒いだ。驚いたが原因までは思い至らなかった。だが、劉《リウ》が老大官の替え玉を演じているという結論に達してみると、ふとあのささいな事件を思い出した。ひとに飼われている動物はみんなそうだが、金魚は過度に敏感だ。水の中へ手を突っ込まれるのは好きじゃないのだ。以前にも、人の手が水の中へ入って来て何かやり、静かな小さい世界をかき乱されたことがあったのだ、と思いあたった。それで彫像の台座がたぶん秘密の隠し場所だろうと見当がついた。劉《リウ》のいちばん大事な持ち物が小さな巻子ならば、そここそ隠し場所だ。それだけのことだよ」

狄《ディー》判事は釣竿をあげ、糸を直しにかかった。

「こんな大事件を解決されて」洪《ホン》警部がうれしそうに言う。「早いご昇進まちがいなしですな！」

「私がか？」判事が驚く。「とんでもない！　あっさり罷免されないだけで御の字だよ。巡察使は気づくのが遅いと私を厳しく譴責したし、ここの知事として復職させるという公文書もその所見をくり返している。明記されてるんだ、気を使った玉虫色の表現なんかじゃない。吏部（官吏任免を司る役所）の但書までついていて、首の皮一枚つながったのは、ひとえに土壇場で陰謀の鍵である書類を見つけ出した功によるというのだよ。知事というのはな、諸君、自県のできごとは細大もらさず心得ていて当たり前だと思われているんだ！」

「まあ、ともあれ」洪《ホン》がまた述べる。「これにて芸妓殺しの件は幕を閉じましたな」

狄《ディー》判事は無言で釣竿を置き、しばらく考えこんで湖に見入っていた。そして、おもむろにかぶりを振った。

「いや、その件はまだ終っていないという気がする。洪《ホン》よ、幕は完全に閉じていない。あの芸妓はとうてい鎮めようのない憎しみに憑かれ、劉《リュウ》の血をもってしても供養には足りないのではないか。そんなふうに人の規矩を越えた強烈な念というものは、いわばそれ自体が生命を得て、宿主が死んでしまってからも長きにわたって祟る力を持ち続ける。そういう暗い力が死人の体をのっとって邪悪な意図に利用する場合もあるとさえ言われている」四人の顔に動揺を読み取り、すかさず言いなした。「だがな、たしかに強力ではあるが、そういった悪霊の力は、暗い行ないによってそいつを呼びさます人間にだけ向くんだよ」

そう言うと、舟ばたにかがんで水中をのぞきこむ。

またしても見たのだろうか、あれを。画舫のあの不吉な一夜のように、水面すぐ下で動かない顔がじっと見上げていたか？ ぶるっと身震いして顔をあげ、半ば自分に言い聞かすように言った。

「ひそかな悪に心寄せる人間は、夜ふけに一人きりでこの岸辺を歩き回らないほうがよさそうだな」

著者あとがき

中国の古公案はみなそうだが、本篇の主人公狄《ディー》判事は県知事職にある。この役職は判事・陪審員・検察官・捜査官の四役を一身に担うもので、上古より一九一二年に中華民国が建国されるまで連綿と続いた。

任地は県と呼ばれ、煩雑な中国行政機構においては最小単位をなす。普通は大きめの城市ひとつだけに周辺郊外をつけてだいたい六、七十里四方というところか。この行政単位の首長が県知事で、城市本体および郊外の管理監督、通常政務、徴税、出生・死亡・結婚などの届出登録を行ない、あわせて全県の治安維持の責も担うのが普通である。事実上、民の生活全般に密接なかかわりを持つことから、「父母官」なる俗称もある。そして知事の直属上司はおおむね、自県が属する州の州長官だ。

県知事が捜査の才能を発揮するのは、そういうことも判事職のお役目だからだ。だから公案小説では絶対に「探偵」でなく、常に「判事」と呼ばれる人物が、複雑怪奇な事件を鮮やかに解決することになっている。

本篇では同シリーズの恒例として、知事の職務を具体的に描こうとした。県内の犯罪事件は細大もらさずじかに報告がいく。物証収集から移動保管にはじまって、犯人捜索、捕縛、自供、刑宣告はては執行までを一貫して監督するのが知事の役目とされていたからだ。

こんな大変な職務をこなすのに、政庁常勤職員からの支援はほとんどない。巡査、書記、門衛、牢番長、検死官など、法の側に立つ者たちはみな通常政務のみをこなす。どんな簡単な捜査でも、判事はその者たちを使えないのだ。

だから判事はみんな、個人雇いの信頼できる副官を三人から四人連れている。県知事の辞令を初めて受けた時点で神経を配って人選し、各地歴任中はずっと行をともにし、退官か州長官昇進まで召し抱える。こうした副官たちはそれぞれ政庁でそれ相応の役職身分を与えられ——政庁常勤職員たちより上の——判事の個人裁量による待遇だ。それもこれも、ひとえに犯罪捜査および解決を助ける者として、判事の信任を得ているおかげである。

中国の公案小説が副官たちを描くと、判で押したように、恐れ知らずの勇敢な中国拳法の達人になっている。また、そうでなくてはつとまらない。中国の探偵は、はるか後代の英国警官と高潔な精神を同じくし、丸腰で犯人逮捕にのぞむからである。

狄《ディー》判事は県知事の伝統にならって、この副官たちを「緑林の兄弟」、ロビン・フッド・タイプの義賊から抜擢登用した。彼らはぬれぎぬか、酷吏を手にかけてしまったなどのやむにやまれぬ事情があって無法者に身を落とし、自らの才覚と度胸頼みで渡世するはめになった者どもだ。同シリーズ『東方の黄金』で書いたように、判事は初任地に向かう途中で馬栄《マーロン》と喬泰《チャオタイ》を召し抱えた。そして、本篇では一筋縄でいかない陶侃《タオガン》が新たに配下となった次第である。

この副官たちが判事の手足となって働き、聞き込みにさしむけられ、証人の事情聴取や容疑者の尾行、下手人の隠れ家を突き止めて逮捕までこなす。だが、それは判事が役所に足止めを食らっていたせいではない。出てもいいのだが、中国の役人は律令の定めに従って、公務による外出のさいはつねに役職位階にふさわしい供回りや服装をそろえて出なくてはいけないからだ。ただし、お忍びで動き回ることは可能だし、実際によくそうしていた。変装してこっそり政庁を抜けだし、隠密行動に出かけるわけだ。本篇では狄《ディー》判事が初めてこんなお忍びに出かけ、いろいろと教訓を得る次第も描いてみた。

それでも、判事の本領は政庁法廷だというのも真実である。高壇をすえた判事席におさまり、しぶとい容疑者を巧みな尋問で浮き足立たせ、持久戦の末に頑固な罪人の口を割らせ、あやふやな証人たちから真相を引き出す。政庁は県知事職務と切っても切れない——現代のわれわれなら、さしずめ市庁舎と呼ぶところだろうか。この役所は広大な敷地のぐるりを塀で囲い、なかを院子や側廊で仕切っている。牌門を——両側に門衛の立つ、凝った飾り正門だ——くぐると、第一院子の奥はもう法廷だ。牌門前には、木枠にはめたブロンズ製の大銅鑼がつるしてある。この銅鑼が三つ鳴ればまもなく開廷で、いつ何時であれ、知事のもとに訴えを出したい民にそうやって告知するわけである。

法廷は広く、がらんとしている。壁面に法の権威を示す書がいくつかかけてあるほかは何もない。法廷奥の壇に高壇をしつらえ、その奥に大きな肘掛が鎮座し、開廷すると判事がそこへかける。高壇の左右に低めの机を配し、書記各一名が着座し、議事進行一切を書きとめる。壇の奥に出入口があって、そちらからじかに知事の執務室に出る——いまなら、判事専用個室と呼ぶところだ。この出入口の仕切りは大きな一角獣、古代中国で法の公平さを象徴する獬豸という神獣の衝立だ。開廷中以外の知事は執務室で通常政務全般をみる。決まりとして、公判は日に三度ある。早朝に一度、正午に一度、午後遅くまたは夕方早くに一度のつごう三度だ。日曜などというものはない。役所の休日は元旦だけだ。

判事執務室は第二院子にあり、周辺に小部屋がいくつかかたまっている。そちらでは書記や文書係、筆写役など、政庁や県内通常政務の常勤職員たちが仕事する。公文書室の奥には庭が設けられ、庭の奥には広い応接間があり、いろんな公式行事や重要な賓客の応接に使われる。

一番奥の院子は知事官邸で、知事の妻子や家僕下女はみなそちらにいる。この私生活空間も、さらにいくつかの小さな院子に分かれている。

いにしえの判事による犯罪捜査の手法についていうと、当然ながら現代科学の恩恵は全く受けられなかった。当時は指紋採取法も、科学的検査や写真による状況保全などもない。その一方で、職務遂行にあたっては律令の定める広範囲な権限を付与されていた。誰であろうと令状さえ出せば逮捕できたし、拷問にかけて口を割らせたり、協力を渋る証人どもをその場で打ちすえたり、伝聞証拠を採用したり、かまをかけてあげ足をとるのも意のままだ――要約すれば、現代の判事がたなら法服姿で身ぶるいを禁じえないような所業も辞さなかったというわけだ。しかしながら、以下のことは付け加えておくべきだろう。拷問その他の暴力による手段で得た自白などというものは古代中国の判事にとって名誉でも何でもなく、むしろ人間性への該博な知識や論理的思考、ことに良識による成果こそが手柄とみなされた。狄《ディー》判事のような中国の県知事らは強靭な倫理観念と頭脳を備え、同時に中国の文芸全般を幼いころより素養として身につけているせいで洗練された文章家である。そういった古典教養のおかげで人間性全般への造詣深く、本草学、医学、人間の感情や思考の働きを詳かにした仏典の数々もたしなみのうちであった。かなり初期にインドから導入された仏教のおかげで、中国文人たちは鋭い心理洞察力を培った。そんなわけで、本文でごらんの通り、劉飛泊《リウフェイポ》の異常な男女関係を分析する狄《ディー》判事は意外と柔軟な考え方を示すのだ。

法を司る役人の腐敗堕落は、複数の機関で絶えず監査していた。まず何よりも、県知事というのは巨大帝国の政治機構においては末端にすぎない。よって、報告書で直上に逐一動向を報告したうえ、該当一次資料一切を添付しなくてはならない。役人は身分の高下を問わず部下全員の行動に責任を負うものであるから、こういった報告書はいくつかの行政機関で丹念に調べられ、ちょっとでも疑わしい点があれば再審を命じられた。そして不備な点があれば、その不備をおかした責任者の知事が厳しく罰せられた。知事という役職は御前に引き出される民すべてにほぼ全権をふるえる上位者であるが、それは借り物の権威であって、個人的な身分によるものではない。ただ一時の首長に任じられた地で、お上という組織の持つ特権をふるっているだけなのだ。法は不可侵だが、それをふるう判事の方は違う。自分だけはすべての罰を免れるとか、その他の特別扱いを要求できる判事などいない。そして落ち度があると上にわかれば、すぐさま全権を剝奪されて「囚人」という不面目な状態でお裁きの場に引き出され、むきだしの床にひざまずいて鞭打たれたり、巡査の侮辱を浴びたりする――身の証が立つまでは。本篇ではこの点を描いてみたつもりだ。

古中国では専制君主制をとっていたにもかかわらず、中国人は常に民主的な開明精神を有しており、行政側の腐敗に対する最も強力な監査は、民の意見だった。現代より以前に成立した『六刑』ではこう述べている。「判事たるもの、常に民の声に耳傾けて行動すべし」政庁の公判はすべて公開され、城中あまねく周知のうえ、進行が巷間で取りざたされた。事件の傍聴人も、予備審問を傍聴した者も、おおっぴらに思うところを述べていた。古中国におけるこの制度の面は、現代と比べても進んでいる。大多数の中国の民はそれぞれ高度に自主運営された組織に属し、そちらを通じてお上に声を届けていた。家族や宗族はいちばん緊密な最小単位の集団だが、それより大きい組織は職業上の同業組合であり、行と呼ばれる商人組合であり、宗教結社であった。かりに民が酷吏やだらしない判事を否認しようとすれば、納税期は遅れ、各種登録はめちゃくちゃ、公務は収拾不能に陥り、まもなく帝の命を帯びた御史があらわれて捜査にかかる。この恐ろしい御史たちは身分をひた隠して全国を巡り、帝直属として全権を帯びる。どんな官僚でもその場で略式逮捕でき、都へ送って審問にかけるだけの権限があるのだ。

この制度全体の一番大きな欠陥は、ピラミッド構造の上部に負担が集中しすぎる点にある。だから中央官庁の綱紀が緩めば、あっというまに腐敗が末端へ広がる。司法全体の劣化は前世紀の満族政権でも目立った。だから、十九世紀に中国の事物を見聞した外人旅行者が、中国の司法制度にあまり好意的でなくても無理からぬ次第だ。

第二の問題として、県知事の職務が制度上どうしても膨大になってしまう。だから、県知事というのは常に過労ぎみだった。文字通り起きている時間すべてを仕事に当てなければ、配下にかなりのしわよせがきてしまう。狄《ディー》判事ほど有能なら重労働をいくぶん肩代わりもしてやれようが、能力の劣る人物ならば、じきに政庁常勤職員に丸投げとなり、例えば上級書記、巡査長などにお鉢が回ってくる。そして、こんな小物たちは癒着汚職に良心のとがめを覚えたりしたためしがない。

ついでに言及するなら、県知事職はより高い役職への踏み台的役割を果たした。昇進は実績のみに基づいて判断されたのと、赴任が三年を越えることはめったになかったので、しかるべき時期が来ればもっと楽な役職に栄転できるという望みにすがって、凡庸な人間もそれなりに力を尽くして、まともな父母官を務め上げたものだ。

まあ、おおむねうまく回っていた制度だった。中国律令の素晴らしい翻訳者サー・ジョージ・ストーントンが古中国司法制度に寄せた賛辞を以下に引用してもよかろう。十八世紀末にそのことばが書かれたころ、征服王朝である清は早くも腐敗堕落しつつあり、その後も坂を転がり落ちるようにどん底まで落ちたのだ。「現に、信じるに値するたしかな根拠として」この慎重な観察者はそう述べている。「芳しからざる状態ではなく、かといって不正な片手落ちの行為が繰り返されるわけでもないのだが、事実は事実として、腐敗汚職を完全にまぬがれた官位官職など皆無にひとしいことがしばしばである」

　本篇ではまた、いろんな伝統手法をなぞってみた――中国の犯罪小説ではおなじみだ――判事が三つの事件を同時解決するという筋立てである。そんなわけで私は三つのプロットを一つなぎの話に仕立て、唐代の名高い政治家である狄《ディー》判事を主人公に据えた。正しくは狄仁傑《ディーレンチエ》といい、歴史上の実在人物で、生没年は西暦六三〇年から七〇〇年だ。若き日に県知事として各地を歴任、多数の難事件を解決して名を上げた。そして、後には大理寺卿となり、賢明かつ思い切った進言をおこなって国事を助けた。

　消えた花嫁事件は、一九二〇年に萬易《ワンイー》なる著者が上海で出版した『傾瞼奇案』なる犯罪小説集の第六章に収録された実在の事件である。著者はさまざまな古文献から採話したものの、あいにくと原典には一切言及がない。本書が借用したこの事件は一八八〇年ごろの光緒年間初期に実際に起こった事件だそうだ。私は主な事物だけ使い、舞台設定は妓女溺死事件のほうにそっくり転用させてもらった。

　妓女溺死事件は三つの事件全部を結びつける大枠として使用し、画舫殺人と公案小説にときたま出てくる秘密結社の活動を結びつけた。しかしながら、これだけは銘記願いたいのだが、白蓮教団のはじまりは狄《ディー》判事のはるか後代だ。元をただせば異民族の征服王朝である元に抗した漢族愛国者たちが十三世紀に起こした運動で、明末の一六〇〇年代にふたたび盛んになった。本篇の白蓮教団は私利私欲を追う謀反人どもの集団として描かれており、中国史でも実際そんな記述がまま見受けられる。だが、これだけは付け加えておくべきだろう。裏表も私利私欲もない愛国者が、異民族や横暴なお上に抗する目的で組織した場合もままあった。さらに注目すべき事実として、孫文博士が一九一二年に中国国民党を結成し、中華民国を建国し、異民族の清王朝に追われて中国同盟会なる政治秘密結社を起こした。一八九六年に清は孫博士を懸賞首に指名手配し、ロンドン亡命中の彼を清公使館におびき出してひそかに拘禁した。そのまま本国へ送還の上斬首されるはずが、拉致されたいきさつを首尾よくこっそり伝えて英国政府の注意を引くことができた。それでサルスベリー卿が清国公使館に待ったをかけ、博士の身柄解放にこぎつけた。まったく、事実は小説より奇なりだ![1]

不毛の沼地に盤踞する盗賊の巣というモチーフは、ご存じ中国悪漢小説《ピカレスク》の水滸伝に材をとった。全篇、盗賊団のいさおしを語ったものだ。英訳もあり、J・H・ジャクソン訳版（『水のほとり』全二巻、上海刊　一九三七年）または、パール・バック訳版（『われら義兄弟』ロンドン刊　一九三七年）で読める。

翡翠板の文字鍵については、単純な錠をこの目的で組んだものが中国で何世紀も知られ、今なお広く使われている。錠本体は一連のシリンダー錠に中心棒を通すという構造だ。シリンダーの中ほどに四つかそれ以上のゆるんだ輪があり、輪の外側に五から七つの漢字がついている。輪の内側にはそれぞれくぼみがあり、中心棒のみぞとぴったり合う。それぞれの輪がきっちりはまらないと中心棒は通らず、すべての凹凸がぴったりはまって初めてシリンダーから抜けて鍵が開く。この鍵の位置は、それぞれの輪についた漢字をひとつながりに仕立てた鍵の文章で記憶される。

中国のチェスゲームは二種類が知られている、将棋と囲碁だ。前者は西洋のチェス同様に多種多様な駒を戦わせ、敵の「王将」をとれば勝ちだ。これはあらゆる階層で人気がある。そこへいくと本篇で述べた囲碁ははるかに古く、ほぼ文人階層限定で好まれる。十八世紀には日本に紹介され、いまだに人気を誇る。日本では碁といわれる。この玄妙な魅力を持つ奥深い遊びは、多くの文芸作品で引き合いに出され、いろんな例題を掲げた手引書もいくつもある。そのテーマで英語の良書というと、A・スミスの『碁の手合わせ』だろう。本書は一九〇八年にニューヨークで刊行され、一九五六年に東京で再版された。

最後に注意を喚起したいことがある。中国では西洋社会の風潮とはうらはらに、上層中流階級の家族はなるべく同じ敷地内に住もうとする。だから、息子が結婚すると新所帯用に院子ひとつがあてがわれ、専用の厨房と召使がつく。親に仕えるのは子のつとめゆえに同じ場所に起居し、またさまざまな身内同士でそうやって密な協力関係を保ち、たえず互いに目配りし合えるからというのが理由だ。五代戴堂すなわち「ひとつ屋根の下で五世代が住まう」は古来から中国人が理想とする家族のありようであった。だから、中国の上層中流階級の住宅は、実際にいくつもの別所帯を寄せ集め、院子や通廊や庭園でつなげたつくりばかりだ。本篇はじめ同シリーズの作品に出てくる中国家屋に、おびただしい院子がやたらと登場するのは、そういう事情によるものだ。

ロバート・ファン・ヒューリック

（1）その間の事情は孫文自身の著作『倫敦被難記』に詳しい。

訳者あとがき

『江南の鐘』と対をなす本書『水底の妖』（The Chinese Lake Murders）は、初期五部作の中でもひときわ怪奇色がきわだっている。

対であるとするゆえんを手短に説明申し上げるなら、前者は母と男児を軸にして家系継承の桎梏《しっこく》を描いた。いっぽう、本書は四組の父娘の絆を通奏低音に秘め、苛烈なまでの愛を描きだしたものだ。

家を継ぐ息子を公《おおやけ》の存在とするなら、家を継げない娘への情愛は私的なものに終始する。そして、いつかは嫁として他家にくれてやらねばならず、断絶を余儀なくされる関係でもある。

わざわざ『二十四孝』を引き合いに出すまでもなく、儒教に根ざす孝の精神とは、ときに子の生命を奪うような激情となってあらわれる。名高い儒教の信条「身体髪膚《しんたいはっぷ》これ父母より享《う》く　みだりに毀傷《きしょう》せざるは孝の初めなり」すら、あっさり放棄されてしまうほどだ。ことに身命を捧げて父ひいては国に尽くした娘は貞女烈女と褒めそやされ、帝じきじきに褒賞を授けられることもあった。

こんなふうに手放しで褒められる場合、当人はたいてい死んでいる。が、末長くその遺徳をしのぶために貞女碑なるものを建ててもらうのが女性最高の名誉とされた。本文終章で判事が言及した記念碑はまさにそれだ。荘子なら「やれやれ、大牢の牛だねえ」などと、きつい皮肉をかましそうな話ではある。
そんな孝行を本心から娘に願う親がはたしているかどうかはさておき、本書の孝行娘が情人に抱いたものは憎しみだけだったかどうか。ときにはその姿に慈父を重ね、よけいにやり場のない思いをもてあましたかもしれない。そうやって「父」を憎みながらも追い求め、長い長い時を待った末にようやく「父」を見つけた。そして、「父」の方でも愛憎ないまぜの胸に「娘」を抱きとり、運命をともにした。
本書では、そんな父娘の物語がウロボロスの蛇さながらによじれめぐる。淡彩な筆致ゆえ、お若い読者にはなかなか実感の届かない部分もあるかと思う。だが、お約束する。中年を過ぎ、老境を視野に入れたころにぜひ読み返してみていただきたい。子を持つ親なら、まして愛娘を持つ父ならば、この物語がひとしお胸に迫るはずだ。ついでながら、著者自身も一女の父であった。

さて、柄にもない長広舌はこれぐらいにして、まばらな落ち穂をいくらか拾ってみよう。

夏の盛りに画舫の宴席で供されたのが熱燗と聞いて、とまどわれた読者もおいでだろう。決して冷酒の誤植ではなく、「暑気払いには熱いもの」は漢方食養生の基本だ。つまみは冷菜でもかまわないが、飲み物だけはぬるめから熱めでないといけない。とくに日が落ちてから冷たいものをとると、必要以上に冷えて風邪をひきやすい。そういえば、日本でもつい百年ちょっと前まで、暑気払いには熱々の固練り甘酒と相場が決まっていたものだ。それでなくてもクーラーで冷えやすい昨今には理にかなった消夏法という気がする。冷え性ぎみの方、お試しあれ。

食養生のあとは運動を。杏花の十八番『雲上仙女の舞』は史実に基づくもので、玄宗皇帝が西域のソグド音楽にヒントを得て作曲し、楊貴妃が好んで舞ったと言われている。舞のほうも西域の胡旋舞をふんだんに取り入れた振付だったらしい。

ただし、玄宗・楊貴妃コンビ以前にも似たような舞を工夫するものはいた。もっとも有名なのは漢代の趙飛燕・合徳姉妹で、特に姉の飛燕は軽やかな仙女の舞が得意だったと伝えられる。彼女らはまた導引術の達人でもあった。具体的にどんなことをしていたのかは記録にないが、馬王堆から先年見つかった導引図などを考え合わせると、大きくゆるやかな動作に呼吸術を足して、いまでいう内在《インナーマッスル》筋主体に鍛えるプログラムであったようだ。内臓の健康はもちろん、体の中心軸を支えて端正な挙措動作をするには欠かせない筋肉である。

巡察使というのは令外《りょうげ》の官といい、以前に出てきた度支使《たくしし》などもこれにあたる。ひとことでいうと、通常の官職序列の埒外に特設された役職である。いわば例外的存在なので、だいたいのアウトラインは決まっているものの、基本的に帝の裁量次第で兼任は可能だし、職務上でも通常の官職よりいささか融通がきく。

著者あとがきでも触れられたように、行政の監査機関というのは複数あって、いろんな角度からチェックされる。本書に出てきた御史大夫は御史台という監査専門役所の大臣で、御史大夫は大臣クラスの、配下の御史以下はそれぞれの役職にしたがって中央や地方の役人を取り調べる。それに対し、巡察使の方は地方巡りをもっぱらとする。

直属の上長たる州長官だけでなく、こうした役人たちがおしのびで絶えず回ってくる。まことに、気の休まる暇がないのが当時の宮仕えであった。

休まらない、といえば、中国ではむざんな横死を遂げた人間は幽鬼になるとされている。湖沼や河で水死したり、首つりしたり、虎に食い殺されたりした場合は、次の犠牲者が出るまで成仏できない。だから、生きた人間をあとがまにしようとあの手この手で水にひきこもうとしたり、衝動的に首を吊るよう仕向けたり、虎のすみかへおびき寄せたりするのだという伝説がいくつも残っている。
　ことに強烈な悪霊と化した念が、香港映画などでおなじみの僵尸《キョンシー》だ。諸説あるが、判事が指摘したように他人の死体を乗っ取る場合もある。僵尸《キョンシー》文献としてもっとも名高いのは清代の『閲微草堂筆記』だが、たまたま著者旧蔵にかかる手ずれした一冊が、紆余曲折を経て現在は訳者の書架におさまっている。こうしてみると、よくも悪くも強い念というのは、時空を越えて時には本人すら思い及ばぬ先まで届くとみえる。

平成二十一年　長月

シリーズ既刊リスト　作中時系列順・任地別（表記以外のものはすべて和爾桃子訳）

1. 平来県《ポンライ》
The Chinese Gold Murders　『東方の黄金』（ハヤカワ・ミステリ１８０４）
The Lacquer Screen　『四季屏風殺人事件』（松平いを子訳　中公文庫）

2. 漢源県《ハンユアン》
The Chinese Lake Murders　『水底の妖』本書
The Haunted Monastery　『雷鳴の夜』（ハヤカワ・ミステリ１７２９）

3. 蒲陽県《プーヤン》
The Chinese Bell Murders　『江南の鐘』（ハヤカワ・ミステリ１８１６）
The Emperor’s Pearl　『白夫人の幻』（ハヤカワ・ミステリ１７８９）
The Red Pavilion　『紅楼の悪夢』（ハヤカワ・ミステリ１７５２）
Necklace and Calabash　『真珠の首飾り』（ハヤカワ・ミステリ１６９８）
Poets and Murder　『観月の宴』（ハヤカワ・ミステリ１７４４）

4. 蘭坊県《ランファン》

The Chinese Maze Murders 『沙蘭の迷路』（ハヤカワ・ミステリ1823）
The Phantom of the Temple 『紫雲の怪』（ハヤカワ・ミステリ1809）

5. 北州《ペイチュウ》県
The Chinese Nail Murders 『北雪の釘』（ハヤカワ・ミステリ1793）

6. 都
The Willow Pattern 『柳園の壺』（ハヤカワ・ミステリ1774）
Murder in Canton 『南海の金鈴』（ハヤカワ・ミステリ1781）

短篇集・中篇集
Judge Dee at Work 『五色の雲』（ハヤカワ・ミステリ1763） 平来〜蘭坊までの逸話
The Monkey and the Tiger 未訳 漢源と北州の逸話

各作品の内容については、《ミステリマガジン》二〇〇三年十一月号のロバート・ファン・ヒューリック特集を参照されたし。

本書は、一九八九年に三省堂より『中国湖水殺人事件』として刊行されたものを、翻訳を新たにし、改題したものです。

HAYAKAWA POCKET MYSTERY BOOKS No. 1829

和《わ》 爾《に》 桃《もも》 子《こ》

慶應義塾大学文学部中退，英米文学翻訳家
訳書
『沙蘭の迷路』『紫雲の怪』ロバート・ファン・ヒューリック
『イスタンブールの群狼』ジェイソン・グッドウィン
（以上早川書房刊）他多数

この本の型は，縦18.4センチ，横10.6センチのポケット・ブック判です．

検印 廃止

〔水底《みなそこ》の妖《あやかし》〕

2009年10月10日印刷　2009年10月15日発行

著 者　ロバート・ファン・ヒューリック
訳 者　和 爾 桃 子
発行者　早 川 浩
印刷所　星野精版印刷株式会社
表紙印刷　大平舎美術印刷
製本所　株式会社川島製本所

発行所　株式会社　早川書房
東京都千代田区神田多町2ノ2
電話　03-3252-3111（大代表）
振替　00160-3-47799
http://www.hayakawa-online.co.jp

〔乱丁・落丁本は小社制作部宛お送り下さい
送料小社負担にてお取りかえいたします〕

ISBN978-4-15-001829-0 C0297
Printed and bound in Japan

ハヤカワ・ミステリ〈話題作〉

1813 **第七の女** フレデリック・モレイ 野口雄司訳

〈パリ警視庁賞受賞〉七日間で、七人の女を殺す――警察を嘲笑うような殺人者の跳梁。連続殺人鬼対フランス警察の対決を描く傑作

1814 **荒野のホームズ** S・ホッケンスミス 日暮雅通訳

牛の暴走に踏みにじられた死体を見て、兄貴の目がキラリ。かの名探偵の魂を宿した快男児が繰り広げる、痛快ウェスタン・ミステリ

1815 **七番目の仮説** ポール・アルテ 平岡 敦訳

〈ツイスト博士シリーズ〉狭い廊下から忽然と病人が消えた！ それはさすがの名探偵をも苦しめる、難事件中の難事件の発端だった

1816 **江南の鐘** R・V・ヒューリック 和爾桃子訳

強姦殺人を皮切りに次々起こる怪事件！ ごぞんじディー判事、最後の最後に閃く名推理とは？ シリーズ代表作を新訳決定版で贈る

1817 **亡き妻へのレクイエム** リチャード・ニーリイ 仁賀克雄訳

過去から届いた一通の手紙。それは二十年前に自殺した妻が、その当日に書いたものだったが……サプライズの巨匠が放つサスペンス

ハヤカワ・ミステリ〈話題作〉

1818 暗黒街の女 ミーガン・アボット 漆原敦子訳

〈**アメリカ探偵作家クラブ賞受賞**〉貧しい娘はギャングの女性幹部と知り合い、暗黒街でのし上がる。情感豊かに描くノワールの逸品。

1819 天外消失 早川書房編集部・編

〈**世界短篇傑作集**〉伝説の名アンソロジーの精髄が復活。密室不可能犯罪の極致といわれる表題作をはじめ、多士済々の十四篇を収録

1820 虎の首 ポール・アルテ 平岡　敦訳

〈**ツイスト博士シリーズ**〉休暇帰りの博士の鞄から出てきた物は……。バラバラ死体、密室、インド魔術！　怪奇と論理の華麗な饗宴

1821 カタコンベの復讐者 P・J・ランベール 野口雄司訳

〈**パリ警視庁賞受賞**〉地下墓地で発見された死体には、首と両手がなかった……女性警部と敏腕ジャーナリストは協力して真相を追う

1822 二壜の調味料 ロード・ダンセイニ 小林　晋訳

乱歩絶賛の表題作など、探偵リンリーが活躍するシリーズ短篇9篇を含む全26篇収録。ブラックユーモアとツイストにあふれる傑作集

ハヤカワ・ミステリ〈話題作〉

1823 沙蘭の迷路 R・V・ヒューリック 和爾桃子訳

赴任したディー判事を待つ、怪事件の数々。頭脳と行動力を駆使した判事の活躍を見よ！著者の記念すべきデビュー作を最新訳で贈る。

1824 新・幻想と怪奇 R・ティンパリー他 仁賀克雄編・訳

ゴースト・ストーリーの名手として知られるティンパリーをはじめ、ボーモント、マティスンらの知られざる名品、十七篇を収録する

1825 荒野のホームズ、西へ行く S・ホッケンスミス 日暮雅通訳

鉄路の果てに待つものは、夢か希望か、殺人か？ 鉄道警護に雇われた兄弟が遭遇する、怪事件の顚末やいかに。シリーズ第二弾登場

1826 ハリウッド警察特務隊 ジョゼフ・ウォンボー 小林宏明訳

ロス市警地域防犯調停局には、騒音被害、迷惑駐車など、ありとあらゆる苦情が……〝カラス〟の異名をとる警官たちを描く警察小説

1827 暗殺のジャムセッション ロス・トーマス 真崎義博訳

冷戦の最前線から帰国し〈マックの店〉を再開したものの、元相棒が転げ込んできて、再び裏の世界へ……『冷戦交換ゲーム』の続篇